Gaea

Gaea

鋼鐵德魯伊

VOL. 2〔魔咒〕

HEXED

THE IRON DRUID CHRONICLES

凱文・赫恩——著 戚建邦——譯

KEVIN HEARNE

鋼鐵德魯伊

■書評推薦

「赫恩自稱漫畫宅，將自己對那些帥呆傢伙們痛扁邪惡壞蛋的熱愛，轉變為一流的都會奇幻出道作。」

——《出版人週刊》（*Publishers Weekly*）重點書評

「赫恩是個幽默機智的出色說書人……本書可說是尼爾．蓋曼的《美國眾神》加上吉姆．布契的《巫師神探》。」

——*SFF World*書評

「強大的現代英雄，擁有古老祕密、累積了二十一個世紀的求生智慧……敘事口吻活潑……一部旁徵博引的都會奇幻冒險。」

——《學校圖書館期刊》（*Library Journal*）

「赫恩用合理的解釋把神話巧妙織進故事之中，這是部超級都會奇幻。」

——哈莉葉．克勞斯納（Harriet Klausner），著名書評與專欄作家

「這是我近年讀過最棒的都會/超自然奇幻。節奏緊湊、詼諧又機智、神話使用得當，這是為厭煩了狼人與吸血鬼的奇幻讀者而生的作品。喜愛吉姆·布契、哈利·康諾利……或尼爾·蓋曼《美國眾神》的讀者們一定會很享受這本書。極度推薦！」

——Grasping for the Wind網站書評

「如果你喜愛幽默有趣的都會奇幻，那《鋼鐵德魯伊》是你的菜。如果你喜歡豐富精彩的都會奇幻，更該拿起《鋼鐵德魯伊》，以及凱文·赫恩未來出版的任何東西。」

——SciFi Mafia網站書評

「赫恩的文筆充滿速度感又精準……《魔咒》浸滿了魔法，而且棒呆了。實在很難找到比這更棒的小說！」

——My Bookish Ways網站書評

「《魔咒》裡笑料不斷……讀這本書臉上很難不掛著微笑。」

——Blood of the Muse網站書評

「在這部有趣而高度不敬的作品裡，赫恩創造了一連串節奏飛快的動作戲與唇槍舌戰。」

——《出版人週刊》（*Publishers Weekly*）

鋼鐵德魯伊

VOL.2

目次

獻辭
DEDICATION

給我父親，

他沒有機會看到這些故事印刷成書，

但至少他離開時，知道兒子已經完成夢想。

第一章

當你動手殺神之後，就會有人想要和你談談。帶著「弒神者」人壽險專案上門的超自然保險業務員，或宣稱要出租「防神」護甲和防異界怪物房屋的傢伙。不過最難以忽略的仍屬其他神了。他們首先想要恭喜你達到這種成就，其次會警告你不要對他們做出這種惡作劇，最後再建議你去殺掉他們的死敵——當然，完全當作惡作劇。

打從我幹掉不只一個，而是兩個圖阿哈·戴·丹恩——並將其中較爲強大的神送入基督教地獄——的消息在各個文化的萬神殿裡傳開以後，來自世界各地大多數信仰體系中的權貴、信差、使節就不斷跑來拜訪。他們全都要我不要找他們麻煩，然後去找其他神麻煩，而萬一我成功幫他們解決這些糾纏多年的永恆宿敵，我就會獲得遠遠超乎想像的獎賞……吧啦吧啦吧夫呀克。

就像英國人常講的，所謂的獎勵只是一大坨大便。凱爾特神話中的詩歌、火焰、鍛造之神布莉德，承諾過在殺死安格斯·歐格後會獎勵我，但是死神把他拉入地獄已經三個禮拜了，布莉德完全沒有聯絡我。世界上其他文化的神都來找我聊天，但我自己文化的神呢？只有蟋蟀唧唧叫而已。

日本神要我去惡搞中國神，中國神也要我惡搞日本神；俄羅斯古神要我去對付匈牙利神；希臘諸神基於奇特的自我厭惡與強烈的嫉妒心態，而想要我解決模仿他們的羅馬諸神。目前爲止，最詭異的就是復活島的那些傢伙，要求我處理西雅圖境內一些腐爛的圖騰柱。不過所有神——至少感覺像是所有神——都希望我一有空就去幹掉索爾，我想全世界都已經受夠他的惡作劇了。

最早要我去幹掉索爾的就是我自己的律師，李夫・海加森。他是個來自冰島的老吸血鬼，很久很久以前曾經崇拜過索爾，不過始終沒告訴我爲什麼現在如此痛恨對方。李夫幫我處理法律事務，經常和我練劍，偶爾會把我的血當作酬勞來喝。

薩溫節隔天晚上，我發現他在我家前廊上等我。當晚坦佩的氣溫微涼，而我因爲有太多事值得感激而心情大好。前一天晚上，美國小孩都忙著玩萬聖節的不給糖就搗蛋；我則花了很多心思舉行私人儀式，崇拜莫利根和布莉德，而且我很高興多了一個學徒可以分享這個夜晚。關妮兒自北卡羅萊納州趕回來參加薩溫節，儘管兩個人算不上是德魯伊教派，那依然是我數百年來過得最愉快的聖夜。我是世界上唯一眞正的德魯伊，想到在獨自行走人間這麼久之後又有機會成立新的德魯伊教派，就讓我心中充滿希望。所以當我下班回家，看見李夫在前廊上以正式禮儀向我打招呼時，或許反應得有點太過熱情了。

「李夫，你這個恐怖的混蛋，最近他媽的過得如何？」我一邊咧嘴而笑，一邊停下腳踏車。他揚起眉毛，透過長長的北歐鼻子看我，我發現他大概不太習慣說話這麼隨便。

「我不是混蛋。」他有點狡猾地回應道：「恐怖我就認了。雖然身體無恙……」他嘴唇微微上揚，「我承認我沒有像你這麼快活。」

「快活？」我揚起眉毛。李夫曾要我在他做出任何透露自己實際比外表老多了的行爲時提醒他。

顯然當時他不想被我糾正，大聲吐氣藉以表示不耐煩。我認爲他有這種反應很有趣，因爲他沒必要呼吸。「好吧。」他說：「那就說我沒這麼快樂吧。」

「李夫，除了我們這些老不死的，現在沒人這樣說了。」我將腳踏車靠上前廊欄杆，然後踏上三級台階，在他身邊坐下。「你眞該花點時間融入現代生活。擬定一個計畫。流行文化改變的速度比較快，現在和中古世紀大不相同，教堂與貴族不能繼續阻礙進步。」

「好吧，既然你是走在時代精神鋼索上的特技演員，那就教教我吧。我該如何反應？」

「首先，別說『無恙』，現在也沒人這麼說話了，大家都會說：『我很好。』」

李夫皺眉。「但那不合乎正式文法。」

「這些人根本不在乎正不正式。你可以告訴他們不該把形容詞當副詞用，他們就會厭惡地瞪著你。」

「看來他們的教育體系遭受了重大的挫敗。」

「可不是嗎？所以你剛剛應該要說：『我沒你那麼開心，阿提克斯，不過我很淡定。』」

「我很『淡定』？這是說我無恙——或照你的說法，我很好的意思？」

「沒錯。」

「但是這種說法根本沒有意義！」李夫抗議。

「這是流行用語。」我聳肩。「你想要的話就繼續過時吧，但如果你堅持使用十九世紀用語，人們就會開始把你當成恐怖的混蛋。」

「他們一直都當我是恐怖的混蛋。」

「你是說因爲你只會在夜間出沒，而且還吸他們的血？」我輕描淡寫地說道。

「一點也沒錯。」李夫說，毫不在乎我的取笑。

「不，李夫。」我非常嚴肅地搖頭，「他們未必會看出那些事實，就算看得出來，也是一段時間過後的事情了。這些人認爲你很恐怖，是因爲你講話的方式，還有行爲舉止。他們看得出來你不屬於這個時代。相信我，那和你的膚色看起來像半脫脂牛奶沒有關係，太陽谷裡有很多人都害怕會得皮膚癌。問題在於你一開口說話，人們就會開始害怕。因爲他們會發現你很老。」

「但我本來就很老，阿提克斯！」

「而我至少比你老一千歲，你忘記了嗎？」

沒有必要呼吸的古老吸血鬼神情疲憊地嘆了口氣，「不，我沒忘。」

「很好。別向我抱怨年紀大的事情。我和這些大學生混在一起，而他們完全不會懷疑我和他們不一樣。他們以爲我的錢是繼承來的，或是信託基金，而他們想要跟我一起喝酒。」

「我覺得大學生都活力十足。我也想要和他們一起喝酒。」

「不，李夫，你想要喝他們的血，而他們能潛意識察覺這一點，因爲你渾身散發出一股獵食者的靈氣。」

他掃開那副怕老婆的表情，突然抬起頭來看我。「你說他們不能像你那樣察覺我的靈氣。」

「不，他們在意識層面無法察覺。但是他們會察覺到你的不同，主要是因爲你對事物不會產生該有的反應，行爲舉止也不符合你的外表年齡。」

「我看起來幾歲？」

「呃，」我打量他臉上的皺紋，「你看起來將近四十。」

「有那麼老？我是快三十歲的時候變成吸血鬼的。」

「那個年代日子比較苦。」我再度聳肩。

「我想是。如果你能夠騰出一個小時，我是來找你聊聊那個年代的。」

「是呀。」我兩眼一翻道：「先讓我去拿我的沙漏和詭異的抽菸夾克【註一】。聽聽你在說什麼，李夫！你究竟想不想融入現代社會？騰出一小時？現在有什麼人會說那種鬼話？」

「有什麼問題嗎？」

「沒有人這麼正式！你可以說『如果你有空』就好了，喜歡的話也可以說：『如果你沒什麼事情的話。』」

「但我比較喜歡在抑揚格後接上像『騰出一個小時』這種抑抑揚格【註二】——」

「看在地下諸神的份上，你用無韻詩體來進行日常生活對話？難怪你沒辦法和女學生聯誼會的女生聊上半小時！她們習慣和兄弟會的男孩講話，不是莎士比亞學者！」

註一：抽菸夾克（smoking Jacket）是十九世紀中期流行的長罷外套，燕尾服的原型。和沙漏一樣，過時了。

註二：抑揚格（iamb），詩歌的音步單位，在短或弱的音節之後，跟著一個長或強的音節。抑抑揚格（anapaest）則是三個音節，呈現短（弱）——短（弱）——長（強）。

「阿提克斯？你回家了？」我的愛爾蘭獵狼犬歐伯隆，透過我們分享的連結直接與我的內心交談。他大概就在門的另外一邊聽我們說話。我請李夫先等我和他說句話。

「對，歐伯隆，我回來了。李夫正在前廊上展現他的年紀。」

「我知道，我剛剛就聞到他的味道了。聞起來像是死亡古龍水還是什麼的。不過我遵照你的吩咐，沒叫。」

「你是頭好獵狼犬。想出來和我們混嗎？」

「當然！」

「我先警告你，可能會很無聊。他想要跟我聊點事情，而他看起來比平常更陰沉、更像北歐人。無聊程度可能直逼史詩級。」

「沒問題，你可以一直幫我搔肚子，我保證不會亂動。」

「謝了，老兄。我保證等他離開，我們就出門跑跑。」我打開前門，歐伯隆一躍而出，完全不管自己搖個不停的尾巴一直敲到李夫的手臂。

「等這死人說再見後，我們就去鎮湖走走，然後去魯拉布拉。」他說的是我們最喜歡的愛爾蘭酒吧，不過最近我被禁止去那裡消費。

「魯拉布拉的經理還在氣我搶走關妮兒。她是他們最好的酒保。」

「還在氣？那事情都過好久了。」

「才過三個禮拜。」我提醒他，狗沒有什麼時間觀念。「我會讓你去高爾夫球場跑跑，你可以留下所有你抓到的兔子。躺下來讓我幫你搔肚子，我得和李夫聊聊。」歐伯隆立刻照做，在我和李夫的椅子中間重重躺下，弄得前廊的木板嘎吱亂響。

「這樣最棒了！沒什麼比搔肚子更棒的事了。或許除了法國貴賓犬之外。記得菲菲嗎？歡樂時光、歡樂時光。」

「好了，李夫，現在他是快樂的獵狼犬了。」我一邊說，一邊搔著歐伯隆的肋骨。「你想聊什麼？」

「頗爲簡單。」他開口，「但是就和所有簡單的事情一樣，其實極其複雜。」

「等等，你用太多副詞了。全部都用『真的』和『非常』來形容就行了。」我建議。

「我寧願不要，請你見諒。既然我不必在你面前掩飾本性，我可以用喜歡的方式說話嗎？」

「當然。」我說，忍住不提他該多用點縮短形【註一】的想法。「很抱歉，李夫，你知道我只是想幫點忙。」

「我知道，而且很感激。但是在不挑剔我用字遣詞的情況下都已經很難講這件事情了。」他深深吸了一大口不必要的空氣，接著閉上雙眼、緩緩吐氣，看起來彷彿正在取得中心自我、尋找查克拉點【註二】。「我基於許多理由需要你的幫忙，而你也基於許多理由應該幫助我，不過那些都可以先等

註一：縮短形（contractions），英文口語或信件會爲了簡明，縮減掉單字或片語中幾個字母的用法。例如：將will not簡縮爲won't。

註二：查克拉點（Chakura），脈輪，印度瑜珈觀念中的人體能量中樞。

一等。我先簡短說說——」他說著張開雙眼轉過來看我，「我要你幫我殺了索爾。」

「哈！叫他去排隊！」歐伯隆說。他發出聽見特別有趣的事情時會發出的嚓嚓聲響。謝天謝地，李夫看不出來我的狗在嘲笑他。

「嗯……」我說：「索爾顯然很容易激發殺意。過去這兩個禮拜以來，你並不是第一個要我去殺他的人。」

李夫立刻說：「這就是你應該同意幫忙的眾多原因之一。會有很多人願意提供必要的幫助，而在事成之後，你會擁有很多心存感激的仰慕者。」

「失敗的話，會有很多人為我哀悼嗎？如果有這麼多人仇視他，為什麼到現在還沒人幹掉他？」

「因為『諸神的黃昏』【註二】。」李夫顯然料到我會提出這個問題，回答：「這則預言讓所有人都怕他，也讓他狂妄自大得人神共憤。根據他們的說法，如果世界末日預言裡有他一份，那顯然在世界末日來臨之前都沒人動得了他。但那根本是鬼扯淡。」

我微笑。「你說諸神的黃昏是鬼扯淡？」歐伯隆又發出了幾聲愉快的聲音。

李夫不理會我，繼續說下去：「不是所有末日預言都會成真，就像如果真有創世神話的話，只有一個創世神話可能是真的。我們不能因為我祖先那些冰封的腦袋夢到了什麼遠古神話就綁手綁腳，我們現在就能改變這種情況。」

「聽著，李夫，我知道你準備好了一篇講稿來說明我應該做這件事的理由，但我真的沒有辦法接受它們。我就是不認爲這是我的責任。安格斯・歐格和布雷斯都是主動上門找碴，而我只是解決他們開啓的爭端而已。而且，你知道，本來死的也很可能是我——你當時不在場：我差點就被幹掉了。我想，你見到這個了？」我指向我畸形的右耳。一頭看起來像鐵處女合唱團吉祥物的惡魔咬掉了它，而我只能夠重新長出來一團亂七八糟的軟骨。（我已經有抓到自己在唱「不要總是浪費時間在尋找那些虛耗的耳朵」【註二】了。）

「我當然有看到。」李夫回道。

「我運氣好，只受了這點傷。儘管除掉安格斯・歐格沒有讓我付出慘痛代價，這事卻讓好幾個不客氣的神找上門來了，而這還只是因爲我依然是個小角色。如果我除掉了索爾這種大人物，你能想像剩下的那些神會有什麼反應嗎？他們會爲了解除威脅聯手除掉我。再說，我認爲根本不可能殺得掉索爾。」

「喔，絕對有可能。」李夫說著揚起一根手指，朝我搖了搖，「北歐諸神和你們的圖阿哈・戴・丹恩很像。他們擁有永恆的青春，但是殺得死。」

「最初是這樣，沒錯。」我同意，「我讀過古老典籍，也知道你想殺的是版本1.0的索爾。但是你知道，現在外面已經有好幾個版本的索爾了，就像有好幾個凱歐帝、耶穌、佛陀，以及貓王一樣。我

註一：諸神的黃昏（Ragnarök），北歐神話中的世界末日，包括索爾在內的許多重要神祇戰死，世界滅亡。不過倖存的神祇與人類將建立起新世界。

註二：語出鐵處女合唱團的歌曲〈虛耗的光陰〉，不過把光陰（years）換成了耳朵（ears）。

們可以入侵阿斯加德【註一】，殺掉索爾1.0，接下來，如果從其他北歐諸神手中逃出生天的話，我們很可能會在回到米德加德【註二】後，像兩個壞蛋一樣被漫畫版的索爾天譴而亡。你有想過這一點嗎？」

李夫看起來非常困惑。「索爾有漫畫？」

「有呀，你怎麼會不知道？還有一部根據漫畫改編的電影。在美國這裡，他算是英雄人物，和原始版本的那個混蛋差得遠了。除非你自己吸引他的注意，不然他不會來找你，但是入侵阿斯加德大概很快就會引起他的注意了。」

「嗯。如果我能夠組織個攻擊阿斯加德並且保護我們回米德加德的團隊，你會願意參與這項行動嗎？」

我緩緩搖頭。「不，李夫，我很抱歉。我能活這麼久的原因之一，就在於我從來不和雷神正面衝突。這是很棒的生存策略，而我打算一直奉行下去。但如果你打算組織這種團隊，我建議你別找洛基。他會假裝加入你們，然後一有機會就去向奧丁抖露一切，到時候整個北歐萬神殿都會帶著木樁追殺你。」

「在現在這種形勢下，我寧願面對那種情況，也不要繼續和他活在同一個世界。我要復仇。」

「你到底要復什麼仇？」通常我不會刺探吸血鬼心意，因為他們太好猜了：唯一能讓他們興奮的就是權力與地盤。不過他們很喜歡被追問，這樣他們才能透過不理不睬不回答來營造神祕感。

李夫沒有機會回答我，雖然有那麼半秒鐘，他看起來一副想要回答的模樣。正當他張口欲言時，目光下移到我喉嚨下方的寒鐵護身符上，而我也在此時開始感到鎖骨之間溫度上升——甚至有點灼燒感。

「呃……」這可能是李夫這輩子最口齒不清的時刻，「你的護身符爲什麼在發光？」

我感到溫度如同八月早晨的水星般急速飆升，頭皮上冒出斗大汗滴，耳中傳來我的皮肉如同培根般燒焦的滋滋聲響。儘管本能地想要扯下護身符丟到草坪上，我還是壓抑下這股衝動，因爲這塊悶燒的寒鐵——魔法的反面——就是唯一保住我性命的東西。

「我被魔法攻擊！」我緊握椅臂、指節泛白，專注於阻隔痛楚，透過緊咬的牙關說道。我這麼做並不只是要叫慘叫的神經閉嘴；如果讓痛楚征服，我就完了。痛楚是最容易刺激爬蟲類腦【註三】的感知，而一旦爬蟲類腦被喚醒，它就會開始封閉大腦皮層中的高階功能，讓人失去理智，除了本能性的反抗或逃跑外完全無法運作——這會讓我無法正常溝通、讓李夫了解現況，以免他錯過明顯的事實：「有人要殺我！」

註一：北歐神話中，構成世界的世界之樹（Yggdrasil）支撐著三層共九個國度，其中阿斯加德（Asgard）爲神域。
註二：米德加德（Midgard），北歐神話中的人類世界，世界樹上的九個國度之一。
註三：爬蟲類腦（reptilian brain），腦中掌管本能的最原始部位。

第二章

李夫伸出獠牙，自椅子上跳到我的前庭邊緣，利用所有感官在黑暗中搜尋攻擊者。歐伯隆也跳起身來，朝黑夜嚎叫，以最具威脅性的模樣恐嚇外面的敵人。

我已經知道他們絕對找不到敵人，這是遠距離攻擊。

「女巫！」我在護身符持續灼燒胸口時噴著口水說道。魔法攻擊已經結束，紅光開始黯淡，但我還是一直嗅到身上的燒烤味。封閉痛楚和修復融化的皮膚迅速吸乾我的備用魔力，於是我掙扎起身，踉蹌地走下台階來到草坪上，踢掉涼鞋吸取大地的能量。我彎下腰去，雙掌抵住膝蓋，想讓護身符垂在脖子下方，不要接觸皮膚，但它保持在原位——融入我的肉裡了。不妙。

「我同意你遭到女巫攻擊，但是除了本地女巫外，我沒有感應到外來者。」李夫一邊持續搜索敵蹤，一邊說道：「話說回來，既然你巧妙地將話題轉移到女巫身上——」

「我剛剛是在做這件事嗎？」我緊繃著臉說：「巧妙地將話題轉移到女巫身上？因爲我以爲我是在做其他事，像是讓女巫烤焦我的屁股。」

「不好意思。我絞盡腦汁想找恰當的說法，但是無論如何都想不出來。我今晚造訪也是爲了公事，就是要通知你瑪李娜·索可瓦斯基已經同意你上次開出的條件，沒有增修任何條款。只要你有空，她就可以簽署互不侵犯協議。」

「是喔，好吧。」我皺起眉頭，拉扯護身符上的銀鏈，將它拔離胸口，外帶一層焦黑的皮膚。「眼前的事情明白表示她所謂的互不侵犯是在說謊，不是嗎？」

「不是。」李夫搖頭，「她不可能在即將與你講和的此刻做這種事。」

「或許這才是最完美的時機。我們還沒簽署任何協議，這讓她排在我的嫌犯名單上很前面的順位。」瑪李娜是自稱曙光三女神女巫團的波蘭女巫團新任領袖，自八〇年代開始就宣稱東谷——當地人對包含坦佩、梅沙、史考特谷、錢德勒，以及吉爾伯特等城市在內的區域總稱——是她們的地盤；當時我還沒搬來這裡。九〇年代末期，我剛搬來此地時，她們基本上沒來管我；畢竟，我只有一個人，而且沒有展露任何敵意，看起來也沒多少實力，只是個天賦異秉的藥草師。我們一直滿足於和平共處，直到雙方利益出現分歧：她們想要幫助一個想殺我的神（我原先以為她們的報酬是進入提爾・納・諾格的權利，後來才知道是讓她們在馬・梅爾置產），而我想要繼續活下去。直到當時，她們才發現自己大大低估了我的實力。從前她們女巫團共有十三名成員，其中六個在試圖殺我時死亡，儘管瑪李娜一直在講些鴿子和橄欖枝【註】的話，我還是認定她一有機會就會幫姊妹復仇。

「我誠摯希望你不會提議要我去拜訪她。」李夫冷冷地說。

「不、不，我會親自去拜訪她。」

「你讓我放下心口大石了。對了，你那個愛管閒事的鄰居正在偷看我們。」

「你是說山莫建先生？」

「就是他。」我微微側頭斜眼看向馬路對面。我看見有兩片百頁窗葉分得比其他窗葉開一點點，而窗葉之間的陰暗縫隙後，無疑就是我心腸惡毒的鄰居那雙黑暗的眼睛。

「你沒有，呃，在他身上聞到什麼不同的味道，是吧？」我問李夫。

「如何不同？」我的律師問。

「沒有妖精的氣味？沒有惡魔的氣味？」

李夫挖苦地搖頭輕笑，「你的偏執妄想永遠深不見底。」

「希望如此，萬一見底了，我可能就會碰上意外。他聞起來像什麼味道？」

李夫神色厭惡地皺起鼻頭。「像是搭配便宜淡啤酒的芥末辣醬熱狗，血裡充滿油脂與酒精。」

「哇，我以爲他的嗅覺沒有那麼靈。」歐伯隆說。

「這樣聞血的味道提醒了我今晚還未進食。」李夫說：「所以既然工作已經做完了，我想我就留你一個人繼續自我醫療和獵捕女巫。不過在我離開之前，可以請你至少考慮一下加入我和其他人一起對付索爾的計畫嗎？就當是幫我個忙，想想這麼做能夠帶來的好處。」

「好吧，就當幫你個忙。」我說：「我會考慮。但是，說眞的，李夫，我不想給你任何假希望。殺索爾並非我夢寐以求的榮耀。」

來自吸血鬼的冰冷目光比正常人的冰冷目光還要冰冷很多。而當以這種冰冷目光瞪你的吸血鬼還是來自冰島的時候，你就等於是在承受這個詞彙的原型，就算體溫當場下降個幾度也不用感到意

註：兩者都是和平象徵。

外。李夫用這種目光瞪了我幾秒，接著輕聲說道：「你在嘲笑我嗎？通常你只有在嘲笑或是指出他人愚行的時候才會引述莎士比亞。」

「哇，他可逮到你了，阿提克斯。」歐伯隆說。

「不，李夫，我只是壓力有點大而已。」我說著指向臉上的汗水和脖子下方還在冒煙的護身符。

「我認為你在撒謊。」

「拜託，李夫——」

「原諒我，但是我們的關係讓我略微了解你的思考模式。你剛剛引述了茱麗葉的台詞【註一】。你或許在暗示我有點像是命運愚人羅密歐，會為了幫莫枯修報仇而在衝動之下去找鐵豹？而你認為如果我繼續這個對付索爾的計畫，或許會像羅密歐那樣面對悲慘下場？」

「我完全沒有那個意思。完全沒有，沒有。」我說：「但如果我有這個意思的話，我會引述班伏里歐，而不是茱麗葉：『住手，笨蛋！你們不知道自己在做什麼。』」

李夫凝視著我，一動也不動——就是只有吸血鬼和寵物石【註二】辦得到的那種完全靜止。「我向來比較偏愛《哈姆雷特》，」他終於開口，「『此刻，我能夠暢飲熱血，幹那白晝所不敢幹的勾當。』」他轉過身去，迅速移動——或許對正常人而言有點太過迅速——前往他停在馬路邊的漆黑美洲豹XK敞篷車門前，不太高興地丟了句：「告辭。」隨即跳入車內、啓動引擎，在如同不死生物的呼嘯聲中揚長而去。

「老兄，如果剛剛那是莎士比亞引言比賽的話，你根本慘敗呀。」

「我知道。不過我摻了一些T・S・艾略特[註三]的句子進去，而他根本沒發現。希望下次不是處在遭遇暗殺過後自我醫療的情況下，那我肯定會表現得更好。」我依然姿勢尷尬地向前彎腰，避免護身符掉回胸口，我必須做些處置——不過不想在肯定還在監視的山莫建先生面前採取任何行動。

「歐伯隆，我要你穿越馬路，坐在他的草坪邊，稍微偏向一側，然後瞪他。」

「就這樣？光是坐下？因爲我不想在他在看的時候做任何事。」

「就這樣，我只要你引開他的注意就好。自從那次你在他家留下禮物以來，他就深怕你會繼續上門。最讓人印象深刻的就是源源不絕的禮物了。」

山莫建先生和我處不來實在很可惜。就年過六十的微胖黎巴嫩紳士來說，他很容易興奮、喜歡叫囂，和他一起去看棒球賽鐵定很好玩。如果他沒有在我一搬過來就表現得像個混蛋的話，我們或許能夠相處愉快——這有點像是在說溺水的人如果有辦法在水裡呼吸，可能有機會活下來。

「好吧，但是我做這件事起碼要有條香腸吃。」

註一：阿提克斯前面的台詞「殺索爾並非我夢寐以求的榮耀」（Killing Thor is an honor I dream not of.）類似《羅密歐與茱麗葉》第一幕第三場的茱麗葉與母親談論結婚一事時的台詞「（婚姻）這並非我夢寐以求的榮耀」（It is an honor that I dream not of.）。

註二：寵物石（pet rocks）是動物造型的石頭，爲七〇年代流行的收藏玩具；眼睛畫在石頭上，視線靜止不會動。

註三：T・S・艾略特（T. S. Eliot），美英詩人、評論家、劇作家，曾獲諾貝爾文學獎。

「沒問題。而且我們還是會出去跑跑。」

「等等。他不記得趴趴高公園的事情，是吧？」歐伯隆說的是一起導致公園巡邏員死亡的不幸事件，而山莫建先生曾試圖把那件事情怪到我們頭上。

「不記得，李夫用他特有的吸血鬼心靈抹除能力解決了。」這讓我覺得認識吸血鬼朋友有時候非常實用；我希望李夫不要氣我太久。

「好吧，我想這樣應該很有趣。」歐伯隆小跑步穿越馬路，百頁窗之間的縫隙突然擴大，山莫建先生當場放棄所有遮掩行蹤的意圖。「我現在可以看見他的眼睛了。」

趁他們兩個展開目光交流，我自大地吸取能量，召喚局部性濃霧。亞歷桑納空氣乾燥出了名，不過在十一月第一週、剛好又有暴風侵襲的此刻，要找到水氣加以羈絆並不難。由於濃霧需要時間凝聚，我將心力集中在治療燙傷皮膚上。現在護身符造成灼傷的速度已經比癒合更慢，效果比之前顯著多了。

由於護身符依然過熱，我彎腰駝背地走到花園水管旁打開水龍頭；確定濃霧已經凝聚得差不多了，這才展開接下來的行動。我還看得到歐伯隆。他坐在一盞路燈而非山莫建先生家的窗戶下，這樣很好。我伸手擋在臉前以免蒸氣撲面，接著拿水管去沖護身符。

護身符滋滋作響，預料中的白霧激噴而上，不過幾秒過後，它顯然開始冷卻。

「嘿，我想他要出來了。」歐伯隆叫道。

「沒關係。不要動，繼續瞪他。可以的話就搖搖尾巴。」

「辦不到。我眞的很不喜歡他。」

我聽見山莫建先生怒氣沖沖地衝出大門。「給我滾開，你這條骯髒的雜種狗！噓！滾開！」

「他叫我雜種狗嗎？好惡劣。嘿，他手上拿了一捆報紙。」

「如果他想用報紙打你，就對他吼吼。」

「酷。他來了。」我聽見歐伯隆威脅地吼叫，山莫建先生強勢的語氣當場變成高八度的懇求。

「啊！好狗狗！別動！好狗狗！」

「他一定以爲我很蠢。他拿一捆報紙走向我，打算毆打我的腦袋，接著又叫我『好狗狗』，然後期待我會忘了剛剛的一切？我認爲他活該讓我吼上幾聲。」

「吼啊。」護身符急遽降溫；再過幾秒鐘就可以在不造成進一步傷害的情況下把它放回我胸口。歐伯隆大吼大叫，山莫建先生驚慌的尖叫聲立刻攀升到瑪麗亞·凱莉的等級。

「歐蘇利文！叫你的狗回去。可惡！歐蘇利文！給我過來！這條天殺的狗是打哪來的？」

我滿意了，於是關上水站起身來，讓護身符垂回胸口。胸口的傷尚未痊癒，不過情況好多了，我也控制住疼痛，好整以暇地穿越馬路，來到歐伯隆坐的地方。

「好了。」我一邊平靜地說道，一邊走出濃霧，來到我獵狼犬身旁的光柱之中。「你在大驚小怪什麼，山莫建先生？我的狗只是坐在這裡，根本沒有對你造成威脅。」

「牠沒綁狗鍊！」他叫道。

「你也沒有。」我說：「如果你沒有惡形惡狀地走向他，他根本不會對你叫，更別說叫成這樣了。」

「那不是重點！」山莫建口沫橫飛，「你不應該放任他亂跑！而且他肯定不該出現在我的土地上！我要報警！」

「我相信上次打電話舉報我的時候，你收到了一張報假案的罰單，是不是？」

山莫建臉色發青，大聲叫道：「離開我的土地！你們兩個都一樣！」

「和我一起退回馬路，直到離開他的視線……」我對歐伯隆說：「開始。」我們後退，目光始終保持在山莫建先生身上，任由濃霧包覆我們。我可以想像這在我鄰居眼裡是什麼樣的畫面：他眼睜睜地看著一個男人在沒有下達任何命令的情況下和他的狗並排後退，如同幽靈一般消失在濃霧中。

「這下應該能把他嚇得屁滾尿流了。」我對歐伯隆說道。正如所料，山莫建先生在我們轉身行走時在後面大叫。

「你是個詭異的混蛋，歐蘇利文！」他叫道，這句羞辱言語中的諷刺意味讓我忍不住想笑。

「你和你的狗最好不要來惹我！」

「真好玩。」歐伯隆嚓嚓笑道：「開某個人玩笑的時候是怎麼說來著？」

「惡作劇。」我說著開始慢跑，歐伯隆跟在我身旁一起跑。我解除羈絆水氣的法術，任由霧氣消散。「我們就像一九六四年的『快樂惡作劇者』【註】，不借助任何酸劑幫山莫建先生量身訂做一套酸性測試。」

「什麼是酸性測試？」

「這個嘛，回家以後我再告訴你。既然你顯然是頭骯髒的雜種狗——」

「嘿！」

「——就表示你須要洗個澡，而在你洗澡的時候，我就會把『快樂惡作劇者和令人震驚的庫爾急救酸測試』的故事說給你聽。不過現在我們先跑到市場去幫你買條香腸。」

「好！我要鮮嫩多汁的雞肉蘋果香腸。」

「介意我打個電話嗎？我得讓瑪李娜知道她的法術沒殺死我。」我拿出手機，開始搜尋瑪李娜的號碼。

「當然。不過趁我還沒忘記，我想你該知道李夫剛剛很可能是在騙你。」

「怎麼說？」我皺眉。

「這個嘛，記得四天前你在迷信山脈救我的時候，我搞得滿鼻子都是惡魔味嗎？」

「那已經是三個禮拜前的事情了，不是四天，不過沒錯，我記得。」

「好吧，李夫說山莫建先生聞起來沒有惡魔味，但其實有。事實上，現在還有。不信的話，你可以變成獵狼犬來聞聞：你那個超遜的人類鼻子什麼都聞不到。」

註：快樂惡作劇者（Merry Pranksters），在LSD等精神藥品仍合法的六〇年代，他們搭乘彩繪學校巴士四處惡作劇、推動使用精神藥品，領袖爲作家肯．凱西。LSD俗稱「酸劑」，而凱西舉行的一連串藥品派對即稱「酸性測試」（Acid-test）；作家Tom Wolfe寫了紀實文學《庫爾急救酸測試》（The Electric Kool-Aid Acid Test，又譯作《插電酷愛迷幻實驗》或《電酷愛迷藥會》等）來記錄快樂惡作劇者的活動。

「等等，暫停。」我說著在馬路中間停下來；歐伯隆停在幾步之外，回頭看我，舌頭垂在嘴外。我們還在十一街上，距離我家一條街口；每隔一段距離就有街燈在黑暗中灑落如同黃色派對帽般的圓錐形光柱。「已經離這麼遠了，你還能聞到惡魔味？」

「對。而且越來越濃。」

「喔，不，那可不妙，歐伯隆。」我說著將手機放回口袋，「我們得回家。我要拿我的劍。」前方街口的黑影中有什麼在蠢蠢欲動。約莫小型福斯車大小，在地面上不自然地移動，接著我看出來是什麼讓那玩意兒移動了：外型奇特的超長昆蟲腳，支撐著看來有點像是蝗蟲的身軀。基於呼吸系統的限制，昆蟲的體型理應在六吋之下，但顯然這頭惡魔沒有收到那則備忘錄。

「跑回家，歐伯隆！立刻！」我轉過身，以最快的速度死命衝向我家前院，隨即聽見惡魔展開追捕，甲殼長腳在黑柏油路面上重步奔來。我們沒有甩開它；實際上，它正逐漸逼近。來不及回去拿劍了。

第三章

惡魔聞起來像是屁股——滑入你的喉嚨、找到作嘔反射神經，然後大剌剌地坐在上面的噁心屁股。當安格斯・歐格釋放一大堆惡魔來到人間，命令它們殺了我時，我曾吸入過量惡魔氣味，現在終於可以好好聞聞這個惡魔的味道。這絕非黃金谷蠟燭公司會打算推出的香味。

有些惡魔強大到一開始就能抗拒安格斯・歐格的羈絆，翻過山頭自己去找樂子。儘管凱爾特神話的狩獵女神富麗迪許獵殺了大多數惡魔，我知道還是有幾頭流落在外，遲早都會找上門來。雖然安格斯死了，他的羈絆依然是它們來到人間的唯一理由，不執行他的命令便永遠無法獲得眞正的自由；羈絆法術會持續作用，直到它們失去抗拒意志爲止。我用寒火除掉了大部分惡魔，但這傢伙必定以極快的速度逃離攻擊範圍，直到此刻才在羈絆的驅使下找出我的下落。

「繞到後面去，歐伯隆。」我說。我的朋友已經跑在我前面。「你沒辦法對付這個傢伙。」

「我沒意見。」他說：「反正我也不想咬那麼臭的東西。」

我火速衝向草坪，惡魔緊跟在後；我可以在六隻昆蟲腳的沉重腳步聲中聽見它從呼吸孔吐出的哮音。只要抵達草地，我就可以吸取力量，以寒火攻擊這個傢伙，但是這個計畫有些缺點：第一，寒火不會立即見效；第二，寒火會耗盡我所有精力，施展之後便徹底無力防禦。

沒辦法用魔劍刺穿它的外殼，也沒有安全機制可以施展寒火，我必須在惡魔解決我前利用魔法力場來解決它。這樣做同樣需要時間，但或許我可以躲在牧豆樹後，閃避它鋸齒狀的前肢，直到德魯伊魔法開始運作。

大地非常樂意幫助我擺脫惡魔：它們不屬於地表，大地厭惡它們，所以要在居家四周設置惡魔防禦力場很簡單。只要教會地面偵測惡魔蹤跡，然後鼓勵它清理遭受玷污的地區，一切就搞定了——理論上如此。

問題在於大地的反應時間有待加強。每隔十年我就會冥思一週，與大地的靈魂——也就是現代人喜歡稱爲蓋亞的那位——溝通；而她很喜歡談論白堊紀，彷彿那是上個月才發生的事情一樣。然而，注重居家安全的德魯伊不能以長遠角度來看入侵者，所以我將牧豆樹設置爲第一道防線，同時也是索諾倫【註二】沙漠元素的警鐘。比起我，沙漠元更能吸引大地的注意——或許還會以蓋亞勇士的身分現身。事實上，我根本不曉得當惡魔喚醒大地之怒時會發生什麼事情；我只是賭大地會贏而已。

一腳踏上我家前院的草地時，我當場鬆了一大口氣，隨即開始吸收能量補充肌肉的活力，以及血液中的氧氣。這股能量大幅強化我的速度，讓我及時閃開惡魔的刺擊。它銳利的前肢掠過我的小腿，深深插入草地，讓我想起在菲爾博格人攻擊我家時玩過的把戲。

「康尼！」我大叫，一邊奔跑一邊伸手指向昆蟲的爪子，命令大地緊緊密合，不讓爪子拔出地面。這一招阻礙惡魔片刻，但卻無法癱瘓它；昆蟲外殼太滑了，大地沒辦法固定，它奮力一拔，可怕的惡魔重獲自由。不過這道法術還是達到了兩個目的：它讓我有時間閃到牧豆樹後面，而且肯定觸發了防禦力場。

九重葛的荊棘藤蔓竄出前廊柱，試圖拖慢惡魔；而我現在注意到那傢伙根本不像蝗蟲，反而比較像是黑色的大輪背獵椿【註二】，背上有著齒輪般的脊線護甲，以及用來插入受害者體內、吸乾體液的銳利口器。藤蔓沒有強到能制住這種地獄力量；它們幾乎是在接觸到惡魔的同時就枯萎了。怪物腳下的土地開始劇烈震動，牧豆樹的根破土而出，纏住怪物四隻後腳。這下肯定引起它的注意了。它奮力掙扎，發出遊走在人類聽覺高音邊緣的沮喪叫聲；但就像藤蔓一樣，可憐的樹根也無法承受惡魔之觸。它們僅僅箝制了十秒左右，如果我知道它們會這樣捨命相助，早施展寒火結束這一切了。

「歐蘇利文！那他媽的是什麼東西？」

看在地下諸神的份上，山莫建先生還沒回家！現在濃霧消散、街燈通明，他清楚看見了凡人雙眼根本不該看見的事物。我不知道該從何解釋起。「呃，現在有點忙！」我回答。

「你需要一大罐殺蟲劑！」他叫道：「或是火箭推進榴彈——我車庫裡有一把，你要嗎？」

「什麼？不用，山莫建先生，不用！沒用的！待在原地就好了！」

我不能繼續理他。如果因為他而分心的話，我就會淪為惡魔大餐。黑輪背獵椿掙脫了樹根，再度朝我前進，穿越依然劇烈震動的草坪。它揮動管狀蟲喙朝我劃來，以肉眼難察的速度戳過樹幹、

註一：索諾倫沙漠（Sonoran Desert），位於美國和墨西哥交界處的沙漠，包括了美國亞歷桑納州、加州和墨西哥索諾拉州大片地區。

註二：輪背獵椿（wheel bug），學名*Arilus cristatus*，是北美體型最大的半翅目昆蟲，擁有如鋼針般的口器，可刺入獵物體內吸取養分。

割破我的肩膀，開了道滾燙的傷口。我的樹不吃這一套。上方的樹枝開始抽向惡魔的腦袋和胸口，沒能造成什麼傷害，不過成功以一團樹葉遮蔽了惡魔的視線。輪背獵椿人立而起奮力掙扎，揮動銳利的前肢砍斷樹枝，看來我的樹頂多只能再阻擋它幾秒了。我沒有時間進屋拿劍，但或許足以讓寒火發揮作用。我指向惡魔，嘴中開始默唸施法咒語，接著我看見救兵到了。

一株巨型仙人掌在輪背獵椿身後的地面以幾近荒謬的速度生長。它不僅將一世紀的成長過程濃縮成短短數秒，而且還有就巨型仙人掌而言，非常神奇的感知與移動的能力。除了牧豆樹召喚的索諾倫沙漠元素——蓋亞派來對抗地獄產物的勇士外，它絕不可能是其他東西。它聳立在夜空下，舉起長滿尖刺的手臂朝惡魔背部、齒輪護甲後方狠狠捶下。

惡魔的外殼出現裂痕，在痛入骨髓的劇痛下尖叫，甩動前肢砍向巨型仙人掌的軀體與手臂。它砍斷了一條手臂，甚至擊落了仙人掌的頂部，但是這可不是頭被砍斷就會倒地身亡的生物；仙人掌根本無頭可砍。平常當這種意外發生時，巨型仙人掌只會封閉傷口，然後長出一條新手臂，一點問題也沒有。沙漠元素完全沒有減緩動作。它用另一條手臂痛毆惡魔的腦袋，擊碎一顆球狀黑眼，膿汁濺灑在草坪上。

惡魔心知自己正面臨生死關頭。對手不再是它為了在人間為所欲為而吃掉的弱小人類；而是大地本身的勇士，一整個生態體系凝聚而成、致命萬分的實體化身。黑輪背獵椿朝巨型仙人掌連發利剪般的攻勢，試圖砍斷它的所有手臂，然後處理軀幹，但是手臂再生的速度比砍斷的速度還快。不到十秒，軀幹另一端的一條長手臂已經扭轉過來，捶穿惡魔的頭顱。手臂一路向下，劈開整條長長的身體，將怪物一分爲二、朝兩邊倒地，長腳持續抽動一段時間，演出一段死亡之舞。

我非常感激大地的幫助，努力忽略那恐怖的惡臭，透過刺青對大地表達感激之情，然後因爲人類語言對沙漠元素毫無意義，所以我用某種情緒速寫與它溝通。

「德魯伊很感激，謝謝你的幫助。」我說。沙漠元素沉浸在勝利的情緒中，十分滿意自己的表現。它說要修復我的草坪、樹、藤蔓，不想在地盤上留下任何地獄痕跡；我欣然接受。它不太清楚該如何處理惡魔屍體；這時惡魔的腦袋和胸部已經只剩下一團焦油，但是腹部與腳仍完好無缺，而且顯然不是屬於這個世界的產物。它不想把惡魔吸入地底，不過似乎也明白我不能把一隻大輪背獵椿塞入垃圾處理機。我提出建議：用岩石包覆它，徹底壓碎成汁，然後留個底部有塞子的石桶給我。我會把石桶交給一群我認識的食屍鬼（事實上，是李夫認識的食屍鬼，他的快速撥號裡有他們的電話），他們會開個狂歡派對，因爲惡魔汁對他們而言就像利口酒一樣，然後他們再交還能夠回歸大地的空石桶。沙漠元素很滿意這個方案，立刻著手進行。

「歐蘇利文？」一個充滿困惑的聲音將我的意識帶回地面——山莫建先生。

「是的，先生，有什麼我能爲你效勞的嗎？」一切都已經回復正常——也就說，藤蔓看起來很漂亮，牧豆樹也一樣。不過正在利用眾多手臂將岩石當作黏土般塑形，並且發出許多壓扁昆蟲聲響的巨型仙人掌倒是很值得批評指教。

我的鄰居舉起顫抖的手指比向仙人掌。「那棵會動的仙人掌……還有那隻大蟲……還有你，你這個詭異的混蛋。你到底是什麼玩意兒？」

我雙手插入口袋，對他露出迷人的笑容。「何必多問？我當然是基督大敵呀。」

山莫建先生的反應是當場昏倒，這倒讓我吃了一驚。因爲這傢伙在看見巨型惡魔的時候像個硬漢一樣說要幫我炸掉它，所以我以爲他會用些粗俗的方式，像是比比中指或是抓抓胯下什麼的，表示他完全不信我的鬼話。爲什麼聽到基督教魔頭的名字馬上就嚇成這樣？看在富麗迪許的份上，他是個穆斯林呀！

事實上，他這樣昏倒也是好事。等他醒來後，一切會變得模糊不清，我就可以否認一切。如果他想讓任何人相信他的說詞，好吧，沒人會信。我肩膀上的傷已經痊癒了。

沙漠元素完成了工作，把裝滿蒸餾惡魔汁的石桶放在我家空蕩蕩的車道上；我可以輕易加以僞裝，讓食屍鬼裝上他們的冷凍貨車。索諾倫向我道別，然後自來時的地方遁回草坪之下，一邊消失一邊清理善後，完全沒有留下任何超自然現象發生過的痕跡，看起來就像剛剛才施過肥一樣。

「安全了嗎？」歐伯隆在後院問道。

「安全了，出來吧。我要打兩通電話。」我先幫山莫建先生叫了救護車，建立起我有在關懷他健康的官方記錄。如果他醒來後宣稱我是基督大敵，他就會被施打一劑強效鎮定劑，或許再給他一套束縛衣穿穿。然後我打給白天的律師霍爾・浩克要食屍鬼的電話號碼；我不認爲現在李夫會想和我說話，再說，他可能正在拿某個亞歷桑納州立大學的學生當早餐。

打電話給食屍鬼後，山莫建先生的救護車隨即抵達，我等他們抬走他，然後打了最後一通電話給瑪李娜・索可瓦斯基。

「哈囉，瑪李娜，」我在她接起電話時語氣愉快地說道：「我還沒死。妳的小法術沒有效果。」

「你也遇襲了？那些婊子！」她啐道：「可惡的傢伙！」她顯然很生氣；她在我面前從未說過任何不禮貌、不正式的用詞。「我不禁好奇今晚還有誰遇襲，還有誰已經死了。」

這完全不是我預期中的反應。「等等。什麼婊子？誰死了？瑪李娜，誰死了？」

「你最好過來一趟。」她說，接著掛我電話。

第四章

「我聽到你說母狗【註】嗎？」歐伯隆滿懷期望地問。

「對，不幸的是，不是你想的那種母狗。」我大聲說：「你還想要出去跑跑嗎，老兄？我們得去拜訪瑪李娜・索可瓦斯基。」

「她是那個不喜歡狗的女巫，是嗎？」

「這個嘛，我不認識很多喜歡狗的女巫，所以她也不算特例。女巫通常比較喜歡貓。」

「那我們去她家前可以先來條香腸嗎？」

「當然。」我笑，「謝謝你的提醒。先等我進屋去拿劍，這回我要先準備準備。在外面站個崗？」

「當然。」我跑回屋裡去拿富拉蓋拉——能把護甲當成縐紋紙般砍爛的愛爾蘭古劍——將劍鞘斜掛在背上，讓劍柄凸起於右肩後方。當我打開冰箱、喝兩口耐吉天然純莓果汁的時候，歐伯隆自前廊叫我。

「阿提克斯，有個聞起來不像人的人走過來了。」

註：母狗和婊子都是「bitch」。

我把果汁塞回冰箱，快步走向前門。「聞起來像惡魔嗎？」我問。

「不。聞起來有點像狗，不過又不是狗。」

我拉開大門，看見馬路上有個瘦瘦的美洲原住民。頭戴牛仔帽，黑色的直髮垂過肩膀，身穿白色無袖內衣、藍牛仔褲、磨損的棕色靴子。他左手拿著個油膩膩的牛皮紙袋，臉上是不太誠懇的笑容。

他悠閒地揮揮右手，以緩慢、友善的語氣說道：「晚安，德魯伊先生。我想你知道我是誰？」

我鬆了口氣，換上和他一樣不疾不徐的節奏講話。用他的方式講話，我就能讓他和我一樣放鬆，而他也比較可能會信任我。這是融入異國文化的第一守則：用當地居民的方式講話。只要讓人聽出外國口音，就像按下了仇外的門鈴，他們會立刻將你視爲外來者，而非自家兄弟；李夫所忽略的就是這個人類天性中最基本的層面。方言和區域性口音同樣適用，這就是我何以要盡可能去模仿這些腔調。隨便問個波士頓北方佬在南方州被警察攔下來會怎麼樣，他們就會告訴你口音很重要。於是我好整以暇地回應，彷彿我有一整天的時間用來說完一句話，因爲我的訪客就是這樣說話的。「我當然知道，凱歐帝。問題在於這回你是來自哪個部落？」

「我來自迪內部落。」他以正式名稱稱呼這個在美國被叫做納瓦霍的部落。「介意我上來坐坐嗎？」

「一點也不。」我說：「但我此刻沒有準備招待客人的東西。家裡沒有菸草，眞是不好意思。」

「啊，沒關係。不過你有啤酒的話，我想來一瓶。」

「這個沒問題。來前廊上坐，我很快就回來。」我趁凱歐帝走上前廊的時候跑回屋內，從冰箱裡拿了兩瓶史戴拉啤酒【註】。我打開瓶蓋，在他坐上椅子時回到屋外。我將一瓶酒遞給他，他微笑。

「嗯，好啤酒。」他說著接過啤酒，看著瓶上的標籤。「謝謝，德魯伊先生。」

「不客氣。」我們一起喝了一口，做出男人的正常反應，發出讚賞的嘆息聲，接著他提起左手上的袋子。

「我幫你的獵狼犬帶了點香腸。介意我拿給他嗎？」

「香腸！」歐伯隆開始瘋狂搖尾巴。「我就覺得有聞到好東西！」

「什麼樣的香腸？」我問。

凱歐帝輕笑。「偏執妄想的老德魯伊。你還是沒變。正常香腸，絕對安全。雞肉蘋果口味。我不想讓你的獵狼犬在我們交談的時候餓肚子。」

「你眞是太好心了，凱歐帝。我的獵狼犬和我都很感謝你。」如果他曉得歐伯隆今晚想吃雞肉蘋果香腸，那就表示我們遇上惡魔的時候他就在附近——他可以幫忙，但顯然選擇不幫；這同時也表示他有辦法聽見歐伯隆的想法。我接過袋子，打開袋口，裡面放了八根臘腸大小的上好雞肉蘋果香腸，還是熱的，聞起來超香。我撕開袋子，放在歐伯隆面前的地上，讓他可以輕鬆吃到香腸。他一點也不浪費時間。

註：史戴拉啤酒（Stella），比利時品牌的啤酒，全名爲Stella Artois。

「太好吃了！告訴他我這麼說！」

「很好。」凱歐帝點頭，又喝了一口啤酒。他似乎沒有發現自己在我複誦歐伯隆的話之前就回應了。「那麼，有在附近看到惡魔嗎？」

歐伯隆不再咀嚼，揚起腦袋，豎起耳朵；我則小心翼翼地打量凱歐帝，深怕他突然長出魔角或是冒出硫磺氣息。他仰起頭來哈哈大笑，犬齒在淡黃色的街燈下閃閃發光。

「呼噫，你們眞該看看你們的表情！我敢說你們有遇上惡魔！讓我猜，一隻大黑蟲？」

「是呀，不過我想你根本不須要猜，是不是？」我問。

「不用，我來之前有看到它往這個方向過來。但是你知道，外面可不只它一隻惡魔。」

「是呀，我知道。」我說。

「我就知道，德魯伊先生。而你就是它們在這附近到處吃人的理由。」

「你怎麼會在乎有惡魔跑來鎭上惡作劇？」我問。

「我怎麼會在乎？如果惡魔吃的都是像你這種白人的話，沒錯，我不在乎。但是我說它們在吃人，而我的意思就是它們在吃我的子民，德魯伊先生。因爲你，我的子民淪爲惡魔的食物。所以你和我有點事情必須聊聊。」

「我懂了。」我點頭，歐伯隆將此視爲可以繼續大快朵頤的信號。「你的子民死在哪裡？什麼時候死的？」

「昨天天際高中有名少女被吃了，當時其他學生都在學校吃午餐。」

「什麼，在學校？眾目睽睽之下？」

「除了我之外，沒人看見事發當時的情況。她當時獨自在外面吃薄麵包，而且人類的肉眼看不見這頭惡魔。你在場的話也看得見。而我肯定有看見它。」

「它長什麼樣子？」

「大大的，黑黑的，有翅膀。」歐伯隆打了個嗝，我也覺得有點消化不良。我知道凱歐帝說的惡魔。它是安格斯．歐格打開地獄門時，第一批無視羈絆離開現場的惡魔之一。它很強大，而既然它會飛，我就沒辦法用寒火殺它，因爲寒火只能攻擊接觸地面的惡魔。「你打算怎麼做？」凱歐帝問。

「等。」我說：「它遲早會來這裡找我，等它找上門來，我就殺了它。」

「我有個提議。」凱歐帝說，臉上依然掛著似笑非笑的笑容，用啤酒瓶的瓶口指著我。「你明天就去那所學校除掉惡魔，免得它再度動手殺人。那所學校裡還有我的子民，我不想只因爲你打算等，而失去更多人。」

「那你爲什麼不乾脆殺了它，凱歐帝？」

「因爲它又不是爲我來的，白人。你才是。而且它是來自白人宗教的惡魔，所以無論如何，我的藥草都不會比你的更適合用來對付它。但可以的話，我會幫你。」

「這個嘛，我的藥草也未必強到哪裡去。我或許是個白人，但這傢伙也不是來自我的宗教信仰。再說，我此刻也有很多自己的問題必須解決。」

凱歐帝常掛臉上的笑意蕩然無存，透過帽緣冷冷瞪我。「這就是你的問題，德魯伊先生。還是我沒有把話說清楚？你要解決這個問題，不然你就得來向我交代，還有皮馬部落的凱歐帝、土紅諾・歐德汗凱歐帝，以及阿帕契凱歐帝。儘管我們可能全部都會在第一戰中戰死，甚至在第二戰或第三戰中全軍覆沒，你知道我們還是會回來的。你可以死而復生幾次，德魯伊？我和我的兄弟想復活幾次就可以復活幾次，但是我想我們只要殺死你一次就夠了。」

「阿提克斯？」我的獵狼犬拉長耳朵，露出利齒，不過沒有真的朝我們的客人吼叫。

「沒關係，歐伯隆。他聽得見你的想法，所以不要透露太多。需要你的時候，我會讓你知道。」

他冷靜下來，不過還是謹慎地盯著凱歐帝。

我朝凱歐帝點了點頭。我沒告訴他我非常難殺，因為莫利根承諾過永遠不會帶我走。儘管如此，凱歐帝能夠造成像我那慘不忍睹的右耳一樣，可能永遠無法復元的嚴重傷害。我只想知道他有多看重此事，而現在我得到答案了。

「你可以載我過去嗎？」我問：「我沒車。」天際高中位於梅沙市東邊，接近阿帕契姜克森邊境——當然，那裡就是最接近迷信山脈的城市，惡魔就是從那邊逃出地獄的。單程就要二十哩，而騎腳踏車的話，旅程肯定不舒服。

「我也沒車。」凱歐帝一邊喝著啤酒一邊笑道，將剛剛的威脅言語拋到腦後。「不過那並不能阻止我明天弄到一輛車。」

「好吧，明天早上十點過來接我。」我說：「帶把弓來。我們要射下天上的惡魔。」

「用普通的箭？」凱歐帝揚眉揚到眉毛都消失在帽子裡了。

「不，我們去弄點特殊的箭。」我說：「我想我曉得該上哪兒去找些獵殺惡魔的聖箭。」

「你曉得？我從沒看過任何天主教堂有在賣聖箭的。」凱歐帝說。

「你什麼時候上過天主教堂？」我懷疑地問，凱歐帝哈哈大笑——那是種具有感染力的笑聲，讓人忍不住面露微笑。「我是說，你怎麼會知道？他們說不定在發基督聖餅【註】的時候會順便發個幾支聖箭，反正你也分不出來。」

凱歐帝放聲大笑，沒多久我也和他一起笑。他彎下腰去；拍擊大腿；接著因爲已經笑到沒氣了，無聲地笑了一會兒；他一直笑到眼淚都飆出眼眶。「我敢說就是這樣，德魯伊先生。」凱歐帝終於喘氣說道：「他們的牧師會走到戰士面前說道：『以聖父及聖子之名，這是你們的聖餅，現在去殺幾個可惡的印地安人！』」接著笑聲突然自我們的喉嚨裡消失，臉上的笑容也如同亡者被蓋上裹屍布般消失不見。這個笑話實在太接近事實，所以變得不好笑了。我們低頭看著前廊外的花床片刻。我不知道凱歐帝在想什麼，不過我個人卻想起了死在我手下的那些亡靈；我是神聖羅馬教廷殲滅德魯伊信仰之戰的唯一倖存者。

最後凱歐帝擦擦臉頰，喝完史戴拉啤酒，說道：「謝謝你的啤酒和笑話，德魯伊先生。」他站起身來，將空瓶放在前廊欄杆上，接著伸手和我握手，臉上再度揚起笑容。「要不是皮膚這麼白的

註：基督聖餅（Jesus Crackers）除了指望彌撒聖餐禮中發給參與者、象徵耶穌肉體的聖餅（或聖體／Sacramental bread）外，在俗語中，驚呼「天啊」的時候，也可以用Jesus Crackers來取代Jusus Christ。

話，你肯定是個好人。」

我大力和他握手，回應他的笑容，說道：「如果你不是一條討厭的狗的話，肯定也會是個好人。」凱歐帝再度大笑，不過這次的笑聲聽起來不太像人。他放開我的手，接著我目睹了事情經過。他四肢著地，在一下心跳的時間內化爲動物形態，跳離我的前廊，在歡暢的笑聲中遁入十一月涼爽的夜色裡。

他甚至沒有留下任何衣物；它們彷彿融化了。歐伯隆也注意到了。「酷斃了。」他說：「你該學學那個把戲。」

「是呀。」我低頭看向歐伯隆，接著在凱歐帝消失在我們視線範圍內時拍了拍手。「現在我們可以去找波蘭女巫了。」

「我認爲凱歐帝把你弄糊塗了。」歐伯隆說：「你說得好像那是什麼好事一樣。」

第五章

我覺得歐伯隆有點猶豫，於是問他是不是不想去找女巫。

「事實上，現在出門跑跑聽起來不是那麼吸引我了。」他承認道：「我剛剛吃了好多香腸。我想小睡一番應該不錯。或許你可以幫我放片克林・伊斯威特的電影。」

「當然。再說，你不喜歡女巫，是吧？」

「這個，沒錯。但是你也不喜歡。只不過現在瑪李娜一叫你去，你就打算跑去她的薑餅屋——我還要特別補充，剛剛才有人試圖殺你。你有沒有想過這樣是自投羅網？你現在覺得很幸運嗎【註】？」

「我想我知道你想看的是哪種伊斯威特電影了。」待歐伯隆在客廳裡安頓好，我放了部《緊急追捕令》系列電影，然後就跳上腳踏車，將長劍大剌剌地綁在背上，前往瑪李娜位於鎮湖附近的公寓。

打從我開始常態性地揹著富拉蓋拉出門以來——幾週前才開始的——我就注意到一種有趣的現象：幾乎沒人會當那是支眞劍。看到揹著劍騎腳踏車的年輕人，人們大多會認定我是個過度沉迷在動畫世界裡、依然和媽媽住在一起的宅男。又或許他們會以爲我的劍是電影或奇幻小說的角色扮演

註：克林・伊斯威特在《緊急追捕令（Dirty Harry）》裡的著名台詞。

道具，在槍械年代裡帶劍防身會誤導人。當我在米爾街和大學路口等紅綠燈時，甚至有個路人問我是不是要去漫畫店。

瑪李娜住在橋景公寓，一棟坦佩市於世紀交替後迅速發展鎮湖區時期建的十二層樓玻璃鋼筋建築。她和其他女巫團成員買下了九樓整層——不過現在有六間空房。我的學徒關妮兒住在八樓，就在女巫團前任團長拉度米娃的住所正下方。我認爲比較明智的做法是先去看看她怎麼樣，然後再去敲瑪李娜的門，於是我按了她家門鈴。

「誰？」門後傳來她的聲音，「喔，原來是你。」

她前來應門時穿得可不多，我本來要問她那些安全相關的純潔問題當場就被淫蕩的思緒趕出腦海。關妮兒長得絕不平庸；她身材高挑，有著一頭柔順的紅髮、綠色的眼睛、甜美的嘴唇，以及非常清楚的腦袋。其中最重要的就是最後那樣特質，如果缺少那個，我就不會收她爲徒。然而，在她露出這麼多肌膚的情況下，要專注在她的心靈上十分困難——事實上，我從來沒看過她穿這麼少。她通常都穿得很端莊，而我對此心存感激，因爲那樣能讓我用純潔的眼光看待她——大部分時候。但此刻她身穿領口很低的淡綠色睡衣，緊貼地凸顯出她的身材——

棒球！一定要想棒球。不是她的曲線……曲球！藍迪・強森也會投一種詭異的滑球。啊，我有多想滑入——

「阿提克斯？怎麼了？」

「呃？喔。嗯。嗨。」一件睡衣就讓我退化成只會說單音的呆子。

「你看上面幹嘛？我的門上面有什麼嗎？」她上前一步，湊上來看看我在看什麼，喔，我的——

「上面有好漂亮的胸……呃，好漂亮的壁紙！對啦！妳家的裝潢超美的，我剛剛才注意到。」

「你又不是沒來過。怎麼回事？」

陳述事實就好了，阿提克斯。「今晚有人攻擊我，我想確定妳沒事。」我說，試圖回想二疊盜壘王是哪一位。

「喔，這樣啊，好吧，我沒事。誰攻擊你？」

「還在查。我遇上魔法攻擊，不是實質攻擊。事實上，我也遇到了實質攻擊，但是頭惡魔幹的，而且有個沙漠元素幫我殺了它，所以沒事了；食屍鬼正在趕往我家，不過我不確定我的鄰居還有沒有機會恢復正常，但是妳不用擔心歐伯隆，他沒事。」達格達【註】的甜蜂蜜呀，我在胡言亂語。

「什麼？」關妮兒說。

「聽著，沒時間討論這個了；反正鎖上大門，關上窗戶。我會在妳的門上設置力場，在我處理這事的同時確保妳今晚的安全。」

「你認爲會有人要攻擊我？」

「不、不，只是預防措施。現在進屋去，關上門——去。不過明天早上幫我開店；我要午飯過後才會到。」

註：達格達（Dagda），愛爾蘭神祇，布莉德與安格斯．歐格的父親，曾任圖阿哈．戴．丹恩領袖。

「好吧，」她聽起來不太肯定。她轉身，我立刻看向天花板，以免眼睛餘光讓注意力往下移。

「那就明天見。」

「好好睡。」我在房門關閉並遮住她那美妙的身軀時說道，接著鬆了一大口氣。「天呀，我得來根事後菸。而我根本不抽菸。」

德魯伊日誌，十一月一日：盡快幫美艷動人的學徒買些怪里怪氣的醜衣服；或許想辦法說服她剃個光頭。就說所有超酷的德魯伊學徒都會剃光頭。

不用在關妮兒的門上設防禦力場，因爲一個禮拜前她從北卡羅萊納州回來，確認還想當我的學徒之後，我就在沒有告知的情況下設好了。

我深深吸了兩大口氣恢復鎮定，專注在此行的目的上，走樓梯前往女巫住的樓層。我絕不會去期望她們會沒有發現我到了；她們很可能在我進入這棟公寓的那一刻起就已經知道了，根本不用等到我從樓梯爬上這一樓。我花點時間將毛髮和皮膚羈絆在身上，確保它們不會落入女巫手中。我在這裡必須節制施法；距離地面九層樓高，我能夠取用的魔力非常有限，只有儲存在熊符咒裡的那些。在任何情況下，我都不能像女巫那樣盡情施法：而現在這種情況，我必須仰賴我的魔劍，富拉蓋拉——愛爾蘭語中的解惑者——並非單純只是鋒利的武器：許多年前，圖阿哈·戴·丹恩鑄造它時曾賦予它兩樣額外能力，而我現在打算運用其中一樣。

我自劍鞘中拔出魔劍，違反了一、兩條與致命武器相關的州法，打開通往九樓的樓梯間門。走廊空無一人，死寂到令人不安，光線比平時黯淡，空氣沉悶有如被毛毯覆蓋。在其他住著靠信託基金過活的大學生和專業青年的樓層，你可以聽見隔著房門傳來的音樂及笑聲，還有《每日秀》【註】的冷嘲熱諷。女巫不幹那些事情。

「我是阿提克斯。」我一邊敲瑪李娜的門一邊叫道。這陣敲門聲似乎褻瀆了走廊的莊嚴氣氛，於是死寂如同棉球般落入耳中、斥責我。我站在原地，以左半臉面對門上的魚眼窺視孔，不讓門後的人看見我持劍的手。

等待回應的同時，我開始想到自己的行爲有多蠢。歐伯隆的話伴隨著我腦中偏執妄想的刺耳叫聲在耳邊響起；在沒有互不侵犯協議的情況下，跑到女巫的地盤上與女巫見面簡直就是找死。我還不能肯定她們有多少實力；如果瑪李娜之前說的都是實話，她們在此地抵抗外來入侵已經長達三十年。門檻或許設有陷阱，也可能加持了魔法。我有可能一腳踩進牢籠，得和惡魔鬥到至死方休。見鬼了，她開門的時候手裡可能會拿把葛拉克九式手槍，對準我的耳朵就是一槍，或是拿貓來丟我，或是叫我可惡的嬉皮。

她沒有做以上任何事情。我聽見門鎖轉開的聲音——普通、平凡的門鎖——接著她站在我面前，兩眼通紅地說：「瓦絲瓦娃死了。」

我花了一點時間才了解她說的是個人名。我會說四十二種語言——其中有不少已經失傳——但是波蘭語並非其中之一，而且整體而言，我也不太熟悉斯拉夫語。我記得瓦絲瓦娃是瑪李娜的女巫團

註：每日秀（The Daily Show），美國一個新聞惡搞節目。

成員之一。

「我很遺憾。」我說：「她怎麼死的？」

「警方或許會宣稱是人體自燃。」她咬牙說道：「但那根本不是自燃。」瑪李娜穿著襯衣外罩紫色透明長版上衣；下半身是及膝黑裙，裡面還有黑色緊身褲，以及絨面高跟靴。她嘴唇上塗了淡粉色的口紅，現在雙唇哀痛地緊閉。她的頭髮再度令我讚歎不已——在現實生活中不曾見過、只有在銀幕上才會有的金絲波浪，襯托著她的雙頰，垂過鎖骨。通常她的膚色如同大理石般潔白粉嫩，讓人忍不住想摸上一把，但現在卻因爲情緒激動而紅通通的，雀斑也冒出來了。她拉開房門，比個手勢。「請進。」

我沒移步。「對不起，妳要先回答兩個問題。」我亮出手中的劍，不過沒有舉起來，也沒有拿來威脅她。「妳願意回答嗎？」

瑪李娜目光下移。「如果答得不對，你就會提劍砍我？」

「不，我的劍會確保妳回答眞話。這是它的特殊能力。」

瑪李娜瞇起雙眼。「什麼樣的問題？」

「和妳們女巫團的隱私無關，也不是私人問題。只關係到我此刻的個人安危。」

「那我也可以問你相對的問題嗎？」

我嘆氣。這個女巫什麼都要討價還價。「我可以主動告訴妳，只要沒有遭受攻擊，我沒有任何攻擊妳的意圖。」

「這個我早就知道了。我要知道你會什麼魔法。」

「不行，那不算是相對的問題。」我搖頭。「價值不同。」

瑪李娜揚起眉毛。「你是說幾個和你的魔法能力相關無傷大雅的問題，比與你此刻個人安危的問題還要重要？」

「當然，因爲後者的答案只要過了今晚就無關緊要，前者只要說了就等於是永遠告訴妳了。」

「我沒心情和你爭論這個。問你的個人安全問題。」

我刻意慢慢揚起富拉蓋拉，然後指向瑪李娜的喉嚨。「富拉格羅伊土。」我以愛爾蘭語說道，富拉蓋拉在我手中變得冰冷，劍刃綻放藍光，將瑪李娜的腦袋包覆在綠光霧氣之中。女巫眨眼。

「這把劍可以施展魔法？」她問：「太奇特了。這就是安格斯·歐格這麼想要這把劍的原因嗎？」我很肯定這是其中一個原因，不過眞正的原因是和妖精政治，還有私人恩怨有關，但是我不是來討論這支劍的魔法能力。

「問問題的人是我。」我回道：「妳和今晚暗殺我的行動有關，或是知道此事是誰幹的嗎？」

「我個人與此事無關，女巫團的其他成員也一樣，但我確實知道可能是誰幹的。」

我眞的很想問是誰，但是忍下來了；這個問題不急，而我只剩下一個問題。我仔細考慮該怎麼問，然後問道：「妳或其他在妳家裡的人、生物，或靈體是否有打算在我身處此間時對我施展任何法術，我來訪期間有沒有可能誤觸任何加持魔法？」

「我或其他在我家的人、生物，或靈體都不打算對你施展法術。我不願意談論我們在家中設下的加持魔法，因為那會透露太多女巫團的祕密，而你承諾過不會刺探隱私……」瑪李娜皺眉片刻，然後在發現無法阻止自己時瞪大雙眼，繼續說道：「但是你進入公寓時當然就已經觸發了一道加持法術，就和所有不住在這裡的人一樣——簡單的低階警報，還有另外一道探察你身懷魔法物品的法術。而在走廊上還有——柔雅維切恩雅雅，薩姆克尼基米屋絲塔！」

如果要繼續和瑪李娜打交道，我真的應該要學點波蘭語，不過我聽出她是在召喚柔雅三女神——也就是提供她們女巫團力量的星辰女神——之一的力量。「不管妳想幹嘛，總之不會有用的。」我說：「妳必須完整回答我的問題才能獲釋。剛剛講到走廊上的加持魔法。」

瑪李娜決定採取實際行動：她試圖把門甩在我臉上，或至少表示出想這麼做的意圖；然後才發現富拉蓋拉讓她頂多只能移動兩吋。這把劍的能力原先就是為了要審問敵意高張的敵人，所以這算是很基本的防禦機制——總不能讓敵人一邊告訴你實話，一邊刺你。我微微一笑，沒有多說什麼。這下她想獲釋的唯一辦法就是回答問題，而如果她堅持保持緘默的話，魔法會逼她開口。

她堅持。

十五秒過後——算撐得很久了——她一邊怒視我，一邊滔滔不絕地將走廊的加持魔法全盤托出。

「走廊上的魔法會從不住在這層樓的人身上移除幾根毛髮，跨越我家門檻也有同樣效果。我的廚房裡有把菜刀會在你試圖使用時割傷你的手指，讓你留下可供我們應用的鮮血。如果你有用我們的廁所，你的排泄物就會被儲存下來。」

「嘔，好噁。」我說。這是我這輩子第一次做出類似富家女的反應，我發誓。

「說完了。立刻解除這道魔法。」瑪李娜說。

「我說過只會問妳兩個和我自身安全相關的問題，而我剛剛就是在問這兩個問題。妳不願意回答第二個問題顯示我的擔憂不是沒有道理。當然，妳不想回答是因爲妳很清楚持有我的毛髮、鮮血或任何可以用做魔法用途的細胞組織，都是違反我們尚未簽署的互不侵犯協議的行爲。」

瑪李娜生氣不語，我繼續說道：「我很快就會釋放妳。而在我這麼做之前，我要妳知道我已經認定妳和妳的女巫團與剛才暗殺我的行動無關。我不會繼續問妳任何問題，因爲那就違反了我之前的承諾，但是如果妳在獲釋之後把妳對今晚暗殺行動所知的一切和我分享的話，我會非常感激。如果攻擊我的人和殺害瓦絲瓦娃的是同一批人，我願意幫助妳們復仇。」

女巫的表情緩緩放鬆，遲疑片刻後，她對我輕輕點頭。「合理。我會立刻交還你的毛髮，並且解除門檻上的法術，讓你得以安全進屋，但你永遠不能再用那把劍的力量來對付我或任何我們女巫團的成員。」

我沒有點頭，或表示同意她的要求。我只是釋放她，然後說：「我們開始吧。」我很好奇在我施展羈絆毛髮的法術之後，這條安靜的走廊到底有沒有成功取得我的毛髮。

「是誰攻擊我？」我問。

「先等一等。」她說，用波蘭語說了幾個字，門框綻放幾秒強光。「你現在可以安全進來了。」

「謝謝妳。」我說著跨入她的公寓。裡面採用紫色系裝潢，從紫羅蘭色到薰衣草色都有，黑皮家具、鋼製設備。超大電視螢幕上方的牆壁掛著一幅繪有三名女神形象的油畫，應該就是柔雅三女神。屋裡到處都有白色蠟燭的燭光，還有一股橘子皮和荳蔻的香氣。

「我想根據習俗，該幫你準備飲料。」瑪李娜說著走向廚房，「但你反正不會喝，對吧？」

「對，不過謝謝妳這麼周到。妳有這個心，我就很高興了。」

「你願意坐下嗎？」她指向客廳裡看來十分舒適的皮沙發。黑色咖啡桌上擺了幾本雜誌——《新聞週刊》、《有機生活》，以及《滾石雜誌》，這讓我有點驚訝。接著我暗自想道：不然會是什麼，《儀式動物屠宰季刊》？沙發看來很舒服，我差點就要坐下去了，不過腦中有個緊張兮兮的聲音提醒我，她只要唸點波蘭咒語就能讓沙發把我吃了。

「我寧願站著，謝謝。雖然我把劍拿在手上，不過劍尖會一直朝下。我不想佔用妳太多時間，只會待到得知是誰攻擊我，並且收回妳的魔法自我身上取得的東西爲止。」

瑪李娜不習慣如此不受信任的感覺，而我認爲我快要冒犯到她了。但是，坦白說吧，不是她們女巫團的人大多都不知道她是女巫；別人會以爲她是個事業有成的美麗女子，有著亮麗動人的長髮與愛穿性感長靴的癖好。

「好吧。」她簡短說道，拔開放在花崗岩櫃檯上一瓶已經開過的紅酒瓶塞，是澳洲蘿絲蔓酒莊的施赫紅酒。她自櫥櫃裡拿起一只酒杯，接著又放了回去，順手將瓶塞丟到身後，決定反正我沒有要喝，乾脆直接就著瓶口喝。「那我們就切入主題吧。」她自酒精中獲得勇氣，繼續說道：「由於某種打從我年輕時離開歐洲後就再也沒有見過的魔咒，瓦絲瓦娃現在是河畔的一團灰燼。我向你保證，我的女巫團不會也不想施展那道魔咒。這道法術須要黑暗力量的協助，而且要三名女巫合力施法。

這一點——」她說著若有深意地將瓶口對準我。「應該能讓你大概了解我們的對手是什麼人。」

「如果我和妳的團員同時遭受攻擊，那就表示我們的對手有兩打女巫外加八頭惡魔。」

「沒錯——好吧，惡魔或許已經離開了。但我肯定它們留下了一點東西。」她的眼睛越睜越圓，我開始懷疑我來之前她已經喝了多少酒。

「喔，不。讓我猜。對方有八個女巫現在是在一人吃兩人補。」

「非常好，歐蘇利文先生。這種事情通常都是如此運作的。九個月後，八個惡魔嬰兒將會誕生——然後如果那些女巫想繼續，還會有更多。只有一個女巫團擁有這麼多喪盡天良的女巫，而我們曾經和她們交過手：她們自稱『戴透奇特迪斯德利頓豪斯』（die Töchter des dritten Hauses）。」

「第三家族之女？」

「沒錯。我在電話裡說的婊子就是她們。」她的臉變得猙獰，彷彿想要大罵幾句髒話，但她即時克制脾氣，冷靜地說出剛剛發現的事實：「你會說德語。」

「對，會說幾種不同的版本。爲什麼瓦絲瓦娃死了，而妳還活著？」

瑪李娜聳肩。「事發當時，她人在外面；我們其他人都在家裡。我們這層樓有強大的防禦機制，我很肯定你也有利用某種方式保護自己。如果事發當時我們都在室外，那此刻我們全都已經死了。」

「如果是這樣的話，那她們應該更加慎選攻擊時機，確保妳們無力防身才對。」

「這樣講的前提是她們要熟知我們的防禦機制。她們並不清楚柔雅女神提供我們什麼樣的防禦力場。她們的魔法和我們的差異就像你的一樣。在她們的想法裡，她們施展的是沒人能夠倖存的法術。她們會很驚訝地發現結果不如預期。」

「她們爲什麼攻擊我？說到這個，她們爲什麼要攻擊妳們？」

「她們攻擊我們部分是出於過往恩怨。」她說著以酒瓶輕敲自己胸口，接著想起瓶裡裝著美酒。她又喝了一口，然後一邊繼續說，一邊走向客廳，「但主要原因在於，我們——所謂的我們包括你在內——是唯一有能力守護東谷的人，不管你有沒有發現這一點。」

「守護東谷又不是我的責任。」

「這種責任不是你說不扛就可以不扛的。」她將拳頭放在嘴前，優雅地打了個嗝。「她們認定你是這塊土地的守護者，所以你就是了。認定就是現實，歐蘇利文先生。」

「爲什麼不找狼人，或是李夫？」

「他們代表不同的影響圈。狼人只在乎其他狼人；而既然魔法動不了他們，他們不會在乎誰在統治此地。吸血鬼只在乎其他不死生物。但是我們則必須擔心所有會魔法的人。」

「一定要嗎？」

「看看高犯罪率的地方。比方說，拿西谷和東谷比較好了。西邊的城市，包括鳳凰城在內，犯罪、貧困，以及交通意外發生的機率都比東谷高。你認爲那是什麼原因？」

「社會經濟狀況和糟糕的公共工程？」

「不，那是因爲西谷不像東谷一樣處於我們的庇護下。」

「妳是說東谷相對而言較爲和平與繁榮，完全是因爲妳們女巫團？」

「並不完全是我們的關係，只是大部分而已。柔雅是專司守護的女神，不是渴望鮮血與犧牲的復仇女神。」

「聽起來十分迷人。」我說：「但是和眼前的問題關係不大，重點在於我要怎麼找出這個德國女巫團，還有要怎麼殺掉她們？」

「用你殺死我們姊妹的手法就能殺死她們。」瑪李娜冷酷地道。她不曉得她們其實都不是我親手殺的——五個淪為狼人的點心，第六個死在另一名和我站在同一陣線的女巫手上。「至於她們在哪裡，我認為她們已經來到鎮上了。我沒辦法提供確切的地點，因為我自己也不知道。我們會在午夜過後嘗試偵測她們的位置。」

「太好了。我也會試著偵測她們的位置。妳認為這個女巫團比妳們強大嗎？」

「在這種人數差異下，此刻她們肯定比我們強。之前我們力量如日中天，所以她們沒來搶地盤。現在她們得知我們實力減弱，而東谷是個適合居住的好地方，她們認為她們打得贏。」

「她們打得贏嗎？」

「就某方面而言，她們已經贏了。在那道魔咒的威脅解除之前，我們不能離開這層樓，因為我們沒有能力獨自對抗那道魔咒。我們只剩下六個人，也不能單靠魔法擊敗她們。所以歐蘇利文先生，現在我們就指望著你動手阻擾她們。」

「我想妳把我和某個超級英雄搞混了。英雄才會跑出去阻擾卑鄙的惡棍。他們會把壞蛋交給警方，而壞蛋總說要不是那些愛管閒事的小子，他們絕對不會落網。」瑪李娜雙眼間浮現皺紋，因為她想把我剛剛說的話和她所能理解的東西結合在一起，不過看得出來她失敗了。我猜，她不是週六晨間卡通的粉絲。「話說回來，德魯伊喜歡找試圖燒焦他們的傢伙報仇。」

「好吧，這個我可以了解。」

「很好。告訴我東谷究竟爲什麼這麼搶手？」

「你是問爲什麼大家爲了爭奪這裡大打出手？」瑪李娜停止在客廳踱步，在舒服的皮沙發上坐下，再度舉起她的施赫紅酒瓶。

「對，把我當小孩一樣解釋給我聽；因爲說實話，我一直無法理解爭奪地盤的心態。地表上可供居住的地方明明很多，爲什麼魔法生物還要爭奪地盤？」

「我以爲理由很明顯，歐蘇利文先生。在人口稠密的工業社會裡，人們會先入爲主地認定魔法荒誕不經。這讓我們可以輕易融入社會，有心的話也可以輕易獵殺他們，並且更容易從他們身上獲得好處。在只有一人的情況下，無論要去任何想去的地方都很方便；但是一個團體就必須藏身在更多人群之中，還要更大的經濟體系才能負擔得起我們理想的生活方式。因此都會中心就成爲我們保護自己與安身立命的地方，而且自然而然會爲了最好的生活環境競爭。」

「妳們就不能分享嗎？」

「在某種層面上，我們可以分享。例如，我們就和坦佩部族分享這塊地盤；我們也與你分享。但當過多魔法使用者聚集在同一塊地方，身分曝光的風險就會提高，過度徵稅的風險也會提高。」

「不好意思。妳們是怎麼個過度徵稅法？我經營一家書店兼藥草店，所有坦佩部族的成員都有正式工作。妳們沒有嗎？」

瑪李娜笑道：「怎麼這麼問？當然沒有，歐蘇利文先生，我沒有。我要什麼都會有人提供。我的姊妹們也都一樣。」

「妳是說有人直接給妳錢？」

「對，沒錯。」她以手指撫弄一綹頭髮，對我露出燦爛的笑容。

「出於他們的自由意志？」

「這個，他們印象中是如此。」她聳一聳肩，揚起一手，掌心向上。「所以一定是真的，不是嗎？」她笑嘻嘻地說道。

「而妳一點都不認爲這有什麼不對的？」

「目前爲止是如此。事實上……」她湊向前來，壓低語調，彷彿在公開場合與我分享祕密，「有兩打不同的公司支付我們顧問費，不過我們就和普通顧問一樣，什麼工作都沒做。」她退回去，繼續以正常音量說話：「但是我們確實有爲東谷居民提供服務。」

「我該問妳是什麼服務嗎？」

「怎麼，當然就是不讓眞正殘暴的女巫，還有其他不那麼體面的美國居民跑來這裡呀。要不是我們，梅沙市有些地區很可能已經變成很危險的區域。要是讓第三家族之女接手這片土地，這種情況肯定就會發生，更別提等那些酒神女祭司抵達之後會造成的傷害了。」

「什麼？酒神女祭司也要來了？現在？」

「就在我們交談的同時。你知道，就是拉斯維加斯的那些。我之前向你提過她們，是不是？」

「是，我記得有。」我努力裝作不放在心上的模樣，不過其實已經差點就要換新內褲了。我以前當學徒的時候——那是耶穌出世前數十年的事情——根據大德魯伊的說法，酒神女祭司乃是全世界最恐怖的生物。任何能夠嚇壞大德魯伊的東西肯定會讓我作惡夢；人生頭幾個世紀裡，每次聽到酒神女祭司這個名詞都能讓我屁滾尿流。

現代小鬼或許除了奧維德的《變形記》裡奧菲斯故事中提到的部分，並不熟悉酒神女祭司。上禮拜有個亞歷桑納州立大學的學生在我店裡找那本書，而他以「為了某個老兄不肯跟她們做愛而殺了他的那群女酒鬼」來向我形容酒神女祭司。他的教授一定非常驕傲。我問他知不知道「麥納德」是什麼，他沒有正確回答說那是酒神女祭司的另外一個稱呼，反而莫名其妙地以為我是在指我自己的睪丸——他說：「聽著，老兄，別在我的蛋蛋附近揮那根棒子。」之後這段交談就越來越沒水準了。

現在我比當時年長多了，希望也睿智多了，我知道大德魯伊的恐懼有部分是出於他本身的沙文主義作祟，沒有辦法容忍膽敢為所欲為的女性，不過我也知道部分恐懼其來有自。

酒神女祭司隨身攜帶賽爾希杖，包覆法杖的常春藤葉給了她們可以隨時展開狂歡的力量：只要用賽爾希杖敲擊地面，地上就會冒出美酒。她們會跳舞狂飲到一種瘋狂的境界，然後取得強大的力量，足以徒手撕裂公牛（或是男人）。可想而知，她們的瘋狂會對周遭的人產生漣漪效應，讓文明宴會變成縱情聲色的狂歡派對。這是種沒有特定目標的魔法，我認為它主要是在刺激人類的費洛蒙，所以我的護身符可能無法在這種魔法之前保護我。更有甚者，火焰無法傷害酒神女祭司，鋼鐵武器也沒有用。前者其實與我無關，因爲德魯伊不會對敵人丟火球，但是不怕鋼鐵武器就會造成很大的困擾，因爲當我要先下手爲強的時候，基本上都是仰賴魔劍。在這種情況下，酒神女祭司不用擔心德魯伊的能力，而我卻無法抵抗她們的魔法。

「過去我們曾經兩度驅離她們。」瑪李娜說：「但現在她們不但有人數優勢，還能在不須要擔心我們會現身的情況下引發狂亂——因爲在德國魔咒解除之前，我們只能被困在這裡。如果發現這兩批人是在合作接管本地的話，我也不會驚訝。」

「這下，」我帶著假笑，朝她搖晃左手食指說道：「我開始覺得有點可疑了。」

瑪李娜瞪大雙眼，反諷故作驚訝。「你到現在才開始起疑？」

「是呀。」我無視她的嘲諷說道：「在我聽來像是妳使喚我東奔西跑、四下解決妳們的問題，而妳們就只要坐在家裡閒晃，看看《手札情緣》或什麼就好了。」我改變腔調模仿她的波蘭口音，「去除掉德國女巫，德魯伊，在幹這件事的同時，順便解決那些討人厭的酒神女祭司爲奧菲斯報仇。」

瑪李娜瞪著我。「你那是在模仿我的口音嗎？聽起來像是俄國人在模仿貝爾拉・魯格西【註】，而且模仿得很糟。我的口音優雅多了。」

「我模仿得像不像並不是重點。」

「這個，在我看來就是重點。再說，你有說過要幫瓦絲瓦娃復仇。」

註：貝爾拉・魯格西（Bela Lugosi），匈牙利——美國演員，知名怪物電影演員。

「我會的。但是妳們女巫團打算怎麼對付魔咒？」我問。瑪李娜垂頭喪氣看著她的酒瓶，接著決定不能再喝下去，於是長嘆一聲，仰頭靠上沙發。這個動作讓她的頭髮如同一團黃絲般散落在她頭的四周，像光暈一樣垂落在黑皮座墊上。她有辦法在頭髮上加持魔法，令男人滿足她所有要求，但我開始覺得她根本不須要利用那道魔法。她白皙的頸部吸引我的目光，令我不禁順著她喉嚨凹下去的部分與鎖骨形成的箭頭往下看向她的──棒球。專注，阿提克斯！與瑪李娜產生任何形式的親密接觸肯定都不會以喜劇收場。

「我們得先找出她們。」她說：「這就是今晚占卜的重點。只要知道她們在哪裡，我們就可以從這裡展開反擊。我們不會採取同時施展八道魔咒那麼戲劇化的手法，只會找機會除掉一、兩個落單的，直到你準備好和她們正面衝突。我們會和你保持聯絡。等酒神女祭司抵達──很可能是明天晚上──我也會讓你知道她們在哪裡。」

「那我想除了妳手裡握有的那些屬於我的東西，該談的都談完了。」

「啊，是了。」瑪李娜自沙發起身，將酒瓶放上咖啡桌，身體在高跟鞋的支撐下微微晃動。她抓起頭髮，在腦後綁了個結，一邊殷勤地和我說話，一邊帶我來到一間充當巫術用品室的臥房。「我很希望雙方能夠盡快簽署互不侵犯協定，歐蘇利文先生，因爲儘管你剛來時問了那些令人尷尬的問題，而且還野蠻地堅持要拿劍走來走去，我還是認爲在眼前的問題解決之後，我們可以和平共處、攜手合作，一起創造美好的未來。」

她現在說的不是英文：那是政治語言。「我不反對和平共處和美好未來。」我同意。

瑪李娜的女巫密室與客廳的裝潢完全相反，牆壁漆成淡淡的苔綠色，沿牆的架子上擺著成排的玻璃瓶。我試圖在玻璃瓶裡找點令人髮指的東西——像是人腦、鹿唇或水獺睪丸之類的——但是只有看到藥草、油、春藥，以及一堆令人好奇的大型貓科動物爪子。她有老虎、雪豹、獅子、黑豹，還有印度豹、美洲獅、山貓等等的爪子；也有幾種鳥類的鳥喙，除此之外，她的施法材料以植物爲主。

密室中央有張從宜家家具廚房部買來的木製工作桌，上面擺著女巫必備的研缽與藥杵、切東西用的小刀、根莖植物的削皮器，還有插在延長線上的電熱板。我有點失望地看到電熱板上擺的是普通平底鍋，而非黑鐵大鍋，更失望的是鍋裡竟然沒有可憐的兩棲動物在裡面煮。工作桌對面牆上掛著一幅和客廳一模一樣、只是比較小的油畫畫像；三名柔雅女神在牆上守望著，準備爲瑪李娜所施展的法術賜福。

「妳的藥草是誰提供的？」我問：「如果找不到品質好又新鮮的藥草，我說不定幫得上忙。」

「我們的東西幾乎都是向錢德勒市的藥草師買的。」瑪李娜說：「不過要好好對付魔咒，我們肯定很快就會需要更多血根草。你那裡有嗎？」

血根草是蓍草的眾多別名之一。女巫會用在某些占卜法術上，不過它也可以用在保護與攻擊法術裡。就我而言，我的藥劑生意經常會用到蓍草，其中包括幾種私房藥茶配方：專治感冒的病毒免疫茶、專治各式腸胃疾病的幫助消化茶，以及我稱之爲視覺強化茶的迷幻配方——我會幫想要以不同角度觀察世界的藝術家調配這種茶，因爲只要劑量足夠，蓍草會導致視覺的短暫色彩變化。

「當然，我有很多血根草，因爲我經常會用到。我在我家後院裡栽種它們，完全有機，十分強效。妳需要多少？」

「三磅應該就夠了。」瑪李娜點頭道：「你可以請人送來嗎？」

「當然。我明天早上就叫快遞。妳把錢給他就行了。我還會附上一張其他藥草的庫存清單，以及一張只要有足夠的時間，我可以幫妳栽培的藥草清單。」

「很好，讓我們展開生意上的往來。」瑪李娜走到位於柔雅女神畫像附近的架子旁，看著一個沒塞瓶塞也沒有標籤的瓶子——裡面也沒裝任何我看得見的東西。它左邊的空間，以及上方兩個架子上擺著許多裝有頭髮並且貼上人名標籤的玻璃瓶。不管他們知不知情，這些人全都完全處於瑪李娜的掌握之中。我有點同情他們。

「應該在這裡。」瑪李娜緊張地說：「上一個造訪本樓層的人是來告知瓦絲瓦娃死訊的警員。」她指向空瓶旁邊貼有標籤的瓶子。裡面有絡黃髮，標籤上以紫色墨水寫著「凱爾・傑佛特」。「你的毛髮應該會出現在這個空瓶裡。」她說，接著抬頭看向輕輕送風的空調孔所排出的空氣。看來所有來自訪客身上的毛髮都會經由通風管傳送到空瓶裡，但是我頭上的紅髮並沒有出現在任何瓶子中。

「看在柔雅・烏傳尼雅雅[註]的份上，這到底是怎麼回事？」瑪李娜對著瓶子喝問，好像瓶子會回答她一樣，我則努力壓抑臉上的笑意。

哈哈。我的羈絆法術強過她的加持法術。抓不到、抓不到，瑪李娜。妳抓不到我。

註：柔雅・烏傳尼雅雅（Zorya Utrennyaya），柔雅三女神中的晨星。

第六章

幫一頭髒兮兮的愛爾蘭獵狼犬洗澡和幫吉娃娃洗澡完全是兩回事。比方說，光把獵狼犬全身弄濕就得用上三、四桶水，而洗吉娃娃大概只要一桶水就夠了。

根據這些年的經驗，如果不想在幫狗洗澡的時候被水弄濕，我就必須用非常棒的故事吸引歐伯隆，避免他亂玩泡泡和肥皂；不然，他就會用力搖晃身體，把水和泡泡濺得浴室滿牆壁。因此，在我家，洗澡時間就是說故事時間，而這樣就能讓歐伯隆享受清理身體的過程。

而我享受的則是歐伯隆在聽下一個故事之前深深沉迷於當下這故事裡的模樣。過去三個禮拜裡，他都感同身受地活在成吉思汗的世界裡，不斷纏著我去集結蒙古草原上的部落，在亞洲掀起一場領土戰爭。現在我打算帶他邁向截然不同的方向。

「我們在惡搞山莫建先生的時候，」我在開始弄濕他時說道：「你問我快樂惡作劇者是什麼人。好了，快樂惡作劇者是一九六四年時一群和肯・凱西一起搭乘魔法巴士從加州前往紐約的人。」

「肯・凱西有輛魔法巴士？有什麼魔法？」

「最主要的功能在於嚇壞社會上的守舊人士。那是一輛塗滿螢光漆的老舊學校巴士——非常亮眼的螢光色——他們將它取名為『更遠』。」

「所以凱西是巫師？」

「不，只是個天賦異稟的作家。但我認為他的魔法巴士開啓了六〇年代的文化革命，所以那也算是非常強大的魔法。惡作劇者會免費發送酸劑給任何想要的人，讓人們走出順從的可悲生活。當年酸劑是合法的東西。」

「等等，你還沒告訴我酸劑是什麼？」

「那是LSD的俗稱。」

「我以為那玩意兒的俗稱是摩門教。」

「不，那是LDS【註】。LSD是一種迷幻藥，之所以稱為酸劑是因為它的全名是麥角酸二乙胺。」

「聽起來像是會有很多副作用的東西。」

「比現在大多數的處方藥物少。」我說著拿起沾了肥皀的海綿在歐伯隆背上擦拭，「回到惡作劇者的話題。他們也穿螢光色服飾、紮染衫和怪帽子，而且全部都有很酷的綽號，像是高山女、珍珠費卿、波浪肉醬。」

「波浪肉醬？當眞？」

「句句爲眞，不然我是山羊之子。」他上鉤了。

「哇！那是我這輩子聽過最酷的名字！波浪肉醬是幹什麼的？」

我把波浪肉醬、令人震驚的庫爾急救酸測試、死之華樂團的出處、整個嬉皮史，以及對抗大人物的重要性等等通通說給歐伯隆聽。我確保他了解山莫建先生就是有待對抗的大人物，而截至目前爲止我們對抗得很好。離開澡盆時，他不但全身乾乾淨淨，而且已經準備好要換上一套寫有世界和平標誌的紮染衫。

正當歐伯隆在我們家客廳裡四下散播和平與肉醬時（肉醬就是愛，他解釋道），我的潛意識選擇了這個時刻讓一個記憶泡泡浮出水面：山莫建先生當眞是說他的車庫裡放了把火箭推進榴彈嗎？

我不認爲武器大展裡有賣那種東西，於是我把它放到有待調查的事件清單裡，然後躺上枕頭，慶幸自己又活過一天。

註：Latter-Day Saints的縮寫，也就是摩門教。

第七章

第二天早上，我好好做了早餐，因爲我今天要去對抗惡魔：鬆軟的歐姆蛋包菲達起司、番茄丁、菠菜（灑塔巴斯可辣椒醬），配吐司塗橘子果醬，還有一杯熱騰騰的公平貿易蔭栽有機咖啡。

一覺醒來之後，我想清楚了，處理酒神女祭司的唯一辦法就是交給其他人去解決。這樣會讓我付出代價——或許是很大的代價——但是我可以活下去，關妮兒也一樣。我考慮過使用木製武器，或許銅製武器或玻璃武器，但是不管使用何種武器，都還要擊敗十二名左右超級強壯的女人，而且無法免於感染她們的瘋狂。

打電話的時間到了。首先我打給剛納・麥格努生——坦佩部族的阿爾法狼人，也是代表我的麥格努生與浩克律師事務所的老闆。狼人不會受到酒神女祭司影響。他冷淡地接聽我的電話，然後斷然回絕。

「我的部族不會涉入你們的地盤宣告撒尿比賽。」他說：「如果你有法律問題須要解決，非常歡迎你打給霍爾或李夫。但是不要每次一惹上麻煩就把我們部族當作你私人的超自然傭兵隊。」

顯然他還在爲了對抗安格斯・歐格和瑪李娜的女巫團之戰所造成的損失而生氣。那天晚上有兩名部族成員爲了營救霍爾和歐伯隆而喪命。在他這種心情下和他爭論是沒有用的，於是我只是說道：「不好意思。願你心靈和諧。」

看來我和我的律師有不少問題有待處理。現在打給李夫是沒用的；一來這個時候他都躲在陽光照不到的地方，二來他肯定會要我以追殺索爾來換取幫助。

雖然不情願，我還是打了通電話到北卡羅萊納州，撥出關妮兒上禮拜回來後給我的號碼。那是拉克莎・庫拉斯卡倫的電話號碼，這個印度女巫現在改名叫希萊・查姆卡尼，因為她的靈魂現在附身在希萊身上；而希萊是個來自巴基斯坦的普什圖【註】移民，在一場車禍後昏迷十年。既然希萊多年以前就已經成為美國公民，擁有身分文件和銀行帳戶——更重要的是，沒有自昏迷中甦醒過來的意願——拉克莎離開關妮兒的腦袋，進入希萊的，然後就接收了一棟房子和一個丈夫。

當我問她新生活調適得如何時，她第一個提起的就是她丈夫。

「他有點難以接受我帶著全新口音和獨立自主的觀念自昏迷中甦醒過來。不過當發現我似乎不再像過去那麼性壓抑後，他立刻興奮到願意無視我對他的無禮。」

「男人就是這麼好猜，是不是？」我對著話筒笑道。

「大多數都是。目前為止我都猜不透你。」她回應。

「我想邀請妳回亞歷桑納一段時間。」

「看吧？我就沒想到你會提出這種要求。」

「殺死拉度米娃和半數她的女巫團導致這個地區出現權力真空，而有些不懷好意的傢伙爭先恐後地想要塡滿這些空位。我需要妳的幫助，希萊。」

「拜託，四下無人的時候，還是叫我拉克莎。你說的是哪種不懷好意的傢伙？」

「酒神女祭司。」

「眞的酒神女祭司？」她的聲音拉高，「貨眞價實的古世界麥納德？」

「她們是從拉斯維加斯來的，不過沒錯，就是那種。」

「啊，那就表示你那把劍傷不了她們。」

「對。」我同意，「妳能搭飛機過來一趟嗎？機票錢我出。」

「你要出的不只是機票錢。」拉克莎說：「你要我讓這些酒神女祭司面對因果報應，是不是？」

「是。」我承認：「我從前的大德魯伊會說只有死掉的酒神女祭司才是好的酒神女祭司。」

「但是這麼做將會增加我負面的因果，而此刻我已經積欠不少因果債了。你將會爲此欠我一個大人情。」

「我可以付一大筆錢。」

「我說的不是錢。我會要你幫我做事，就像你現在要我幫你做事一樣。」

「做什麼事？」

「你辦得到而我辦不到的事情。我到之後會在機場打電話給你，然後解釋一切。我大概要下午或傍晚才能趕到。」

註：普什圖（Pushtun），雅利安人的一支，爲阿富汗第一大民族，巴基斯坦第二大民族。

「好。我很期待與妳重逢，拉克莎。」

我試著想像竊據人體的女巫可能會要我幫她做什麼事情，但是幾秒過後我就認爲有其他事情要做，沒空在這裡瞎猜。我打電話給學徒，指示她今天早上該做什麼。

「阿提克斯？你還好嗎？」她接起電話劈頭就問：「你昨天晚上讓我有點擔心。」

「很抱歉。」我說著臉色一紅，慶幸她看不見。「我在遭受惡魔攻擊後心裡有點亂。我現在要出門和凱歐帝一起去殺另外一頭惡魔——一頭大惡魔，不過午飯過後應該就回來了。我要妳幫我做兩件事。有筆嗎？」

關妮兒拿東西抄下瑪李娜的姓名和地址，好送著草過去。「不要親自去；一定要找快遞。」我不要我的學徒在不知情的情況下將毛髮留在瑪李娜的玻璃瓶裡。「叫培里把應徵資料拿給妳看——我得多雇點人。翻閱那些履歷表，打幾通電話，今天下午安排幾個面試。如果他們還沒找到工作，應該會有時間來。」

「你眞的還要找人嗎？生意很冷清耶。」

「我最近會常常不在。東尼小屋外面那片死地需要我的照料。要是沒有我幫忙，它要經過好幾個世紀才能復原。」安格斯・歐格爲了開啓地獄門而害死了方圓好幾哩的土地，儘管他得付出在地獄裡永恆焚燒的代價，那些土地還是寸草不生，需要幫助。

「喔，是，當然要。不過你常跑那裡不需要弄台車嗎？」

「不用。妳要載我，所以妳也會經常不在店裡。」

「好吧，這樣就合理多了。」

「這是老師該做的。妳可以趁我不在店裡，生意又很冷清的時候，用我買給妳的那款軟體練習拉丁文。」

和關妮兒講完電話後，我跑去車庫翻箱倒櫃。那裡面堆滿各式各樣的東西——手裡劍、浪人叉、兩面盾、釣魚用具，還有許多園藝用品，不過沒有車。我的弓也放在這裡，那是一面拉力強到近乎荒謬的複合弓。我沒辦法在不以魔法加持力量的情況下拉開那面弓；我想這面弓應該可以讓那頭惡魔吃點苦頭。我也找出了個裝滿碳鋼箭的箭筒，和弓一起放在前門附近。

凱歐帝還要一個小時才會抵達，於是我和歐伯隆慢跑到羅斯福路去拜訪麥當納寡婦，順便照料一下她的草坪。

這時才早上九點，但是她已經坐在前廊上，一邊喝著圖拉摩爾露水加冰塊，一邊讀著硬派偵探小說。看到歐伯隆和我跑上車道時，她皺紋滿布的臉上露出愉快的笑容。

「啊，親愛的阿提克斯！」她叫道，放下手上的小說，不過還是拿著酒杯。「你是秋季陰天裡綻放的春花，這話可一點也不假。」

我讓她充滿詩意的招呼逗笑。「早安，麥當納太太。妳大老遠就能挑動寂寞男人的歡心。」

「唷！說話這麼甜，我可得幫你烤點布朗尼蛋糕了。眞正讓人心情好過的人是你呀。過來抱抱。」

她自搖椅上起身，手持酒杯，對我敞開雙臂。她身穿印有藍色花紋的白色純棉女裝，肩膀上披著一襲海軍藍披肩；坦佩市終於開始有點涼意了，看來很快一場寒雨就會讓沙漠景觀煥然一新。她在我們短暫擁抱時拍拍我的背，說道：「我無法想像像你這麼英俊的小夥子怎麼會寂寞，不過說老實話，你每次來都讓我心花怒放——喔，哈囉，歐伯隆！你的衣服還眞是鮮艷呀。」她搔搔他的耳後，歐伯隆的尾巴在她前廊欄杆上直拍。「啊，你是條好獵狼犬，是不是？」

「告訴她我是一條和平狗，不過我認爲她的貓和『大人物』走得太近了。我打算去對付牠們。」

「我可以幫你拿點冷飲嗎，阿提克斯？來點愛爾蘭威士忌如何？」

「喔，不，謝謝。我再過一會兒就要去對付惡魔了，此刻我必須保持清醒。」寡婦在發現狼人並非傳說生物後立刻又得知我是德魯伊。大多數人在遇上這種變故時都會失去理智，需要一組全新的心靈變速器。然而麥當納寡婦卻從容以對，甚至還在看到我少了一隻耳朵時提供慰藉。她給了我一條沃爾格林【註】買的藥膏，不過她不知道我自製的藥膏效果更好。

「啊，又要去打惡魔了，是不是？哎呀，霍華神父應該會很高興聽說此事吧？」她輕笑幾聲，坐回她的搖椅，請我坐到她身旁的椅子上。

「霍華神父？」我皺眉，「妳告訴神父說我是德魯伊？」

「呿，我沒那麼笨，孩子。就算我笨到那種地步，他也不會相信我。對他而言，我只是每週日喝到微醺跑去望彌撒的放蕩老太婆凱蒂・麥當納；他才不會把我說的話當眞呢。」

「醉醺醺地跑去教堂——我是說微醺——實在是太酷了。如果魔法巴士現在路過這裡，我敢說她會跳上車。」

「妳認爲霍華神父忽視妳，或將妳視爲理所當然？」

「喔，別亂說話！他當然沒有！」

「好吧，抱歉，我總得問問。」

寡婦臉色一沉，看著自己的草坪。「好吧，說起來，或許他有一點。」她立刻轉頭，對我搖晃手指。「但是只有一點，眞的！」

「爲什麼？」

「啊。這個，你知道我是教區最年長的教友。他是個年輕人，而他來主要是爲了教養那些大學生。我是個靈魂不受誘惑威脅的寡婦，所以有什麼必要關心我呢？對他而言，我根本不是問題。我知道這可能只是我的虛榮在作祟，但是有時候我也不想讓人視爲理所當然。」

「當然。妳應該受人重視。」

「尤其是當我對宇宙運轉有幫助的時候，對不對？你跑去那裡之前就是這樣告訴我的。」她朝迷信山脈揮了揮手，「結果耳朵被咬掉了，對不對？」

「抱歉。」我搖搖頭，試圖弄懂她奇特的說法。「我聽不太懂。我當時是怎麼說的？」

「你說所有神祇都還活著。所有怪物也都一樣。」

「喔，對。除了死掉的那些，他們全都活著。」

註：沃爾格林（Walgreens），美國連鎖藥妝店。

「我認爲你該把剛剛那句話送去參選諾貝爾『明顯』獎【註二】。」歐伯隆說。

「而據我的理解，他們之所以活著都是因爲我們相信他們，對吧？」

「嗯。大體而言，沒錯。」

「所以就某方面而言，是我們這些有信仰的人創造了神，而不是神創造了我們。而如果是這樣的話，創造宇宙的就是我們了。」

「我認爲那是唯我論的一大躍進。不過我懂妳的意思，麥當納太太。像妳如此信仰堅定的人不該遭人忽視。說眞的，世界各地信仰堅定的人都能讓奇蹟發生。」

「眞的嗎？怎麼辦到的？」

「妳聽說過有些人看過聖母瑪利亞顯靈？」

「當然，常聽到。」

「顯靈就是經由信仰產生的，妳也可能引發這種現象。」

「單靠我自己？」

我點頭。「當然。麥當納太太，當妳想到聖母瑪利亞時，她在妳腦中是什麼形象？妳可以好好想想，然後向我描述嗎？」

「我當然可以。如果辦不到的話，我就算不上什麼好天主教徒了，是不是？」

「如果此刻瑪利亞要出現在世界上，妳覺得她會是什麼樣子？」

寡婦似乎很高興我這麼問。「啊，她的眼中有著近乎永恆的耐心，沒錯，而她的微笑中包含無比的幸福。我想她會穿著現代社會的衣物——融入人群，你知道，棉質的、海軍藍。」

「爲什麼是海軍藍？」

「我不知道，我就是會把她和海軍藍聯想在一起。她不是喜歡紅紅綠綠的那種人，是吧？」

「好了，繼續。什麼樣的鞋子？」

「不花俏。但是很古典，你知道，不是亞洲血汗工廠裡可憐女孩做的廉價網球鞋。」

「她會不會穿修女的那種衣服，妳會在教堂裡看到的那種精巧頭飾？」

「我認爲不會，那已經退流行了。她應該會戴簡單的白色髮帶，免得頭髮遮住眼睛。」

「如果她來這裡，坦佩市，妳認爲她會想做什麼？」

「像她那種聖人？她大概會去阿帕契大道和流浪漢、妓女、吸食甲基苯丙胺成癮的人傳道——他們是怎麼叫那些人的，那個黑話？」

「推客【註二】。」

「對。她會在阿帕契大道上幫助推客，她會。」

「你有注意到阿帕契大道和摩斯艾斯利多像嗎？『沒有比那裡更可惡的雜碎大本營了。』【註三】」

註一：Nobel Obvious Prize。

註二：推客（Tweeker），吸食甲基苯丙胺成癮的人。

每當歐伯隆說這種話的時候，我都必須全力自制別變身為星際大戰宅男；我毅然決然地忽略他，因爲我必須幫寡婦調適到正確的心態。「說得很好，麥當納太太。她在阿帕契大道上肯定會行不少善舉。如果她有在場的話，她就可以爲我的武器祈福，幫助我殺掉那頭惡魔。」

「沒錯，她可以。那樣不是很神嗎？」

歐伯隆和我觀察她的表情，在寡婦臉上看見一絲笑意，愉快但又有點神祕。「她有發現她說了個雙關語嗎？」歐伯隆問。

「我不知道。看不出來。」

「老兄，她現在就在對我們惡作劇。她根本已經搭上魔法巴士了。」

「麥當納太太，我要妳集中注意，針對此事冥想——不，我要妳祈禱今天會發生這件事情，就是現在，將妳所有的信仰投注在瑪利亞奇蹟般的醫療神力，以及她能爲阿帕契大道上的癮君子所做的那些好事。盡量清楚地想像她的樣貌。」

「而你認爲只要我這麼做，瑪利亞就會降臨凡間，前往阿帕契大道幫人們戒除毒癮，叫他們回頭是岸，不要再做壞事？」

「這非常有可能。就看她今天心情怎麼樣。」

「她的心情當然很好！」寡婦斥責我道：「看在聖彼得的份上，她可是神的母親呀！」

「沒錯，但是瑪利亞擁有自由意志，不是嗎？妳不會把她當作回應禱告的奴隸。不管要不要回應禱告，她可以自行決定要不要以妳想像中的形象現身。禱告不就是奠基在這種假設上嗎？」

「這個，我想應該是。但是這樣想實在很奇怪，好像一切反過來了。」

「只是稍微修正因果關係而已。信仰就是一切的基石。少了妳的信仰，一切都難以運作。所有宗教都一樣。身爲一個信仰截然不同萬神殿的異教徒，我絕不可能引誘瑪利亞前來此地。」

「但是阿提克斯，我渺小的禱告怎麼可能——」

「信仰，麥當納太太！信仰！如果想聽科學上的解釋，我沒辦法給妳。科學沒有辦法以理性的拳頭握住感知世界的奇蹟，就像我沒有辦法把我的魔劍變成光劍一樣。」

「如果可以的話就太酷了！你可以換上那種褐袍，對你的學徒關妮兒講點枯燥無味的對白。」

「現在別說這個，歐伯隆。」

「承認吧。你對於她稱呼你爲老師其實有點失望。其實你心裡希望她叫你大師。」

「看在地下諸神的份上，給我進屋去追貓！」「不好意思。」我對寡婦說道，「妳介意讓歐伯隆進屋去嗎？」

「呃？不，孩子，一點也不。我的小貓可以運動運動。牠們都是很怕狗的好貓。」

歐伯隆語氣愉快。「我喜歡看牠們對我嘶嘶叫的時候嘴裡冒出毛球的樣子。」

「不要弄壞裡面的東西。」

註三：摩斯艾斯利（Mos Eisley），星際大戰中塔圖因星的太空港。下一句「沒有比那裡更可惡的雜碎大本營了。」（You will never find a more wretched hive of scum and villainy.）則是引自歐比王形容該地的台詞。

「有東西弄壞的話，肯定是貓的錯。」

我讓他從前門進去，隨即聽見他開心的叫聲和寡婦的貓恐懼的叫聲。寡婦和我同聲輕笑，我又坐回椅子上，她則喝了一口酒。

「那妳可以幫我祈禱嗎？」我在屋內的騷動稍微減緩時問道。

「祈禱聖母瑪利亞出現在阿帕契大道？如果這樣能讓你開心的話，當然可以。」

「可以的。」我說：「別忘了提起她可以幫我除掉一頭逃出地獄的惡魔。如果眞的有所謂『用力禱告』的話——用力禱告，專注在她的外貌，以及什麼時候，也就是接下來的兩個小時內該這麼做上面。當妳這麼做時，我會幫妳修剪草坪。」

「好孩子。」她說，在我站起身來跳下前廊、找尋她的推式除草機時露出愉快的笑容。我在車庫裡找到除草機，把它拖出來做點運動；寡婦則閉上雙眼，開始輕輕搖晃搖椅。

我不知道這招有沒有用，但是希望有用。瑪利亞比其他基督教聖人和天使更常造訪凡間，而根據我遇上她十幾次的經驗來看，她通常都是因應某人爲造福某個團體的祈禱而降臨人間。

就算她沒來，我也不會抱怨什麼；我會把箭拿到天主教堂去，請神父幫它們祈福。任何具有強烈基督教信仰的人都可以對抗惡魔，不過瑪利亞的私人祈福肯定更有效。

割好草皮之後，我把割草機放回寡婦的車庫，回到前廊。她睜開雙眼，眼中淚光閃爍。

「啊，阿提克斯，我誠摯地希望她有聽見我的祈禱，像你所說的那樣下凡。我知道她一直在照顧我的史恩，願上帝讓他安息。」她在提到已故的丈夫時伸手比畫十字，「不過我想他不會介意她離開片刻，下來幫助幾個走在黑暗道路上的靈魂。那是很強大的奇蹟，這話可一點也不假。但是不管她來不來，只要想到她可能會來，想到那些深陷黑暗之人有可能在她的微笑中找到上帝，我就覺得心暖暖的。謝謝你教我如此禱告。」

我牽起寡婦布滿斑點的小手，輕輕捏了一捏。我們一起坐在前廊上，看著暴風雲在東方逐漸凝聚，直到與凱歐帝會面的時候來臨。

「你就走吧。」寡婦在我道別，並且告訴歐伯隆放過那些貓時說道：「如果看見瑪利亞的話，告訴她我愛她。喔，還有，阿提克斯，我的孩子？」

「是的，麥當納太太？」

「或許這回你該戴頂頭盔。」她故意逗我，「免得惡魔想要咬你的鼻子還是其他部位。」

第八章

凱歐帝只遲到五分鐘。

他在福特Escape混合動力車刺耳的輪胎摩擦聲中轉過轉角，在我家前門緊急煞車，於人行道上留下煞車痕，發出一陣輪胎的焦味。他走出計程車笑道：「這段旅程可眞是過癮，德魯伊先生，爽啊！」他用力拍打車蓋兩下，強調他有多過癮。

「你眞的這麼認爲？我以爲弄輛跑車開起來會更過癮。」

「我所謂的過癮是指『剛剛遭竊』。偷車幾乎和兩個世紀前偷馬一樣有趣。你準備好了嗎？」

「好了。」我舉起弓，還有綁在背上的箭筒。歐伯隆待在屋裡看他的《飛越杜鵑窩》【註一】DVD。我承諾過要幫他買本有聲書，好讓他能從布朗登酋長【註二】的腦中體驗這段旅程。「你有記得帶弓嗎？」

「當然記得。我還帶了把裝滿聖水的玩具水槍來玩。」

「那就好。介意我開車嗎？」

註一：飛越杜鵑窩（One Flew Over the Cuckoo's Nest），肯・凱西的小說作品，一九七五年登上大螢幕，贏得五座奧斯卡金像獎。

註二：布朗登酋長（Chief Bromdon），《飛越杜鵑窩》主要角色之一，是個沉默無聲、被當成聾啞的美洲原住民。

凱歐帝笑道：「當然不介意，德魯伊先生，這是你的表演。我等不及要看你上哪去弄聖箭。」

「箭就在這裡。」我說，伸出大拇指比向肩膀後的箭筒。「只是還沒變神聖。」

凱歐帝又笑：「你打算拿箭去泡聖水，是不是？」

「或許。」我以笑容掩飾不耐。「或許不是。等著瞧。」

阿帕契大道其實沒有摩斯艾斯利那麼糟。輕軌車出現後，開發者開始重新投資這個區域，減緩了一些都會腐敗的亂象。不過這裡還是有些租金低廉的拖車公園與充當臨時住所的廉價泥灰屋、沒鋪砌好的車道，以及放滿髒兮兮的墊子和生鏽汽車零件的庭院——在美國，這種景象就代表了貧窮、混亂，以及心靈荒原。

在早上十點過幾分鐘的此刻，所有癮君子都還在睡覺，沒有多少瑪利亞幫得上忙的地方。這種時間在阿帕契大道上行走的人都有特定目的地；他們的生活裡還保有些許希望。儘管如此，當我在馬丁巷與河岸道路口看到一抹身穿海軍藍洋裝、頭戴白頭巾的身影時，她正讓人群團團圍起；甚至還有幾條流浪貓狗在磨蹭她的腳，彷彿是溫馴的家庭寵物。

爲了確認眼前的就是貨眞價實的瑪利亞化身，我啓動項鍊上的「妖精眼鏡」符咒。那是一道能讓我看見魔法與超自然光譜中眞實面貌的法術——讓我看看除了正常的蛋白質、礦物質和水之外還有沒有其他東西。

「啊！」我當場緊閉雙眼、關掉妖精眼鏡，稍微晃動了下福特的方向盤。

「怎麼了，德魯伊先生？」凱歐帝問。

我眨了眨眼，眼前亮點紛飛。「那肯定是聖母瑪利亞。超亮的光。」我將福特駛入最近的車道停下。那是一座老舊拖車公園的入口，到處都是碎石和碎玻璃。這裡除了悲慘與絕望外寸草不生，住在那裡的人都已經與自然隔絕，完全沒有和大地產生羈絆。

凱歐帝和我下車，我從後座拿出箭筒。我們走近時，瑪利亞正在賜福給一個看起來十分硬派的拉丁壯漢——用街頭黑話講就是拉丁混混。他頭綁印花大手帕，儘管天色陰暗還是戴著太陽眼鏡，灰色法藍絨襯衫只有扣最上面的釦子，露出其下的白色T恤。太陽眼鏡底下不斷湧出淚水。

「不好意思，女士，我想請妳幫我們這些箭祈福。」我說：「我們要去對抗惡魔。」

她在親切的笑聲中對我說道：「孩子。」她說——她總是如此稱呼我，雖然我比她年紀還大——「我就是爲了此事而來的呀。」

「麥當納寡婦要我跟妳說她愛妳。」我說。

「啊，凱蒂。」聖母的笑容更加燦爛。「她每天都向我禱告，你知道。而最近她開始祈求我保佑你平安。所以你一定要平安，歐蘇利文先生，帶著我的愛回到她身邊。她擁有美麗的靈魂。」

「是，她有。」

「來看看你的箭吧。」

我小心越過箭尾上的羽毛，慢慢將所有箭拔出箭筒，然後把箭筒交給凱歐帝。我將箭橫放在兩臂上，拿到瑪利亞面前，讓箭頭指向北方，也就是她的右側。

她閉上雙眼，雙手輕輕放上箭頭，唸誦幾句拉丁彌撒中賜福的禱文。「O salutaris Hostia quae

coeli pandis ostium. Bella premunt hostilia; da robur, fer auxilium.」我沒想到她會以這種方式賜福；我以爲她會有原創的賜福禱文，但是再想想，這應該算是很恰當的禱文：「敵人自四面八方來襲；我提供你協助，提供你力量。」祈禱完畢之後，她又觸摸箭頭約莫十秒鐘。我敢說如果我膽敢啓動妖精眼鏡，在聖母聖光燒焦眼珠的前一秒，肯定會看到非常有趣的魔法加持效果。

賜福完畢後，她睜開雙眼，放鬆微微緊繃的雙肩。她慈祥地向我微笑，然後將笑意擴張到凱歐帝身上。

「最後的德魯伊和美洲原住民的先民之一，要一起去對抗來自第五地獄的墮落天使。」

直到聽清楚她最後那句話爲止，我一直在回應瑪利亞的笑容。當時我不曉得自己以後還笑不笑得出來。「墮落天使？最初的惡魔之一？」

瑪利亞點頭。「是的。如今它扭曲焦黑，很久以前就失去了所有天堂之光。」

「呼噫，德魯伊先生。聽起來像是很強的傢伙。」凱歐帝說。他不是在說笑，墮落天使並不是普通惡魔。我甚至不確定寒火對付得了這種東西；因爲它們是被天譴打入地獄，永世不得翻身，而不是地獄產物。

「第五層地獄，」我說：「如果我對《神曲》的印象沒錯，是專門用來懲罰乖戾憤怒的地獄。」

「沒有錯，我的孩子。」瑪利亞證實。

「看在地下諸神的份上，安格斯．歐格怎麼召喚得出來如此強大的惡魔？」

瑪利亞耐心地對著我笑，並不在意我提到其他萬神殿裡的神名。「我認爲他不是召喚它，而是提供了它一條逃離地獄的道路。儘管如此，讓它離開地獄的羈絆條件依然有效，而那就是唯一將它限制在這附近的東西。」

「這就表示除非我死了，不然它離不開東谷。」我說。

「哇，真慘，德魯伊先生。」凱歐帝輕笑，在我的肩膀上拍了兩下。「好了，把那些箭給我。」他拿走我手上的箭，放回箭筒裡。「我到偷來的車裡去等，這位白人女士對我而言有點太閃亮了。」

「你的朋友都很有趣。」瑪利亞在凱歐帝的靴子嘎啦嘎啦地走過碎石地時說道：「美洲原住民神祇、狼人部族、吸血鬼，還有一團崇拜柔雅的女巫。」

「我不會把他們都當作是我朋友。」我說：「比較像是認識的人。麥當納太太和我的狗歐伯隆，才是朋友。」

「那你在選擇朋友的時候還算明智。」瑪利亞親切地說：「我事已經辦完了，但恐怕你的事情卻才開始。巴薩賽爾【註一】多半不是一箭能解決得了的。」

「巴薩賽爾？」

「它的名字。在和路西法【註二】一同墮落前，它是個很強大的天使。」

註一：《以諾書》曾提及巴薩賽爾（Basasael，也作Bezaliel或Busasejal）是二十名墮落天使領導者之一，其名有「毀壞」之意。

註二：路西法（Lucifer），在許多傳說與文學中被視為墮天使之首。其名在拉丁語中有「帶來光之者」的意思，也可解釋為「晨星」。

「基督呀！」我不假思索地唸道。

「我兒子有信心你會贏。」瑪利亞說。

「眞的？告訴耶穌我向他問好，下次他來附近的時候，我們可以一起去喝杯啤酒。」

「我會轉達你的問候。現在走吧，孩子。你已經身懷我的祝福。」

「願妳安寧平靜。」我說，接著在轉身去找凱歐帝時，又喃喃說道：「願我旗開得勝。」

第九章

「我必須承認，德魯伊先生，我沒想到會看到那種人物。你有點令我驚訝。你怎麼知道那位閃亮的白人女士會出現在那裡？」

凱歐帝穿著打扮都和昨晚一樣，不過多加了一副太陽眼鏡。他臉上通常帶有愉快或神祕的表情，而此刻他正對我露出後者；或許他不信任我。我聳了聳肩，駕駛車子向南開往六十號州際公路。「我想我只是有信心。」

「呿。你跟我一樣不對基督教神祇抱持任何信心。」

我發現我自動滑回凱歐帝語調的節奏裡。「沒錯，但是我對一個天主教朋友有信心。她幫我向瑪利亞祈禱。」

「這樣的話，她爲什麼不祈求耶穌下凡來宰了那頭惡魔或什麼的？我們在家裡睡覺就好啦。」

「因爲耶穌不太喜歡下凡。人們對他的印象總是被釘在十字架上或是頭戴荊棘冠，不然就是手腳上都是血淋淋的大洞，而那肯定不太舒服。再說他們以爲他是個有著一頭棕色直髮的白人，但其實他的膚色偏黑。皮囊啊，我敢說當人們把你想像成沙畫裡的制式形象或是動物神像的時候，你了解那種感覺。你不喜歡用那種形象行走人間，對吧？」

「見鬼了，當然不。」凱歐帝笑道：「我有一次試圖用沙畫造型現身，我的身體長到根本連屁股都找不到。」

我們一起笑了笑，往東轉向六十號州際公路，一整個早上都在威脅我們的烏雲終於開始降雨。斗大的雨滴吵鬧地濺灑在車上，讓我聯想到那種在馬戲團特技演員不用繩網表演某些蠢斃了的特技前擊打的節奏。我一時找不到啓動雨刷的開關，凱歐帝一直偷笑到我找到爲止。

「你之前殺過多少墮落天使，德魯伊先生？」

「我想，這是第一個。」

「狗屎。」凱歐帝帶著傷心的笑容搖頭道：「我們死定了。」

我轉頭看他。「你來的時候就認定這是自殺之旅了？因爲反正你可以死而復生，就以爲可以這麼死掉，把我孤立無援地留在那裡？我現在就告訴你，凱歐帝，我打算還要活很久很久。如果你不想活的話，直截了當跟我說，我這就去另外找幫手。」

「噢，冷靜一點，德魯伊先生。我又不會走到它面前給它吃。」凱歐帝舉起雙手，「我只是說這不會是場野餐之旅。墮落天使肯定比普通惡魔聰明，而且強壯許多。」

「好吧，那你知道這頭惡魔在哪裡嗎？」

「上次看到它時，它就待在一棟大樓頂上，俯瞰中庭區。那裡有些草地和樹木，所以你可以吸取力量。」

「我們必須穿過學校大樓才能抵達那裡，對不對？」

「我想應該是。」

「那我們就得僞裝。學校當局不太喜歡有人帶著武器進入校園。」

天際高中是一棟綴以獵人綠的水泥磚巨型建築。我把車停在禁止停車的接送區，反正我就是不在乎停車規定。我在自己和凱歐帝身上施展僞裝羈絆，然後下車打開後車廂，僞裝我們兩人的弓、箭筒，以及富拉蓋拉。我的羈絆法術無法讓我們完全隱形，特別是在雨中，不過絕對有幫助。只要進入室內，我們就能輕易融入枯燥乏味的公共建築裝潢。凱歐帝貢獻了他稱之爲「聰明潛行」的法術，不過這道法術眞正功效是讓我們不會發出任何聲音。（我不確定他爲什麼不叫它「無聲潛行」；可能凱歐帝覺得潛行應該要無聲無息的想法很聰明吧。）

我們悄悄走過服務台，沒有打擾一派肅穆地坐在那裡的女士；她似乎十分沉迷在電腦上的接龍遊戲裡。簽到窗口有兩名全職員工（因爲拿著簽到簿去向政府要錢是公立學校最重要的工作），不過他們忙著聽電話裡的家長幫蹺課學生撒謊，所以都沒有抬頭查看是什麼東西在滴水弄濕走廊上的工業地毯。我們打開通往中庭的門時發出尖銳的嘎吱聲響，加上室外的雨聲，讓簽到窗口的職員抬起頭來，但是我們在沒被發現的情況下溜了出去。

現在是上課時間，中庭裡空無一人。我們身處中庭外圍的屋簷下，少數這種降雨的日子可以用來避雨，不過大多數時候是讓人遮蔭。一道道水柱吵雜地濺落地面，然後朝向排水柵欄匯流而去。

我啓動妖精眼鏡，一下子就看到巴薩賽爾身處何處。它就在我們正對面，棲息在鋼鐵屋頂上，位於一陣都卜勒位移現象【註二】的詭異雲霧之中。遠古時代的羽翼現已變成蝙蝠般的皮翼。不過它的身體其他部位依然具有人形，只是黑黑、刺刺，還散發著邪惡氣息，就像導致車窗震動、造成車內景象模糊不清的重低音喇叭。

此刻它最令人反感的部位在於張開的嘴巴，因爲嘴外有條青少年受害者的腳晃來晃去——可能是某個正要前往保健室，或是被叫去找輔導老師的可憐孩子。我們眼睜睜地看著墮落天使的牙齒咬闔，下頷以詭異的咀嚼方式向旁滑開。

凱歐帝和我同時目睹這一幕。「看來那孩子已經沒救了。」他在我右邊喃喃說道。我沒辦法在正常光譜中看見他，但是由於啓動了妖精眼鏡的關係，他看起來像是多采多姿的光流集合，光在他的形體中四處亂竄，不過還不致於讓人眼花撩亂——只是看不清楚。我自箭筒中取出六支箭給他。

「我第一箭會射穿它的腦袋；你瞄準它的心臟。」我低聲說道：「然後持續射擊，直到它死透了爲止。」

「哇，你是向美國陸軍學來這種戰術的嗎？」

我笑著嘟噥道：「不，我是向匈奴王阿提拉【註二】學的，他一輩子都沒聽說過你。」

我們兩個基於古老的狩獵之道，自然而然地兵分兩路。我們沒有必要討論戰術；在二對一的情況下，兩個獵人就該分頭行事，這樣只要目標對其中一人展開反擊，就會對另一人敞開背心。當我們形成三角對立時——我和凱歐帝站在底下，巴薩賽爾位於屋頂——我們將箭搭在弓上，互相點了點頭。我脫下涼鞋，踏入雨中吸收大地的力量。我先補滿熊符咒裡的魔力，以防需要在人行道上施法的狀況，接著吸收足以拉開弓弦的力量，巴薩賽爾也在此時享用完青少年大餐。我向凱歐帝揚起五根手指，收回大拇指，接著是食指，表示倒數計時，然後拉滿弓弦。我迅速瞄準，搭配倒數計時脫手放箭。

第一波攻擊擊中目標時，我已經反手抽出第二支箭。我的箭刺穿墮落天使的左眼，凱歐帝的則筆直插入胸口。惡魔在向後翻倒、驚訝地抓著箭柄時放聲尖叫，音波震得我渾身骨頭不住顫抖。

通常你拿箭射進某個傢伙的腦袋時，它就不再有能夠把箭拔出來的行動能力；而射中生物的心臟通常也會讓對方沒有力氣起身發出震耳欲聾的吼叫。巴薩賽爾一點也不正常，因爲以上兩件事情它都做了。

兩處傷口都在冒白泡，但是墮落天使把兩支箭都丟到中庭，展開雙翅蹲伏而下，準備撲向我們。它清清楚楚地看著我們；我的僞裝法術能夠躲過人類的肉眼，但在它面前卻無所遁形。

「我們得射幾支箭才殺得了這傢伙？」凱歐帝大聲問道。

「瑪利亞只說我們必須刺穿它超過一次。」

「是喔？或許你在我們離開之前應該問清楚究竟要射幾箭，你這個笨蛋！」

我由衷同意凱歐帝，和他一起射出第二箭。巴薩賽爾左手快如殘影，擊落凱歐帝的箭，不過我的箭筆直插入它腫脹的腹部。這一箭的力道將它再度擊退，但這次它沒有待在原地等我們重新搭箭，完全無視將它黑色皮膚化爲白色泡沫、最後褪成灰色的聖箭，雙腳緊縮，猛力振翅、一飛沖天，

註一：都卜勒位移現象（Doppler Shift，又稱都卜勒效應），當聲源與觀察者間存在相對運動時，觀察者所聽到聲音頻率會不同於聲源所發出的頻率；具有波動性的光也會有這種現象。把這個現象繪製成圖形是個偏心圓。

註二：匈奴王阿提拉（Attila the Hun, ?–453），知名匈奴王，史稱「上帝之鞭」，曾多次入侵東西羅馬帝國。

同時發出令我牙齒打戰的怒吼。抵達飛升頂點時，它收回翅膀，朝向挑選好的目標——我——俯衝而下。

永遠不退流行的自憐用語——爲什麼是我？——在我向墮落天使瞄準最後一箭時閃過腦海。答案迎面而來：我看起來就是個弱小人類；我在它頭上和肚子上都射了一箭；我站在它可以輕易攻擊的開闊處，凱歐帝則是躲在屋簷底下；加上安格斯．歐格加諸在它身上的羈絆，除非殺了我，不然它不能離開這一帶。我脫手放箭，懊惱地看著箭掠過它的右肩上方。沒有時間再次放箭了，於是我拋下弓跳回屋簷下，右手拔出富拉蓋拉，左手則自箭筒中抽出另外一支聖箭。

我站在屋簷的支撐鋼柱後方，迫使巴薩賽爾減緩速度，挑選一邊進行攻擊。結果那根鋼柱在它眼中根本算不上什麼障礙。它只是在展開翅膀減緩速度時揮出右臂，鋼柱立刻乖乖離地而起，順勢掀開一塊屋簷，彷彿它是泡綿做的，而非鋼鐵。

「你難道沒有任何不適嗎？」我問。我可以透過它頭上裂開的白洞看見後方的中庭。傷口還在翻滾冒泡，腐蝕它的身體——另外兩道傷口也一樣——但是就效果而言，這些傷口似乎只有激怒它而已。

它踏在水泥地上，而非土地，所以我無法施展寒火；它朝我迎面噴出一團橘色火焰作爲反擊。那看起來就和安格斯．歐格向我拋出的地獄火一樣。「嘿！」火焰襲體而過，不過在護身符的守護下，除了短暫產生高溫外沒有造成任何效果。「你就是和安格斯．歐格交易的那個混蛋！這一切都是你在幕後主使的！」

我聽見右邊傳來辦公室門開啓的嘎吱聲響：有人出來查看外面在鬧些什麼。他們看不見我或惡魔，但是肯定會看見躺在雨中的殘破鋼柱，以及快要坍塌的屋簷。他們同時也面臨了生命危險。這就是會讓決鬥者慘死的情況：一瞬間的分心，目光轉向某道陰影片刻，然後一切就在轉眼間結束了。巴薩賽爾就指望著這一點；或許它看見我的眼球移動，或許沒看見，但它還是從我沒有燒焦的震驚中恢復過來，隨即把握攻擊良機。它離我尚有四呎之遙，但右臂朝我胸口揮出，指頭突然暴長，接著爪子也是，好像望遠鏡般瞄準我的心臟而來。它想採取莫拉・倫【註】的手法挖出我還在跳動的心臟，然後在我眼睜睜地看著它吃掉心臟時大聲嘲笑我。我以最快的速度閃向右方，揚起左臂讓爪子從下面掠過，可惜我不夠快。四隻腐敗的黑爪劃開我的身側，擦過肋骨，刺穿身體，將我釘在牆上。

我痛得悶哼一聲，迅速展開反擊，因爲箝制我就表示它自己也被箝制：我舉起聖箭刺穿它的手背，直透掌心。它大吼一聲，抽回手掌，邪惡之爪離開我的身側，我則趁著這個空檔冒險瞄向右邊。有個身穿保守洋裝、神情訝異的女性職員對著手持式對講機口沫横飛，「中庭屋簷損壞，還有奇怪的動物叫聲，但是我看不出是從哪裡發出來的。」

「到裡面去，女士！」我叫道：「爲了妳的安全著想！」當時我最多就只能講這兩句話。巴薩賽爾一副要上前來扯斷我腦袋的模樣，於是我舉起富拉蓋拉展開防禦，在身側傳來劇痛時緊皺眉頭。

註：莫拉・倫（Mola Ram），電影《魔宮傳奇（Indiana Jones and the Temple of Doom）》裡的反派，能夠徒手挖出別人的心臟。

眼看著墮落天使彎下膝蓋、嘶聲吼叫，揚起雙臂擺開摔角架勢，準備隨時撲上，我突然想到或許凱歐帝該趁我們打鬥的時候射上一、兩箭。

那個騙徒上哪去了？他是不是自己跑了，把我留在這裡獨自面對墮落天使？好幾個關於他的故事裡都提到他曾做過這種事情：讓白人同意去做某件事，然後在最後關頭抽身逃跑，讓對方像個蠢蛋。我不知道還有什麼辦法可以獨自應付這個怪物。四支聖箭顯然有造成一些實質傷害；它大聲宣告有感受到聖箭帶來的痛楚，但卻沒能阻擾它的攻擊。一個可怕的想法飄入我的意識來打招呼：如果巴薩賽爾吃掉我那愚蠢的德魯伊屁股，莫利根有沒有辦法讓我完整無缺地自——啥？天使糞裡重生？這又牽扯出另外一個既抽象又褻瀆的問題：不管是不是墮落天使，天使，到底有沒有屁眼？

凱歐帝以奇特的方式為這個問題提供解答。我聽見一下噁心、潮濕的啪答聲響，巴薩賽爾立刻把我拋到腦後。它踏著長滿利爪的腳趾人立而起，如同胡桃鉗娃娃般雙腳併攏、黑眼圓睜，喉間發出類似哭喊女妖【註】般的痛苦嚎叫，令我忍不住捂住雙耳——或者說是捂住我一隻完好的耳朵，以及掛在腦側的可悲軟骨。

凱歐帝大叫一聲：「哈！」然後開始發出狗狗般的愉快叫聲，以動物形態在中庭裡蹦蹦跳跳，挑釁墮落天使；巴薩賽爾飛入空中，展開追擊。

趁它分心之際，我將富拉蓋拉收回劍鞘，抓起學校職員的衣領，將她拖回辦公室內。她嚇得大吼大叫，而我則在把她丟進辦公室時叫道：「立刻封鎖學校！在更多人被殺之前趕快封鎖！」美國所有學校都有在緊急狀況下維護學生安全的封鎖程序。

「什麼？誰被殺了？」

「點個名就知道了。學校最擅長點名了，因爲大家都知道學校不是在教學生英文。可惡的小鬼連副詞和形容詞都不會分！」我必須閉嘴，壓力讓我把沮喪感發洩在這個可能從來沒和人上過床的可憐女士身上。

「你是……？我爲什麼看不見你？」

「封鎖！點名！待在室內！」我甩上大門，藉以強調命令，希望這樣能刺激她去採取適當的手段。轉身面對中庭時，我看見巴薩賽爾試圖在空中用大火球烤焦凱歐帝。凱歐帝動作很快，但是我不確定他能閃躲多久，也不知道他有沒有辦法直接承受地獄火。

我急忙奔向之前拋下弓的地方。弓還是隱形的，我看不到它，所以花了點時間才終於踩到它。彎腰撿弓導致身側的傷口劇痛，讓我再度想起它們；我吸收魔力癒合傷口，開始療傷程序。

我還剩下兩支箭；凱歐帝多半把他剩下的箭給丟了。我搭上一支箭，努力忍笑看著巴薩賽爾屁股上插著一支羽箭飛來飛去。我小心翼翼地挑選目標，弓弦刷地一聲，聖箭激射而出，刺穿墮落天使的右翼。這一箭在皮翼上撕裂一條大白洞，而且洞越裂越大，導致巴薩賽爾在尖叫聲中難看地墜落地面——精確地落在我期望的地點。

註：哭喊女妖（bean sidhe），也作報喪女妖，愛爾蘭傳說中會在人將死之際哭號的女性精靈，被視作死亡象徵、凱爾特地下（死後）世界的信差。在美國傳說或其他凱爾特文化地區，也有名稱不同但類似的精靈。

「度伊！」我以右手食指指著它叫道，並且在施展寒火的同時自大地吸取魔力。我立刻彷彿血糖過低般精疲力竭；肌肉沉重，不再遵循我的命令。這次不像第一次施展寒火的時候那麼糟，那次我根本完全癱瘓，不過我今天肯定再也拉不動弓了。我必須躺在地上，花點時間恢復精力。

學校的擴音器啓動，充滿權威的嚴厲聲音在中庭圍牆上掀起陣陣金屬般的回音：「各位老師，請展開封鎖程序。重複，各位老師，請立刻展開封鎖程序。」

顯然中庭不斷傳出的巴薩賽爾吼叫聲和四下亂噴的火焰已經讓學校當局認定事情不對勁，而現在這個聽起來對學校的英文課程十分不滿的神祕聲音則讓大家開始行動。

巴薩賽爾緩緩自地上爬起，顯然深受（終於）聖箭所擾。這時它還沒有任何受到寒火影響的跡象，不過我希望再過不久就會產生效果。

凱歐帝再度化爲人形，衝回他放弓箭的地方，對我大叫：「你對它做了什麼，德魯伊先生？」

「我不確定有沒有效。」我叫回去：「你最好再補它幾箭。」

「喔，對，你從匈奴王阿提拉那裡學來的天才策略。我差點忘了。」

凱歐帝搭箭拉弓，巴薩賽爾則努力拔出手上和肚子上的箭，邊拔邊發出恐怖的叫聲。當它小心翼翼地應付最後那一支箭（莫枯修那句「盲目小孩的鈍箭」在這種情況下取得了全新的意義）時，凱歐帝的箭射穿了它的喉嚨，導致它無法繼續吼叫。這讓我們聽見逼近的警笛聲。

「耶！」凱歐帝高聲歡呼，捶打拳頭。「坐下來，喝一杯『閉上鳥嘴』！」

我覺得有點不爽，因爲當墮落天使透過劇烈抽動及傷口不斷冒泡等非口語方式來表達痛楚時，我卻在想，我們沒機會坐下來喝茶聊天實在太可惜了。除了莫利根，我很少和比我還老的生命交談，每當看到這種傢伙我就會很珍惜他們。

寒火能不能對墮落天使產生作用的疑慮很快就消失了：巴薩賽爾傷口內的白沫迅速擴散至全身，導致它的手腳都像屍體皮膚下有蛆一樣不停鼓動。接著它試圖將四肢內縮、擺出嘲弄胎位的姿勢，然後炸成一團血肉模糊的濃汁與血塊。如同柏油般的濃汁污染了中庭，覆蓋在草坪、樹木、鋼鐵及水泥地上，其中還夾雜不少尚未完全消化的青少年屍塊。現在大雨變成恩賜，因爲大地上的古老邪惡已遭淨化，但是雨水無法在學校的人跑出來看之前清理現場，更別說是警方闖進來之前。

「沒錯，孩子！」凱歐帝對惡魔屍體叫道：「你不能跑到我家撒野，然後還想活著出去！」

「看在貝勒的邪眼【註一】份上，我們要怎麼處理這些黏液？」我問。

「你說『我們』是什麼意思，德魯伊先生？又不是我的惡魔，也不是我的爛攤子。」

「是呀，我知道。但是我不能找食屍鬼來善後。人們必須處理現場，然後想辦法找出合理的解釋。他們可以找魔鬼剋星【註二】來給靈體物質採樣或什麼的，又或許他們會找穆德和史考莉【註三】來，因爲世界上沒有任何CSI能夠解釋這玩意兒。」

「我完全聽不懂你在講什麼，德魯伊先生。」

註一：貝勒（Balor）是凱爾特神話中佛摩人的國王，額頭和後腦上都有眼睛，所以沒人能偷襲他。
註二：魔鬼剋星（Ghost-busters），同名電影與動畫的主角團隊名，專門以科學儀器捉鬼。
註三：穆德與史考莉（Mulder and Scully），轉講神祕事件與陰謀論的影集《X檔案》的主角。

我也不想解釋，只是指著屠殺現場說：「這個地方將會淪為上千個外星人陰謀論的發源地，也很可能會被當作啓示錄災難即將發生的徵兆。看著吧，此事肯定會上《世界新聞週刊》【註二】的。」

凱歐帝聳肩。「嘿，我不在乎。不管他們怎麼報導，肯定都是超級有趣的故事。」

「我們應該回收聖箭。」我說：「最好不要把箭留在現場。」

「對，好主意。」凱歐帝回道。我穿回涼鞋，然後在地獄黏液間跋涉而過，和凱歐帝一起找回箭支。警方開始擁入中庭，但是我們一言不發，心知他們無法聽見或看見我們，只會在雨中察覺一些不值得注意的小動靜。

再度裝滿箭筒之後，我們閃過幾名警員和教職員工，回到辦公室門口。離開現場前，我想起最後一個細節：我必須解決所有被巴薩賽爾刺傷後所留的血跡。我在牆上找到幾滴血，沒有我想像中多；大部分都被我的衣服吸收了。我從不斷流下的水柱接了幾把水洗淨那些血滴，湮滅所有蒐證專家可能找到的證據，不給女巫留下可利用的材料。

鐘響了，表示課堂結束，午餐時間開始。既然學校進入封鎖，學生都必須待在教室裡，然後挨餓一段時間。但現在他們安全了。

在自我感覺超級良好的情況下，我們兩個穿過辦公大樓，前往停在接送區的贓車。它四周停滿警車。喔，好吧。

我們保持僞裝，向南行走，渾身濕透，身體越來越冷。「高速公路以南還有一所高中。」凱歐帝在我們遠離辦公大樓後，懶洋洋地指著深紅路說道：「沙漠屋脊高中。那裡的停車場裡停滿了可以偷的空車。」

「我想我去那邊的便利商店叫計程車好了。」我說著指向在雨中微微發光的紅白相間招牌。

「我今天已經爲高中生帶來夠多悲劇了。那些可憐的天際——他們學校的吉祥物是？」我想不起他們的吉祥物，於是回過頭去看他們的大招牌，上面寫著：「土狼【註三】之家」。我當場用古愛爾蘭語罵了一串就連我爸也會爲我感到驕傲的髒話。

凱歐帝已經在笑聲中走遠。他知道我發現被騙了之後一定會很不爽，而我確實不爽。

「不能跑到你家撒野，哏？眞的有迪內部落的人死在學校裡嗎？」我質問他：「你說有少女被吃掉是騙我的，對不對？」

「沒錯，死的只有白人而已。」凱歐帝露出不懷好意的笑容。「但是我不要你一直拖到有我的子民變成它的早餐，因爲這間學校裡確實有我的子民，而我眞的想要保護他們。」

「所以你就讓我冒這麼大的風險？我根本沒有準備好來對付這傢伙。我打算在我的地盤上，用我的方法解決它。」

「不要生氣，德魯伊先生。我幫你解決了一個大問題。要不是有我在，你搞不好已經死了。」

「是呀，你還敢提？他殺到我面前的時候，你拖得也夠久了。」

註二：世界新聞週刊（Weekly World News），專門報導超自然現象的八卦小報。

註三：土狼（Coyote），即凱歐帝。

「這個，你知道，我就是忍不住不用剛剛那種方法搞它。你知道人們總是威脅要把什麼東西塞到其他人的屁眼裡，但是卻從來沒有眞的動手？好了，這下營火晚會裡有個新故事可以說了：『凱歐帝是怎麼用箭去插墮落天使的屁股。』我等不及要聽聽我自己是怎麼說這個故事的了！不要擔心，德魯伊。我一定會提到我是怎麼搞定你的！」他化身爲動物形態，小跑步遁入雨中，發出愉快的叫聲，還回過頭拋給我一個笑容。

第十章

這趟計程車車程中，我大部分時間都在咒罵這個愛騙人的神，但是快要到家時，我發現自己忍不住微笑。我不是第一個上凱歐帝當的人，肯定也不會是最後一個。事實上，我沒有什麼損失，只受一點輕傷就擺脫他了。

和歐伯隆共進午餐時，我感到異常輕鬆，或許是因爲解決了一個懸而未決的大麻煩。我的獵狼犬吃了五根白香腸，我則吃花生醬加橘子醬拌小麥片，外加一杯牛奶。歐伯隆想要討論《飛躍杜鵑窩》的劇情，像是瑞奇德護士才是眞正的大人物，要是波浪肉醬在場的話一定會教訓她。他想要討論布朗登酋長最後去哪裡了，我認爲酋長不是回到哥倫比亞河，就是跑去對抗「大機器」【註】了。他同時也非常憂鬱地想要討論生命結束的話題。

「要是大人物割掉我半個腦袋，讓我變成麥克墨菲那樣的植物人，」他說：「那我就要你做和酋長一樣的事情，好嗎？」

我不知道該怎麼回答。酋長用枕頭悶死了麥克墨菲。光是想到這個做法，我就不禁熱淚盈眶，伸手搔搔他的耳朵後方。這樣還不夠，於是我蹲下去抱了抱他。歐伯隆不知道，他已經活得比世界

註：大機器（the Combine），《飛越杜鵑窩》裡的酋長認爲世界是個大機器，所有人都是機器的零件。

上所有愛爾蘭獵狼犬還要久了。這個高貴的品種有個非常可惜的缺點，就是牠們的壽命很短，只有六、七年而已。但是我一直在給歐伯隆喝讓我看起來和感覺起來都像二十一歲，而非兩千一百歲的藥茶，我戲稱那種配方爲「不朽茶」。如今歐伯隆已經十五歲，而他完全不曉得自己早在幾年前就該死了，不該像個三歲大的成年狗一樣活蹦亂跳。「好的，老兄。」我終於說道。

在我繼續眞情流露之前，我的手機開始演奏《巫婆》（Witchy Woman）的旋律，那是我專爲瑪李娜的來電而下載的老鷹合唱團歌曲鈴聲。

我走到後院去接起電話，決定趁著講電話的時候恢復一點體力。她爲我送去的血根草道謝，然後很禮貌地讚美藥草品質有多好；我也很禮貌地回應，謝謝她購買我的產品；而整段交談期間，我都在想能夠回到我們之前的關係眞好。接著她開始切入我想要聽的主題。

「昨晚的儀式中，我們確認了『第三家族之女』已經抵達東谷，可惜無法找出她們的確實位置。」

「那我同時爲妳感到高興與遺憾。知道妳們爲什麼無法預見更清晰的景象嗎？」

「或許是因爲我們只剩下六個人導致效率降低，也或許是她們施展了某種我們無法看穿的隱形法術。我認爲最可能的是兩個原因都有一點。」她說：「今晚我們會再度嘗試。你有試著找尋她們的下落嗎？」

「不，我沒時間進行預知儀式。」我說：「今天早上有點忙。下班之後我應該會有時間。」

「我懷疑你會有任何時間。我們針對酒神女祭司進行的預知儀式結果就好多了：她們到了——精確來說，共有十二人——而她們打算今天傍晚在史考特谷展開惡作劇。除非你介入，不然肯定會引發一場縱情狂歡的暴動。」

「我今晚介入真的這麼重要嗎？」我還沒收到拉克莎的聯絡，也可能沒有足夠的實力介入。

「一夜的酒神慶典能對史考特谷造成多大的傷害？」

「歐蘇利文先生，酒神慶典會傳播疾病。它會摧毀婚姻和其他關係，並且透過離婚導致難以言喻的情緒災難和更嚴重的經濟損失。它鼓吹莽撞的生活方式和道德淪喪，參與者經常沒多久就淪爲罪犯。」

「聽起來像是舉辦鳳凰城公開賽【註】的週末。」

「我不是在和你開玩笑。人們偶爾會在她們的影響下死亡，而我們自然不能允許這種事情。但是，除此之外，如果放任不管，她們的人數就會開始增加，你等得越久，問題就會越大。」

「好吧，先等一等，妳之前說這些酒神女祭司已經在拉斯維加斯待好幾年了。」

「沒錯。」

「那爲什麼維加斯沒有陷入混亂呢？喔。」

「怎麼？」

「我想這個問題的答案很明顯了，對不起。」

註：鳳凰城公開賽（Phoenix Open），每年二月初於亞歷桑納州史考特谷舉行的美國高爾夫球巡迴賽賽事。

「沒關係。她們會去史考特谷路上一間叫作薩梯的夜店。非常高級。你必須花心思打扮、打扮，不能這麼邋遢。」

她在引誘我，我可不能上當。「妳能再說一次『邋遢』嗎，拜託？」

「邋遢。怎麼了？」

「我想學妳的口音。」

她的語氣變冷，口音也變重。「我敢說你有更重要的事情要做，我也一樣。再見。」

我笑著收起電話，她和人嘔氣時的表現十分有趣。

由於施展寒火導致體力耗盡的緣故，騎車去上班非常吃力。我今晚必須睡在後院才能恢復筋疲力竭的細胞。

寡婦在我路過的時候向我揮手。

「結果你有遇上瑪利亞嗎？」她問。

「當然有！」我對她豎起大拇指，「下班後我來找妳，把來龍去脈說給妳聽。」

「啊，那太棒了！」

第三隻眼書籍藥草店的書籍部已經不須要我親自打理了。在自動商品管理系統的協助下，電腦會在我售出書籍之後自動補貨。培里．湯瑪士，在我這裡工作超過兩年的員工兼我這輩子見過最開心的歌德族，幾乎包辦了書籍部的事情。他總是在補凱倫．阿姆斯壯【註二】的書，因爲她的作品銷量極佳，威卡教和道教或禪宗的入門書也一樣。

不過除了最基本的層面，培里沒有辦法處理藥草相關的事情：如果我指著一包調配好的藥茶包說：「加熱水。」他就能處理得妥妥當當，而且也十分樂意幫每天上門的關節炎客人端上莫比利茶。但他不會自行調配藥草，看不出來哪些放少了，哪些又加得太多，而且我絕不允許他販售藥草給任何人，因爲他沒有能力警告客戶那些藥草有什麼危險屬性。

當我弄響店門上的鈴鐺時，他朝我揮手招呼：「哈囉，阿提克斯。」他正在補一些穿纏腰布的馬雅人在十四個世紀前預言世界末日的書籍。

關妮兒坐在藥草櫃檯後，戴著插在筆記型電腦上的耳機，照我的吩咐練習拉丁文。她才開始學拉丁文一個禮拜，已經可以和我展開基本交談。由於戴著耳機，她沒有聽見鈴鐺聲，但是在片刻過後看見我，對我露出釋放約莫一點二一億瓦【註二】電流的微笑。

我腦袋立刻轉到亞歷桑納響尾蛇隊的牛棚上一季表現奇差無比，最好在春訓開始前找到解決方案的想法。感謝布莉德，關妮兒此刻穿著毫不暴露，而且沒有發現她偶爾會讓我神魂顛倒。

兩個亞歷桑納州大的教授在一張桌旁一邊喝茶，一邊談論政治。一個多毛的小個子男人問了培里幾個讓我覺得很有趣的問題；一開始他想找些與古老眾神【註三】相關的書籍（顯然他看了太多洛夫克

註一：凱倫・阿姆斯壯（Karen Armstrong），英國作家，以比較宗教學的作品聞名。
註二：一點二一億瓦（1.21 Gigawatt），電影《回到未來》中要讓時光機運作的瓦數。
註三：以洛夫克拉夫特（Lovecraft）小說爲基礎的克蘇魯神話世界觀中，古老眾神（Elder Gods）是與以克蘇魯等爲首的舊日支配者（Great Old Ones）敵對的神明陣營。

拉夫特的書），接著他想找一本關於狂叫苦行僧而非旋舞苦行僧【註一】的書，然後又想知道我們店裡有沒有薔薇十字會【註二】傳說的書。培里帶他去找所有他想找的書，但他似乎都不滿意，最後買了一塊錢的檀香——這就是零售業的寫照。

「四點左右會有三個人來面試，」關妮兒在我開始調配最受歡迎的茶包時說：「他們聽起來都對幫書結帳和煮開水懷抱著奇特的熱情。」

「這無疑是個迷人的工作。」我回道：「妳已經開始想念魯拉布拉了嗎？」

「有一點。」她承認：「並不是說你讓我無所事事。」她指向在教她如何組合拉丁動詞的電腦螢幕，「我只是想念那些客人，還有氣氛。」

「我也是。」我說：「妳想他們會願意讓妳一週回去工作一天，然後讓我回去消費嗎？」

關妮兒聳肩。「我可以問問看。」

「拜託妳問問吧。歐伯隆和我都很想念他們的炸魚薯片。」

店門上方的鈴響了，兩個穿著打扮在我們店裡十分少見的人走進來。我想我看到嘴巴都闔不攏了。一名額頭很高，戴著圓眼鏡，除了脖子上塞著的白色神父領結外全身黑，身材高瘦的年長紳士；身後跟著一名穿著哈西迪傳統拉比袍【註三】，比較矮、比較年輕、也比較胖的男子。培里親切地向他們招呼，年紀較大的那位立刻要求見老闆。

「我就是。」我說：「午安，兩位先生。你們是在開玩笑嗎？」

「什麼玩笑？」年長紳士禮貌地詢問，長臉上帶著淺笑。他聽起來像是英國管家。

「你知道，一個高高的神父和一個矮矮的拉比走進異教徒書店……」

「什麼？」他低頭看向與自己一起來的人，似乎到此刻才發現對方比自己矮很多，而且隸屬另外一個不同的宗教。「喔，哎呀，我想這看起來確實很有趣。」不過他看起來倒不覺得怎麼有趣。

「有什麼能為兩位效勞的嗎？」我問。

「啊，是的。好吧，我是葛雷葛利·富利奇神父，這位是尤瑟夫·塞爾曼·比亞利克拉比。我們想找阿提克斯·歐蘇利文先生。」

「好了，不用找了。」我對他們笑道：「就是我。」

我擺出大學生那種漫不經心的態度。這兩個傢伙看起來不太對勁，在確認他們的來意之前，我絕對不會拿下我在公開場合的面具。他們的靈氣肯定是人類，不過其中充滿了欲望——不是肉體上的欲念，比較類似權力的渴望——這不符合他們上帝僕人的平和外表。再說，拉比的靈氣顯示他是魔法使用者。

「喔，不好意思。你看起來有點年輕，和你的名聲不大相符。」

註一：伊斯蘭教的里法伊（Rifa'i）教團信徒舉行宗教儀式時會搭肩圍圈唱頌經文、前仰後合地跳躍，而被稱為「狂叫苦行僧」（howling dervishes）；梅夫雷衛（Mevlevilik）教團則因以迴旋舞來達到天人一體的宗教儀式，被稱為旋舞苦行僧（whirling dervishes）。兩者英文發音近似。

註二：薔薇十字會（Rosicrucianism），中世紀末期的歐洲祕傳結社，以薔薇和十字為象徵。

註三：哈西迪（Hasidic）是猶太教正統派的一支。拉比是猶太人的學者、教師、智者，負責主持許多儀式。傳統上，拉比穿黑袍、戴黑帽、蓄長鬍。

「我不曉得我的名號有在神職人員之間流傳。」

「我們在某些……」神父住嘴片刻，思索該怎麼說，然後繼續下去：「……小圈子裡，有聽說過你。」

「眞的嗎？什麼樣的小圈子？」

葛雷葛利神父忽略我的提問，提出另外一個問題，「好吧，如果你不介意我直言相詢，三週之前發生在迷信山脈裡的怪事與你有關嗎？」

我故作茫然地看看他，看看拉比，然後隨口撒謊，「沒，從沒去過那裡。」

「On ne gavarit pravdu,」拉比首度開口以俄文說道。他沒說實話。葛雷葛利神父以同樣的語言流暢回應，叫尤瑟夫安靜，讓他處理此事。既然他們以爲我聽不懂俄文，我也不想讓他們知道我聽得懂。

「嘿，我是美國人。」我說：「只會說英文，還說得不怎麼好。你們用其他語言交談，我會認爲你們在說我壞話。」

「不好意思。」葛雷葛利神父說：「你今天上午有去天際高中嗎？」

這個問題差點讓我倒抽一口涼氣。偏執妄想的程度飆升到全新高峰，我必須努力維持不動聲色的面具。我知道安格斯・歐格死亡的消息已經傳開，但是除了凱歐帝與聖母瑪利亞外，應該還沒人知道墮落天使才對，而我眞的不認爲他們兩個會停在路邊和這兩個傢伙閒聊。

我搖頭。「我根本不知道天際高中在哪裡。我一整天都在店裡。」

「我明白了。」葛雷葛利神父說，顯然很失望；尤瑟夫拉比一言不發地生氣，臉有點漲紅，他曉得我滿嘴鬼話。神父決定改變話題。「我聽說你這裡有不少珍本書。我可以看看嗎？」

「當然。北面那道牆。」我指向幾個裝滿書的大中式櫃子，東西全鎖在櫃子裡，看不出來是依照什麼順序擺放的。

珍本書又是我們店裡另外一個培里無法處理的部分，但是因為交易量太少了，就算我不在店裡處理，也沒有人會抱怨。我的珍本書非常稀有——大概都是全世界只有一到十本左右的那種，因為它們都是手抄的魔法寶典和卷軸，記載著只有眞正的魔法大師才能施展的貨眞價實法術和儀式。

我這裡也有很多記載歷史祕密的書籍——能讓印第安納．瓊斯之類的人物趨之若鶩的祕密，像是失落已久的索多瑪亞手稿。光是想到那份手稿在我這裡幾乎就能讓我高潮。佩德羅．迪．索多瑪亞是加西亞．羅培茲．迪．卡登納斯的抄寫員，加西亞．羅培茲．迪．卡登納斯則是科羅拉多【註一】的副官，他花了八十天走完一段理應兩週就能抵達大峽谷的旅程。加西亞現在以第一個看見大峽谷的歐洲人聞名，不過根據索多瑪亞記載，他們發現了一大批阿茲特克人因為遭受柯爾特斯【註二】攻擊而轉交給圖沙陽人——現稱霍皮部落——保管的黃金。加西亞和他那群骯髒的手下搶走黃金藏在其他地

註一：科羅拉多（Francisco Vásquez de Coronado）歐洲文藝復興時期的探險家，最遠曾經抵達現今美國堪薩斯，留下關於大峽谷與美洲野牛的記述。

註二：柯爾特斯（Hernan Cortes），殲滅阿茲特克帝國的西班牙軍官。

方，由索多瑪亞記下確實位置，因爲他們打算過一陣子再回來取，不讓科羅拉多分一杯羹。這些人全都沒有再度踏足新世界，索多瑪亞的手稿也「沒有保存下來」，所以歷史上只有卡斯塔尼達【註二】的說詞——這傢伙沒和加西亞同行，也不知道眞實情況——以爲他們近三個月的旅程中除了一個地理奇觀什麼都沒發現。黃金至今依然藏在霍皮保護區，完全沒人在找。我喜歡知道這類事情，而且我承認有時獨自待在書店裡時，我會一臉貪婪地摩拳擦掌，像個想起櫃子裡鎖了張貨眞價實藏寶圖的獨眼黑鬍鬚海盜般哈哈大笑。

書櫃看起來很脆弱，不過是特別訂製的：木頭合板底下有鋼板，玻璃則是防彈玻璃；眞空彌封，防止紙張和裝訂材料進一步腐朽，櫃門只能以魔法開啓。我在整個書櫃四周施了最強效的防禦力場，當然書店四周還有更多力場。

神父和拉比漫步走去，雙手握在身後，仔細研究陳列在書櫃上的書籍。他們多半會很失望。魔法書籍的作者不會在書背上標示容易閱讀的書名。關妮兒在我跟著他們過去時看了我一眼，我伸出手指抵住嘴唇，做出「晚點再說」的嘴形。

培里已經對我們失去興趣，繼續回去補貨了。

「你這裡有些什麼書，歐蘇利文先生？」葛雷葛利神父在我來到他身旁時，指著書櫃問道。

「喔，應有盡有。」我說。

「你可以介紹一下我面前這本書嗎？」神父說著指向一本灰色貓皮封面的大書。那是一本我在亞歷山卓拯救的巴絲特【註二】教徒撰寫的埃及典籍。如果我在圖書館館長面前揮揮這本書，他的唾腺肯定會當場失控。

「這裡的書不能翻閱。」我回道。

「親愛的孩子，」神父露出長輩般的笑容，「如果不讓客戶看看商品目錄的話，東西怎麼賣得出去呢？」

我聳肩。「這裡的書大多是非賣品。」我每年會在拍賣會上售出一本純歷史古籍，那能讓第三隻眼帳面變得好看，就算書店賠了不少錢也沒關係。「我比較當自己是照料珍本書的人。」

「我懂了。你怎麼會來照料這種收藏呢？」

「家族繼承。」我說：「如果你在找哪本特定書籍，我可以幫你看看有沒有，或是能不能幫你弄到。」

神父看向拉比，拉比搖了搖頭。我看得出來他們已經要找藉口離開了，但我想多了解他們一點。我擠進他們和書櫃之間，近到令人不太自在的地步。他們後退一步，我雙手交抱胸前。

「兩位今天爲何而來？」我微帶挑釁地問道。我放下一點大學生的死樣子，他們注意到了。

葛雷葛利神父看來略微緊張，開始有點口吃。拉比沒有那麼容易動搖，他瞪著我，以明顯的俄國口音冷冷地說著英文：「你這麼不坦白，我們當然也不會向你坦白。」

註一：卡斯塔尼達（Pedro de Castañeda of Najera），十六世紀作家，和他人合著了《科羅拉多的旅程：1540-1542》（The journey of Coronado, 1540-1542）一書。

註二：巴絲特（Bast），古埃及貓女神，婦女和小孩的守護者。

「你們沒有贏得我的信任。你們是陌生人，而且拒絕回答我的問題。」

「而你以謊言回答我們的問題。」拉比嘶聲說道。眞是個平易近人的傢伙。

「如果知道你們沒有惡意，我就會據實以告。」

葛雷葛利神父試圖再度扮演長輩的角色。「親愛的孩子，我們兩個都是神職人員——」

「跑到新世紀書店裡問奇怪的私人問題。」我插嘴：「而且話說回來，萬聖節剛過，那種服裝滿街都是。」

他們兩個聽見有人質疑他們的神職人員身分都十分震驚——至少他們回答一個問題了。只要他們眞的是神職人員，我就應該可以上網查些背景資料。

葛雷葛利神父以禱告的態度雙手合掌。「我很抱歉，歐蘇利文先生。看來我們第一次見面並不順利。我同事和我代表一群相信你對他們有所助益的人。」

我困惑地皺起眉頭。「有所助益？好吧，我有個網站。如果他們想要增加曝光率，我可以放個橫幅廣告或什麼的。」

「不、不，你誤會了——」

「你是說故意誤會。」拉比啐道：「走吧，葛雷葛利，這根本是浪費時間。」他拉著神父的手臂朝門口走去。葛雷葛利神父對我露出道歉的表情，沮喪地跟著拉比離開。我任由他們離開，因爲我得研究一下他們的背景。他們對我的了解顯然多過我對他們的了解，對一個老德魯伊而言，這令人非常不安。

「那是怎麼回事？」關妮兒在我回到藥劑櫃檯後時問道。

「不知道。」我搖頭，「不過我很快就會查出來的。」

我沉思片刻，然後直到面試時間前都忙著準備茶包。頭兩個來面試的男孩比較像是半感知生物，我一開口說話時就會嘴巴微微張開。他們目光渙散，直到我問他們喜不喜歡打電動才出現一點神采。他們可能唸不全二十六個英文字母。

蕾貝卡・丹恩，第三名應徵者，令人耳目一新。她有著顯眼的下巴，眼睛大到足以放下貝蒂・布普【註一】的眼睫毛。披肩金髮用銀蝴蝶髮夾固定在腦後，劉海則剛好遮到眉毛上方。她身穿黑色套裝，亮眼的藍披巾垂在胸前，脖子上掛著許多銀飾品，顯示她基本上是世界上所有已知宗教的信徒。除了美國常見的十字架外，還有大衛之星、伊斯蘭弦月、祖尼熊【註二】飾品，還有一個埃及生命十字架。我問起這些飾品時，她羞怯地摸著埃及生命十字架微笑。

「喔，我在不同的信仰體系間搖擺不定。」她以威斯康辛口音說道：「現在我還在嘗試所有菜色的階段，或許過一段時間我就會決定要在餐盤裡放什麼東西大吃一頓。」

我安撫地對她笑道：「淺嚐宗教前菜，呃？非常好，願妳心靈和諧。但是如果有人要找某本特定書籍，或許是和妳不認同的宗教相關的書籍時，妳會怎麼想？」

註一：貝蒂・布普（Betty Boop），二十世紀三〇年代的性感卡通人物。

註二：祖尼（Zuni）是美洲原住民的一族，熊則是他們崇拜的對象之一。

「喔，我其實抱持著自由放任的態度——你知道，寬容待人。我不會去管其他人喜歡崇拜阿拉、女神或是那個飛麵怪【註】；它們全都是在尋找自身與外在的神性。」

我本來已打算為了她健康的態度和自我感知而雇用她，但她是個半調子藥草師——她所學的知識可能會導致危險，不過經過適當的訓練也有可能成為專家。我想像著讓她和培里一起管理書店幾天，讓我和關妮兒能去幫助東尼小屋附近的大地復甦。

「妳被錄用了。」我對她說；她的大嘴露出一個大笑容。「頭一個月的薪水是基本工資加三塊錢，只要妳能在一個月內學會藥草部分的知識，我就把妳的薪水加倍。」

她非常興奮，所以填寫政府公文就不會那麼難受。一開始她不知道該如何看待培里，不過在他對她微笑，證實自己不是表面上那個冷酷無情的歌德族後，她就比較輕鬆自在了。

我告訴關妮兒可以問我任何歷史上的問題，而我會知無不言、言無不盡地回答，藉以慫恿她下班後和我一起混一陣子。我坦白告訴她我在等拉克莎打電話來，我會要她載我去機場接拉克莎，而且我們還有義務去和寡婦一起喝點愛爾蘭威士忌。

「那有什麼不好的嗎？」關妮兒問。

「一點也沒有。我只是在開玩笑。妳一定會喜歡麥當納寡婦的。」

關妮兒之前見過寡婦，寡婦也見過她，但是我沒有幫她們正式介紹過。當時關妮兒與拉克莎分享腦袋，而寡婦滿腦子都是前院裡的狼人。想到要幫她們介紹其實讓我有點緊張——萬一她們不喜歡彼此怎麼辦？但是我早該知道不用擔心這種事情。麥當納寡婦非常歡迎所有不是英國人的訪客，而且更加喜愛關妮兒這種有愛爾蘭名的紅髮雀斑女孩。我特別強調她是我的員工，以免寡婦認定，就像老年人總是喜歡認定的那樣，年輕男人和女人只要一有機會就會來場火辣又吵鬧的性愛。

「關妮兒知道你那些祕密嗎，阿提克斯？」寡婦在我們拿著叮噹作響的愛爾蘭酒杯就坐時問道。這種確認能不能暢所欲言的問法十分聰明。

「沒錯，關妮兒知道我的眞實年齡。她自己也將會成爲德魯伊，所以妳想聊什麼都可以直接聊。」

「她會成爲德魯伊？」寡婦驚訝地看著關妮兒，「妳不是在正規天主教家庭裡長大的嗎？」

「我想，我不是在任何正規信仰下長大的。」關妮兒回道：「主修哲學會讓很多明確的事實變得不明確。」這就是我欣賞我學徒的地方。她的哲學學位就某方面而言彌補了這麼晚才展開訓練的缺點。她的心智並未喪失任何彈性，而且她很快就能適應魔法使用者與異教徒在現代社會會遇上的困難。

我們愉快地聊天，直到日暮西垂、該回去看看歐伯隆。我騎腳踏車，關妮兒則開著她的藍色

註：爲了諷刺美國堪薩斯州教育委員會允許受基督教創造論影響的「智能設計論」（Intelligent design）加入正式教材，與「演化論」一起在學校教授，於是有人創造出「飛麵怪」（Flying Spaghetti Monster），虛構以飛麵怪爲創世神的宗教，藉以表達某些宗教理論透過科學包裝繞過美國禁止任何形式的神創論作爲科學知識教授的規定。這個宗教透過網路散布，網友以各種形式支持，逐漸成爲受人注目的社會現象。雖然大家都知道它是假的，不過顯然達到了影響堪薩斯州教育委員會的目的。

Chevy Aveo跟在後面。我讓關妮兒在前廊幫歐伯隆搔肚子，我則撥了通電話給李夫。

他沒有浪費時間做打招呼之類的瑣事，一接起電話劈頭就問：「索爾的事情，你改變主意了沒？」

「呃……沒。」我說，他立刻掛斷電話。我的失望一定都寫在臉上，因爲關妮兒問我怎麼了。

「看來我的律師現在特別想要吸血。」我回答：「我們的友好關係可能已經結束了。」

「沒辦法彌補嗎，嗯？」

「這個，沒有，這又不是我送盒巧克力就沒事了。送人去給他吃會讓我良心不安。而我又不可能去做他要我去做的事情。」

「什麼事？」

「殺一個雷神。」關妮兒回應前，我手裡的手機響了。未知號碼。

「我回來了，阿提克斯。」拉克莎・庫拉斯卡倫在電話那頭說道：「來第四航廈北側接我。」

她和我要去獵殺酒神女祭司。我在關妮兒面前揹上富拉蓋拉，跳上車，儘管用劍砍不死她們，必要時，我還是可以拿劍鞘去敲打她們的腦袋——再說，我已經數不清有多少次希望自己沒把富拉蓋拉留在家裡了。

第十一章

現代美國女性喜歡以高八度的音調說「嗨——！」並且相互擁抱的習慣，可能會讓不熟悉這種行爲的人困窘。拉克莎顯然不熟悉這種行爲，這點從她在關妮兒熱情招呼時瞪大的雙眼和僵硬的肢體就能看出來。

至少，我假設那是拉克莎：關妮兒擁抱著一個身穿領口和衣袖上繡有金邊的黑色沙爾瓦卡米茲服【註】、橄欖膚色的女人。我認出她脖子上那條華麗的紅寶石金項鍊；她宣稱那是惡魔打造的魔法聚集法器。拉克莎身上還披了條雪紡綢絲帶，關妮兒擁抱她的時候雙手不小心纏了進去。我曾經見過許多尷尬擁抱，但很少有這麼好玩，又讓被抱的人這麼困惑的。

關妮兒終於發現拉克莎可能不知道她到底在幹什麼，於是表情以約莫五馬赫的速度從開心變成尷尬。

「喔，我很抱歉。」她道歉，努力將拉克莎的絲帶纏回原先優雅的模樣，不過失敗了。「我老是忘記妳還不習慣美國習俗。很久不見的女人常常會表現得有點激動。」

「但是我上個禮拜才見過妳。」拉克莎說。

註：沙爾瓦卡米茲服（Salwar Kameez），印度男女皆可穿著的傳統褲裝，上半身是長衫，下半身爲寬鬆長褲。

「是呀，沒錯，但是妳住得遠。」關妮兒解釋。

「所以在決定要不要這樣打招呼的時候，必須把距離考慮進去？」

「呃，這個嘛，我從來沒有這樣想過，不過我想應該是這樣，沒錯。」關妮兒不太肯定地說。

我打開關妮兒車子的行李箱，笑著拿起拉克莎的行李。「歡迎回來，拉克莎。妳看來很美。」

「謝謝你，歐蘇利文先生。」她拘謹地對我微笑。她有張心形臉蛋，唇色宛如紅酒，還留了一頭飛瀑般的明亮黑髮。她嘴唇左方有個小酒窩，鼻子右側鑲了顆閃閃發光的鑽石，而眉毛有用鑷子或毛蠟或天知道什麼美容方式修剪過。她漆黑的雙眼綻放愉快的光芒，完全沒有透露以前曾與羅刹打過交道，並且會將靈魂附身在其他人身上的跡象。「我還滿喜歡這具軀體的。」她揚起左手，看著腕上的金手鐲，神色驕傲地欣賞著它。「我考慮保有這具軀體一段時間，特別是當前任主人這麼樂意把它交給我。除了與生俱來的軀體外，我從未附身過沒有因果債的軀體，而我承認這很吸引我。」

「這具軀體沒有問題？當年出車禍都沒有留下疤痕？」

拉克莎微微搖頭。「外表沒有。她有撞斷骨頭，不過已經痊癒了。脾臟沒了。令她陷入昏迷的頭部創傷暫時不是問題，也許會隨著時間慢慢好轉。當然，肌肉有萎縮的現象，我還是很容易疲倦，但是只要努力復健就會恢復原狀了。」

「太棒了。」我說：「上車再聊。我們最好在引起TSA【註】的人注意前離開。」

關妮兒載我們駛上二〇二東行公路時，拉克莎說她想吃墨西哥菜。

「我曉得一個好地方。」我說，然後告訴關妮兒洛斯奧利佛斯餐廳怎麼走，那地方打從一九五〇年代開始就是史考特谷的地標，就在我們前往薩梯的路上，可以在那裡先聊一聊。

拉克莎很期待能和查姆卡尼先生離婚。「在沒有經過他大男人主義允許的情況下就這樣跑出來，肯定會讓他有不理性的舉動。」她笑著說道：「他會認爲無法控制我了——倒不是說他曾控制過我——而他的朋友會慫恿他讓我弄清楚自己的身分。等我回去之後，他會命令我回報行蹤。到時候我就會把離婚證書丟給他。」

「才一個禮拜，妳就弄好離婚證書了？」

「關妮兒提議在我接管希萊的身體前先調查一下他的背景。他有個情婦，這對妻子昏迷不醒的男人而言很正常。我們有照片爲證，也已經雇用了離婚律師。我想我能保有房子。」她得意洋洋地說。

抵達洛斯奧利佛餐廳後——在一個藍玻璃和灰石頭打造、還能聽見室內噴泉水聲的房間裡——我們一邊吃著薯片配莎莎醬，一邊愉快地聊著北卡羅萊納州許多引人入勝的地方。在吃到綠辣椒肉醬佐玉米捲餅時，談話的主題也變得和食物一樣嚴肅。

「好了，歐蘇利文先生。告訴我你要我怎麼做。」拉克莎問。

「我要趕走酒神女祭司。」

女巫朝我咯咯嬌笑，接著又故作禮貌地伸手掩嘴。「我懂了。我們先討論人道的做法。你覺得

註：美國運輸安全管理局（Transportation Security Administration）。

我有這種說服力嗎？」

「我希望妳至少能夠認眞考慮一下，而不是這樣一笑置之。」

「我從醫院回家的第一天晚上，查姆卡尼先生在床上就是這樣說的！」

關妮兒差點噴出嘴裡的東西，接著在努力憋笑的時候不停拍桌子。我手肘頂著桌面，十指交抵，擋在餐盤上，耐心地等待兩個女人笑完。

拉克莎終於以專門用來對付小孩或白痴的表情說道：「歐蘇利文先生，你知道我不是擅長讓人改變心意的那種女巫，而是奪人性命的那種女巫。我是爲此而來的，對吧？」

「對。」

關妮兒突然間不覺得這段對話有趣了。「等等。」她看看拉克莎，然後看看我。「你是想要拉克莎殺掉那些酒神女祭司？」

「妳很清楚她的專長。」我說。

「阿提克斯，你怎麼可以這樣？」關妮兒震驚地問：「那是謀殺。」

「更別提會對你的因果造成很糟糕的影響。」拉克莎輕快地說。我早就知道會有這場爭執，我打算辯贏她，同時讓關妮兒了解她可以，也應該質疑我——特別是在道德問題方面。就像圖阿哈·戴·丹恩以青銅器時代的眼光看待世界，我是用鐵器時代的眼光看世界，儘管我透過許多現代觀念和數世紀的經驗修正想法，最初的凱爾特文化價値觀還是經常會與美國法律與習俗牴觸。

「聽著，她們已經不完全是人類了。」我解釋：「她們比較像是活生生的疾病帶原者，在人群中散布瘋狂。她們完全沒有機會恢復成從前的自己，因爲她們已經是酒神巴庫斯【註一】的奴隸了。」

「但那並不表示她們是怪物，對吧？在我聽來，她們都是酒神或其魔法的受害者，而她們不該因此受罰。」

「她們從前是受害者，但她們現在的身分才是重點，而她們如今是一群不怕鐵器與火焰的超級女人。今晚她們可以讓一打女人變得和她們一樣，摧毀對方的人性。如果沒人阻止她們，瘋狂就會急速擴散。」我用現代的說法比喻：「這種情況有點像是殭屍電影。電影裡的人類不能因爲那些吃人腦的殭屍是受害者而放過它們。」

「好吧，我懂；但她們不是殭屍，對吧？一定有比殺光她們更好的辦法。」關妮兒固執地說。

「比方說？關到監獄裡去？警方要嘛就是陷入瘋狂，不然就是在抗拒瘋狂的過程中死去。」

「好吧，難道你就不能利用你自己的魔法對付她們嗎？」關妮兒問。

「對呀，歐蘇利文先生，你自己的魔法呢？」拉克莎饒富興味地問道。

「我的魔法奠基在大地上。」我聳肩，看著一塊鮮美多汁的脆餅。「她們會待在完全人造的環境中，而且我懷疑自己有辦法抗拒她們的瘋狂。我和其他人一樣對瘋狂毫無招架之力。再說，就算不是這種情況，我也沒有法術能把酒神女祭司變回普通女人。」

「好吧，那麼，你就不能和巴庫斯談談，或是直接去找朱比特【註二】？你會跟莫利根和富麗迪許

註一：巴庫斯（Bacchus），羅馬酒神，位同希臘的戴奧尼索斯（Dionysus）。

談，為什麼不去找其他神談？」

我吃了一口脆餅，在牛肉、綠辣醬和玉米脆餅於口中融化時哀傷地向她搖頭。「巴庫斯是羅馬酒神，而羅馬人是世界上最痛恨德魯伊的人。他們和基督教徒殺光所有德魯伊，事實上我是唯一例外；而要不是莫利根，我也早就死在他們手上了。」我放下叉子，靠上椅背，拿餐巾擦嘴。「所以我想在我開口之前，巴庫斯就會把我放到火上烤。如果讓他得知我的存在，更別提我今晚將參與除掉他的女祭司的行動，他或許會決定親自現身。」

「不知道的話，他難道就不會出現嗎？」拉克莎問。

「我非常懷疑。」我說：「他的信徒變動很大。她們會像病毒一樣增殖，直到觸怒了某位坐擁大軍的人——或者，更有可能是觸怒守護地盤的魔法使用者，就像這次——到時候就會慘遭冷血屠殺。他會就著獻給他的崇拜狂歡作樂，然後面對宿醉，就像他的信徒必須面對縱情聲色的後果一樣。」

「所以如果要幹的話，」拉克莎說：「我們就要討論代價。」

「等等。」關妮兒舉起雙手。「我還是不確定我們為什麼要討論這個。妳是打算為錢殺人。」

「不是為錢。」拉克莎搖頭。

「不管為什麼，總之是不對的。」

「我以為我們已經談過這個了。」我說：「那就像殺殭屍一樣。」

「但是殭屍已經死了，而且它們想要吃你的腦袋。酒神女祭司是活生生的人，而她們只想在舞池裡喝酒做愛。這是很不一樣的。要做愛，不要戰爭【註三】，你知道？」

我搬出瑪李娜那一套，解釋就算只在我們的地盤上舉辦一晚酒神慶典可能導致的後果。我同時也向她解釋德魯伊信仰中靈魂不死的觀念；殺死肉身等於是從巴庫斯的奴役中釋放她們的靈魂。這些論點沒有完全令她信服，但至少她冷靜下來了，承認我應該是在採取最合理的做法。

拉克莎針對這種合理做法提出不合理的代價。「既然我要提供你自己無法達成的服務，我要你也幫我做件差不多的事情。」她說。

「是以後想到再說的事情，還是妳已經想好了？」

「喔，沒錯，我已經想好了。」她微笑，手指在酒杯邊緣繞圈。「我要你幫我弄到伊度恩【註四】的金蘋果。」

我大笑。「不，說眞的，妳想要什麼？」

「我很認眞。我想要的就是這個。」

我的笑容從臉上滑落、摔爛在脆餅裡。「這怎麼能算差不多？那是截然不同的兩碼子事。」

「我不這麼認爲。我幫你除掉一打酒神女祭司，你幫我弄到幾顆蘋果——這可不算過分呀。」

「蘋果在阿斯加德的時候就很過分！」

「阿斯加德？」關妮兒倒抽一大口氣，「你曉得我們要怎麼去天殺的阿斯加德？」

註二：朱比特（Jupiter），羅馬主神，位同希臘主神宙斯（Zeus）。

註三：「要做愛，不要戰爭（Make love not war）」，是六〇、七〇年代，嬉皮們的反戰口號。

註四：伊度恩（Idunn），北歐神話中的青春女神，她的金蘋果是北歐眾神青春永駐的祕方。

「對，德魯伊能夠穿梭世界；這就是她需要我的地方——嘿，聽著，關妮兒，這件事情沒有『我們』。」我回頭面對笑嘻嘻的印度女巫，「拉克莎，這是我們兩個之間的事情。我的學徒和我們的交易無關，不管在任何情況下，我所積欠的債務都與她無關，清楚了嗎？」

拉克莎懶洋洋地點頭，「我了解。」

「很好。現在，就像我剛剛說的，這兩件事價值不等、風險也不同。妳殺酒神女祭司不需要太過擔心巴庫斯會報復，但是偷走伊度恩的蘋果將會觸怒北歐萬神殿的所有成員。到時後來追殺我的不會只有伊度恩。」我說著伸手細數北歐諸神。「弗蕾雅【註一】、奧丁和他那些天殺的渡鴉，還有身材高大的金髮雷神本人。」

拉克莎不懷好意地湊向前來。「你知道巴巴雅嘎【註二】是怎麼稱呼索爾的？」

我湊上去。「我不在乎，那根本不是重點。」

關妮兒也湊上來。「妳見過巴巴雅嘎？」

「她叫他『肌肉陽具幹羊者』！」拉克莎拍一下桌子，靠回椅背，然後哈哈大笑，我們則呆呆地看著她。在其他情況下，我或許也會覺得很好笑——特別是當我從前常用類似的綽號去招惹蘇格蘭人時——但是在想辦法從待辦事項裡劃掉「洗劫阿斯加德」時就一點也不好笑。關妮兒似乎也遇上了時機不對的問題，因爲她還在想巴巴雅嘎眞實存在，而且熟知索爾性生活的事情。

隔壁桌有位老太太一直想找藉口盯著脖子上掛了紅寶石的外國女人看，現在拉克莎哈哈大笑正好提供了絕佳藉口。她察覺老太太在看她，於是搖搖手指，解釋道：「我們只是在聊幹羊的事情。」

老太太震驚到雙眼凸起——她同桌的人也都一樣——不過他們沒有指責拉克莎太過粗魯，只是迅速回頭張開假牙吃他們的玉米捲餅，眼光刻意集中在裝著融化起司和紅辣醬的盤子上。

「你看起來有點不耐煩，歐蘇利文先生。」拉克莎在將目光轉回我身上時逗我道：「我以為像你如此博學睿智的人早已培養出欣賞各種話題的能力。」

「如果妳不介意的話，這是讓我不想偏離主題的話題。」

拉克莎在桌面上敲了幾下手指，然後失望地垮下臉。「那就不要偏離主題。只要你保證新年之前幫我弄到金蘋果，今晚我就幫你解決酒神女祭司。如果不同意的話，我就感謝你邀我來訪、請我吃飯，然後回到我那個肯定已經在擔心他寶貴希萊的丈夫身邊。」

「妳為什麼想要金蘋果？」

拉克莎以抽動眉毛和微微抬頭在臉上做出類似聳肩的表情。「我喜歡現在這具身體。我不希望它老化；我不想每隔幾十年就換一次身體。」

我們在白衣男子幫我們加水的時候暫停交談。「除了金蘋果，還有其他方法可以延年益壽。」

「啊，是呀。」女巫理解地點頭，「我聽說過那些維他命，它們或許能延年益壽，但是無法阻止老化。」

註一：弗蕾雅（Freyja），北歐司掌愛、戰爭與魔法等等的女神。

註二：巴巴雅嘎（Baba Yaga），斯拉夫傳說中的巫婆。傳說她會吃小孩，但也有一些故事描述她會對少女伸出援手。

「不要荒謬了。我是說眞正的神奇藥水。」

拉克莎揚起一邊眉毛。「比方說？」

「孤紐【註】麥酒。」我說：「圖阿哈・戴・丹恩的釀酒神，他的酒具有不朽神效。」

「啊，他是你們的神，而你覺得找他比較容易。」

「他們還欠我除掉安格斯・歐格的獎勵。」我點頭，心想也該是布莉德實現承諾的時候了。

「恭喜，但我無法接受這個替代品。這個孤紐麥酒幾乎肯定得要持續飲用才能維持青春，這表示青春永駐必須仰賴你的神。我不能接受這種安排。」我想這種說法表示她也不會對我的不朽茶感興趣。這樣也好；在任何情況下，我都不想幫她煮不朽茶。

「金蘋果就不同了。」拉克莎繼續說：「只要得到金蘋果，我就可以拿種子自己種。」

我目瞪口呆。「妳以爲能在米德加德種出阿斯加德的樹？辦不到啦。兩地土壤中的化學物質完全不同。」

「依照你們美國人的說法：狗屎。」

「他是愛爾蘭人。」關妮兒指出這一點。

「愛爾蘭人也說狗屎。」拉克莎反駁：「而且他現在在假扮美國人。」她伸出手指指著我，然後說：「不要想用德魯伊的文字遊戲來說服我打消這個念頭。魔法樹的實體論本質中並不包含土壤化學成分，那是棵魔法樹，不管土壤中的化學成分如何，它都會神奇地成長。」

聰明的女巫。「我同意，它可能會在任何地方神奇地成長，但是很可能需要伊度恩許可。」

「很有可能。」拉克莎聳肩。「但是不試試看怎麼知道？」

我有一股強烈想要起身離開的衝動：酒神女祭司不是我的問題，是瑪李娜的。如果她的女巫團應付不來，李夫也能把她們撕成碎片，不然麥格努生也會在太多客戶遭受侵擾之後派手下解決她們。我能活過兩千一百年，可不是因為每次家附近遇上魔法衝突就率先出面解決的關係。再說，如今我要保護和教導我的學徒。關妮兒和我可以隨便找個地方，換新身分開店營業，讓這些女巫團和其他怪物去為了輕鬆賺取顧問費和住在象牙塔裡的權力而自相殘殺。我差點就要起身了；我雙腳扭動，肩膀緊繃。

但是——

東尼小屋附近還有一塊死去的土地須要照料。那肯定是我的戰爭——非常重要的戰爭——而且沒有別人能夠代我出征。它可以在一千年後自行復原，但是現在治療它可以抹除安格斯・歐格在世界上留下的所有足跡，而且既然事情算是我間接造成的，我自然不能放任不管。這塊死亡土地令我困擾；我可以透過將我和大地羈絆在一起的紋身感應到它。那就像是手背上的壞死傷口，或許整條手臂還能運作，但卻會緩緩毒害健康、影響靈魂安寧所需的和諧。然而，我需要幾年才能治好那片土地，這表示我必須待在這裡，守護我的城堡。

這也表示我必須與大家和平共處，在瑪李娜需要時提供幫助。至少她有意願與我和平共處，而

註：孤紐（Goibhniu），愛爾蘭的鑄鐵與釀酒神，圖阿哈・戴・丹恩成員之一。

那些「第三家族之女」已經以激烈手段明白表示她們不打算這麼做。

另外一個要考慮的問題在於我很可能已經遭人監視，無法像從前一樣輕易銷聲匿跡。葛雷葛利神父和尤瑟夫拉比肯定在嚴密觀察我，或是和這麼做的人保持聯繫。不管喜不喜歡，殺死安格斯・歐格都大幅提升了我的名聲，如果各式各樣的生物都決定要試試我的斤兩，我最好還是待在已經花了很多年建立防禦機制的地方。

但是爲什麼命運似乎在將我推向一條與索爾正面對決的道路？竊取伊度恩的金蘋果肯定會惹火他，就像坐在豪豬身上肯定會惹火豪豬一樣。

「妳有和我的律師李夫・海加森聊過嗎？」我問拉克莎：「白皮膚、金頭髮、身穿英國西裝、令人毛骨悚然的混蛋？」

「沒有。」她搖頭皺眉。「我以爲你的律師是我們在山裡救的那個狼人。」

「他是。我有兩個律師，兩個都痛恨索爾。是他們叫妳來找我幫忙的嗎？」

「大多數人都痛恨索爾。」拉克莎笑道：「但是不，他們沒有和我談過此事。」

「那麼，這是不是妳讓我去跟他正面衝突的藉口？好像所有人都想把我們丟進競技場，然後買前排座位進來看。」

「不，我只是想要保持這具軀體，進而避免從前的因果債。」

我輕嘆一聲，放鬆緊繃的肌肉，以指節搓揉眼睛。「好吧，我們好好想想。如果妳的目的是要種出屬於妳自己的永恆青春超級蘋果樹，其實並不需要伊度恩所有的蘋果，對吧？妳只需要一顆蘋果的種子就好了。」

「不對。」拉克莎再度搖頭，反覆拍擊桌面，強調論點。「我全都要，避免種植失敗。」

「好吧，如果要考慮此事，我要能看到存活的機會。根據神話，她把蘋果放在籃子裡，而籃子裡總是裝滿蘋果；所以如果只偷走一顆，我或許能在沒人發現的情況下脫身。但是如果我偷走了全部，所有北歐神都會來追殺我——補充一點，也會追殺妳。講點理，一顆蘋果就夠用了。」

「我怎麼能確定你帶來的蘋果是伊度恩的？」

「首先，它是金蘋果，而如果傳說是眞的話，妳咬一口之後，就會覺得妳他媽的超爽。」

拉克莎笑道：「好吧。你之前已經證明過你說話算話了。今晚我幫你殺十二個酒神女祭司，新年之前你幫我弄到一顆伊度恩金蘋果。」

我們握手講定，關妮兒則讚歎地搖頭。「我當酒保的時候聽過一些非常詭異的談話。」她說：「但我想這是我這輩子聽過最詭異的狗屎了。」

第十二章

不住在史考特谷裡的人喜歡一臉輕蔑地稱呼它爲「自大谷」；住在當地的人則喜歡稱其他人爲「嫉妒狂」。兩種說法都很有道理。

史考特谷的整形診所密度僅次於比佛利山；有些父母送高中生的畢業禮物就是整形手術。這裡寬敞的住宅區街道兩旁都是會在建築與設計雜誌上爭奇鬥艷的獨特建築，車庫中光鮮亮麗的車輛則是一天吃一次壯陽藥的中年男子的睪酮素強化劑，用來取悅他們那些光鮮亮麗的女朋友。這是個土地大多被高爾夫球課程和自尊所佔據的度假勝地。

許多年輕貌美的居民常常會擠到薩梯——城裡最火紅的夜店之一。他們會穿上昂貴服飾，噴點法國香水，梳妝打扮，挑選顯瘦的衣物，並且以恰到好處的珠寶首飾妝點自己。他們都是達官權貴的子女，習慣養尊處優，要求更多特權——換句話說，酒神女祭司絕佳的獵物。

叫關妮兒回家之後，拉克莎和我搭計程車前往一家塔吉特【註】，好讓我買幾根木頭棒球棒。收銀員結帳的時候滿臉畏縮、目光低垂，只敢偷偷瞄我。她大概是懷疑我情緒不穩定，因爲我背上掛了把劍，還在晚上購買運動器材。店裡的安全人員終於發現我在他們店裡攜帶武器，於是在收銀員伸

註：塔吉特（Target），連鎖賣場名，是美國第二大的零售百貨業者。

出顫抖的手遞出收據時跑過來護送我前往出口。我向他們微笑，謝謝他們的服務，以免他們打電話報警讓今晚出現更多變數。

計程車司機認爲我們是對奇怪的情侶，於是不斷提出問題。我們宣稱自己是進城參加活動的搏擊專家，他信了這套說詞。他說他曾經想過要當忍者，但是事情沒有想像中順利。我們請他在停車場另外一邊放我們下來，盡量遠離用絨繩圍起的入口。門口沒有保鏢——這不是什麼好兆頭；電音組曲傳入夜色之中，宣告店內有著暗藍色的燈光和舞動不休的人群。

「你知道他們不會讓你攜帶那些東西入場，是吧？」計程車司機在我下車付錢時說。

「我想現在那裡面是百無禁忌的狀態。」我回道：「謝謝你，小心點。」

我在他駕車離開時被廢氣嗆得咳了兩聲，拉克莎伸手比向入口：「我們該過去看看嗎？」

「妳不用先唸點什麼特殊咒語，或是獻祭隻流浪貓之類的嗎？」

「不用。」她笑嘻嘻地說，然後大步走向夜店。

我跟上去，在她身後說道：「拜託。沒有魔法圈、五芒星，或是蠟燭還是什麼的？」我知道拉克莎很有自信能抗拒酒神女祭司的魔法，但我不曉得她是怎麼保護自己的。難道她的紅寶石項鍊防禦能力比我的護身符還強？我以爲她至少需要準備某種防禦力場。我就只有護身符以及將注意力集中在棒球上這道防禦措施；如果沒用，我大概就會陷入瘋狂。

「抱歉。」她隔著肩膀說道。

「先等一等。」我在抵達門口時說：「我不確定我該進去，我可能無法抵擋她們的魔力。」

拉克莎轉過身來，好奇地打量我。「你難道不能控制自己的身體嗎？」

「一定程度之內，可以。這就是妳對抗她們的防禦措施？控制妳的身體？」

「一點也沒錯。我可以完全控制這具軀體的神經系統。就某方面而言，我獨立在軀體之外；她們會對軀體產生影響——就是我最近得知叫作賀爾蒙和費洛蒙的東西——但是我會讓軀體拒絕產生反應。除非我願意，不然軀體不會受到影響。」

「這就是酒神女祭司的能力？費洛蒙？」之前就曾懷疑過這一點，但我以爲對方不會只有這點能耐。

「沒錯，我相信這就是她們的能力。她們的魔法瞄準附近人們的大腦邊緣系統【註】，然後是這些人的軀體——我相信表達的意念是『分享愛』，與附近的人分享，然後擴散至該區域的所有人都成爲性慾奴隸。酒精會降低人的抵抗力、削弱自制力，加快影響的速度。然後她們就會暢飲費洛蒙，以及那些人的能量，將它們吸入體內，進而取得難以想像的力量。」

「聽起來很合理。」我點頭。「和淫慾惡魔不同。但這表示我完全無法抵抗她們，我不像妳那樣獨立於軀體之外。」

拉克莎不太高興地哼了一聲。「好啦。至少進來看看情況。等你開始摸自己，我就帶你出來。」

「什麼？嘿，不要等到那個時候。那樣不對。」

註：大腦邊緣系統（Limbic System），人腦用以表達情緒、欲望，操控行爲及短期記憶等等的腦部結構。

拉克莎嘴角露出一絲笑容，接著又回歸正事。「把球棒放在門口。她們會將之視爲威脅。」

「我的劍不是？」

「對她們而言不是。你不會想讓她們脫離狂喜狀態的，她們會變狂暴。」

我不太情願地照她的指示做，然後跟著進入店內，來到震耳欲聾的電音節奏和多采多姿的燈光效果中。我們的左邊是座舞池；吧檯在右邊，上方掛著馬丁尼酒杯，上好美酒公開展示在一面大鏡子前。這裡備有一些啤酒，但既然來此的顧客不太喜歡喝那麼普通的東西，吧檯主要還是在賣昂貴好酒。吧檯區的地板是淡白色的薄片磁磚搭配深藍色的飾邊，這兒擺了幾張沒有圍繞椅子的高腳桌，也沒有任何包廂或吧檯椅。薩梯顯然認定店裡每晚都會擠滿站立的客人，事實上也是如此。吧檯區上掛著三盞電子玻璃吊燈，爲這一區提供柔和的照明。五根巨大白柱分隔吧檯與舞池區，而舞池區十分昏暗，只有隨機晃過的閃光。店裡整個狹長空間都擠滿衣服脫到不同程度的狂歡人群。就連吧檯後面，酒保們都在朝彼此扭腰擺臀，而不是在幫客人調酒。儘管如此，吧檯區還是比舞池區收斂許多，舞池區的人幾乎都脫光了，肆無忌憚地在製造小孩。

我感到第一股情慾上腦，立刻開始思考響尾蛇隊眞的有必要在第一棒和第二棒打擊者裡安插盜壘球員，因爲除非有能力讓投手緊張，並且製造跑壘機會，不然他們便一直會是支容易擊敗的隊伍。光靠不穩定的強打沒辦法贏得足夠的比賽。他們必須每天都賣力演出……說起賣力——不。牛棚裡得要有兩個能投兩到三局快速球的可靠投手，不能每次在先發投手表現失常的時候就放棄比賽。

「沒有座位有點麻煩。」拉克莎抱怨道：「我需要能夠確保軀體安全的地方。」

「什麼？爲什麼？」

「你到底知不知道我要怎麼做？」

「不確定。想辦法把她們的靈魂逐出身體？」

「不，我只有在附身的時候才會那樣做。你只是要我殺了她們。我會造訪她們的腦部，封閉下視丘功能，進而停止她們的心跳，然後在目標倒地時更換目標，然後再換下一個。她們的靈魂會在死後自然離體。這整個過程花不到我一分鐘。」

我皺眉。「妳不在的時候，軀體會怎麼樣？」

「我回來之前，這具軀體都會處於脆弱的植物人狀態——所以我才需要找個地方坐下。」

一個渾身噴滿黑色達卡香水【註】的混蛋走到拉克莎身後，雙手伸過她雙臂之下，握住她的乳房。她立刻狠狠踩他一腳，向前跳出一步，提起右手轉向右方，手肘撞擊他的腦側。他如同一袋玉米粉般癱在地上。她噁心地皺起臉說：「我們得快點。這裡的情況已經有點荒謬了。」

「酒神女祭司在哪裡？」我問。

「舞池邊就有一個。」她指向一個身穿白色晨袍的女人，背部緊貼著身後的年輕人不停扭動身體。她臉上帶著一抹醉態的笑容，在昏暗的燈光下看來牙齒似乎尖得異乎尋常。所有人的靈氣都呈現肉慾橫流的紅色。

註：黑色達卡（Drakkar Noir），一款男用淡香水，以作風大膽、喜歡冒險的男性爲主要客群。

我突然看不到她了，因爲有個橄欖膚色的女孩肆無忌憚地湊上來，對我張嘴就親，右腳勾住我的左腿，舌頭擠入我兩排牙齒中間。當時我應該要想某個團隊運動的，但是她嚐起來好像櫻桃還有其他東西——

她在驚呼聲中被人拖走，接著我的腦袋向右急轉，因爲拉克莎甩了我一耳光——狠狠地甩。喔，對，棒球。全壘打應該不錯。那女孩去哪裡了？

「我們先帶你出去；你已經是個廢物了。」拉克莎說，強迫我轉向出口，從背後用力推著我。我們沒過多久就聞到新鮮空氣，因爲我們根本沒有進去多遠；不過當我試圖停步時，拉克莎說：「不，繼續走。待在這裡的話，你還會想回去。」

「那我的球棒呢？」

「去拿，快點。」

我拿起球棒，拉克莎帶我一路走到停車場邊緣，宣稱我應該可以安安穩穩地在這裡等她回來。接著她讓我困惑地站在原地，手持兩根棒球棒、背上揹著劍，盯著夜店入口。直到一輛巡邏警車停在我身後，閃起紅藍燈，讓其他車輛繞道之前，我一直沒去想這在開車路過的人眼中看起來有多怪。

「晚安，先生。」一名警員叫道。我朝他點頭，然後轉回去盯著夜店看，暗自咒罵自己有多蠢。我在塔吉特時就該學到教訓了，但是我一直把心思放在今晚的問題上，完全忘了要保持低調。在鐵器時代，揹把劍在身上再正常不過了，但是在現代人眼中，這代表我需要心理治療。

「你在這裡做什麼？」警員問。我聽見巡邏警車開門的聲音。我沒時間，也沒耐心處理這種事情。如果這些傢伙待在附近，他們或許會惹出麻煩，或是在夜店情況一發不可收拾的時候妨礙我處理問題。

「只是在等朋友。」我說。

「帶著一把劍和兩根棒球棒？你確定你等的是朋友嗎？」

儘管不想施用備用魔力，我還是默默地在富拉蓋拉上施展偽裝羈絆，然後大聲回話：「什麼劍？」

「就是那把——嘿，你把劍藏到哪裡去了？」

「我不知道你在講什麼，警官。我沒帶劍。」我聽見駕駛座的車門開啓，他的夥伴下車，顯然是要從左邊包夾我。

「好了，這樣吧——你何不放下球棒，出示證件？」

我在球棒上施展偽裝羈絆，說道：「什麼球棒？」我的手當然還握著球棒，不過現在看來只是兩手握拳站在那裡。我應該一開始就這麼做，那樣這兩個傢伙就不會收到通報。但是我很肯定現在他們不會置之不理。有辦法讓武器消失不見的人能強烈勾起他們的好奇心，再說，我讓他們顯得很蠢。當然，他們想要報復。

「出示證件。」警員再度命令。我不喜歡他這麼強勢。老實說，我來這裡是想當好人。從前我做過一些活該被警方騷擾的事情，但這次不是。

我在自己身上施展偽裝羈絆，然後說：「你們在和誰說話？」然後偷偷向前走出兩步。這下子把他們嚇得屁滾尿流了。他們同時伸手放在槍上，然後互問對方我上哪裡去了。我的偽裝術並非完美的隱形術，但是在晚上和隱形也差不到哪裡去。我趁他們環顧四周、大聲叫我回去時向右邊走出約莫十碼。開車的警員提議呼叫支援。

「支援什麼，法蘭克？」先前的警員問：「這裡什麼都沒有。」

「或許他跑進夜店裡了。」法蘭克推測。

「你要去看看嗎？」我不喜歡這種發展；讓兩把槍跑進酒神慶典裡，遲早都會有人開槍的。

「對。」法蘭克說：「進去看看。那傢伙看起來很危險。」

我看起來很危險？夜店裡確實有些很危險的傢伙，不過不是我。我必須盡快想點辦法，既然那兩個警察站在一起，打算闖入擠滿性慾大發的二十多歲男女的夜店，我決定採用電影《三個臭皮匠》【註】裡的招數。德魯伊能夠看穿所有自然事物的關聯，並且將之羈絆的能力偶爾會讓我們想要來點惡作劇，而雖然通常我這麼幹都是爲了好玩，此刻我卻是爲了拯救他們的性命。我唸誦咒語，將兩組皮膚細胞羈絆在一起，導致他們無法分開超過一秒——明確來說，是第一名警員右掌上的細胞與法蘭克左臉頰上的細胞。我在羈絆完成之後立刻解除，造成的效果就是第一名警員狠狠甩了法蘭克一耳光。

法蘭克的反應就和所有突然被夥伴甩一耳光的美國人一樣。「噢！你這個混蛋，艾利克！搞什麼？」這下他們兩個的名字我都知道了。法蘭克在艾利克解釋他的肌肉自己抽動之前展開反擊，接著就一發不可收拾。看兩個警察互甩巴掌是很有趣的打發時間方式，我很少在等人的時候覺得這麼好玩。

艾利克佔有手長的優勢，但是法蘭克動作較快。艾利克每甩一巴掌，法蘭克可以甩兩、三下，半分鐘過後，艾利克終於受夠了。他握掌成拳，對準法蘭克的鼻子狠狠揍過去。法蘭克一聲哀號，向後跌開，伸手摸臉。放手之後，他發現手上沾滿鮮血。

「喔，狗屎，我很抱歉，法蘭克。」艾利克說著揚起雙手。

「抱歉於事無補。」法蘭克吼道，接著他撲到夥伴身上，施展警校教的標準擒抱。艾利克在倒地前扭身，肩膀著地，沒有撞到腦袋。他們在地上來回翻滾片刻，兩個人都佔不了上風，但最後法蘭克在憤怒的驅使下壓倒了身材高大的對手，翻到上方。他結結實實地打了艾利克幾拳，變成兩人都在流血。艾利克擊打法蘭克的雙耳，將他甩到一旁，不過沒有繼續追擊。他們都不習慣這種痛楚，所以就這麼躺在地上流血，用和生殖器官有關的言語羞辱對方，指控對方母親與農場動物發生各式各樣性愛冒險。好歡樂。

拉克莎還沒回來，而這段期間內沒有人離開夜店。音樂持續穿牆而來，我考慮是不是該開始擔心了。

警察緩緩起身，開始討論怎麼把身上的傷勢怪在我頭上。他們的說法就是我用棒球棒毆打他

註：三個臭皮匠（The Three Stooges），活躍於美國二十世紀早期至中期的喜劇雜耍歌舞三人組，最著名的是他們的短片電影。

們，打斷兩人的鼻子，然後逃跑。他們會因爲互毆得到獎勵，而我則因爲襲警而被通緝。太好了。

在他們走回車上，以無線電回報編好的鬼話時，我聽見夜店裡傳來疑似尖叫的聲音，電音音樂中夾雜著非常尖銳的高音。拉克莎帶著淘氣的笑容走出夜店，接著許多人蜂擁而出，有些人身上只穿著內衣，顯然是在驚慌逃命。

在看到警車的燈光，但卻沒看到我時，拉克莎臉上的笑容當場消失。她繼續向前走，遠離慌張的人群，我則輕聲吸引她的注意。

「你在哪裡？」她問。

「使用妳其他感官。我施展了僞裝術。」

拉克莎兩眼上翻，隨即看見我站在她左邊。「啊，太好了。」

「什麼情況？」我指著夜店問道。

「我依照協議，殺了十二個酒神女祭司。」她愉快地說。

「那就是這些人驚慌失措的原因？」

「部分是。不過主要是因爲裡面還有三個酒神女祭司，而她們正在把人撕成兩半。」

我是愛爾蘭人，臉色天生蒼白，但是她的話讓我從蛋殼白變成白骨白。要嘛就是瑪李娜的預知出了問題，不然就是還有其他酒神女祭司後來才趕到。「好吧，妳怎麼不把她們也殺了？」

「因爲我們的協議是殺十二個。」

「那我會提醒自己不要幫妳多拿幾顆蘋果。她們在哪裡？」

「我肯定她們要不了多久就會出來追我。她們的白袍沾了紅酒，手裡拿著法杖，眼裡是嗜血的光芒，牙縫裡塞著碎肉——你不會錯過她們的。」

她不是在說笑。一下特別尖銳的叫聲將我的目光引向夜店入口，只見一名身材嬌小、身穿白色睡衣的黑髮女子抓著比她高很多的女人頭髮及背後的布料。就在我眼前，這名體重肯定沒有超過一百一十磅的嬌小女子，將高大的女人從地面舉起，如同擲鐵餅般拋出，以高角度的拋物線飛躍停車場、掠過我們頭頂，在尖叫聲中重重落在法蘭克和艾利克的巡邏車頂。

我真希望關妮兒有在現場目睹這一幕；那樣，她就不會再把酒神女祭司當作受害者了。拉克莎大笑，似乎覺得那個可憐女子死得很可笑。我想，我們的幽默感不太一樣。

我不能繼續袖手旁觀。不光是因爲拉克莎顯然不打算再出手，還因爲警方很可能會被捲入此事。我必須在子彈開始亂飛，並在酒神女祭司的魔法外皮上彈開之前解除威脅。現在我不用擔心遭受性慾誘惑了；歡樂時光結束，瘋狂暴行開始了。

在僞裝術的作用下，我衝向正在撕裂另一個驚慌酒客的嬌小女祭司。第二個酒神女祭司跑出店外，她渾身是血，氣得橫眉怒目，抓起一名成年男子，以非表演用的摔角招式將他的背在膝蓋上折斷。我來不及救他，不過還來得及救嬌小女祭司在追趕的那位老兄。當她抓住他那件杜嘉班納襯衫的領口時，我揮出左手的球棒，自下方擊中她的小腿，讓她狼狽地朝天倒地。她發出尾巴被踩到時貓咪會發出的聲音，而在近距離下，我很驚訝地發現她竟這麼年輕。她從前大概很漂亮，或許有個像是布魯克、布蘭妮，甚至是史黛西之類的名字。有可能是啦啦隊長兼校友皇后，開著爸爸買給她的粉紅色敞篷車上學。然而現在她的指甲比較像是利爪，牙齒尖銳、嘴角冒血——而且不是她的血。我在她能起身前，舉起右手的球棒狠狠打在她臉上。我甚至多補了一棒，確保她死透，接著後悔自己這麼做，因爲人永遠不會習慣打爛別人的頭顱；接著我抬起頭來找尋另一名酒神女祭司的蹤跡。

她來找我了。她看不見我，但曉得剛剛有東西解決了她的姊妹，而且還在附近。這一個從來沒有漂亮過。她有一頭看來像是光暈或劣質地毯的鬈髮，上面沾了不少鮮血與屍塊；鼻子如同鳥喙，眉毛看起來則像是邪惡的毛毛蟲，還有與嬌小女祭司一樣尖銳的牙齒。她的手臂看起來像是羔羊軟弱的小腿，但其中蘊含了超自然力量。我之所以知道這一點，是因爲當我揮出右手的球棒、打算打在她頭上時，她不知如何察覺我的攻擊，以《小子難纏》裡面給車打蠟的手法【註】打斷了球棒。這下我手中剩下半截末端尖銳的球棒，我得要在她繼續撲上、揮出右手利爪，並收回左手的同時盡快想點辦法。要是讓她兩手抓住的話，我的身體就不能維持完整多久了。我移動握棒的位置，讓大拇指抵著棒底，而非頂端，當她的指甲狠狠插入我的肩膀時，用球棒銳利的斷口插入她的頸側、脖子與鎖骨交會處。她後退一步放聲慘叫，放開我去處理球棒。我解除球棒的僞裝，讓她看見插傷她的是什麼。我趁她拔出球棒時向後退開，將左手的球棒轉交右手；儘管傷口血流如注，她看起來似乎不受影響——事實上，她在我以爲沒見過比她還要生氣的人的情況下，變得更加生氣。

我盡可能安靜地朝右移動，看著她在吼叫聲中拋棄僅存的理智。不管有沒有難以想像的力量，那都是道致命傷，她絕不可能在大量失血的情況下支撐多久。酒神女祭司並非高強的醫療者，而她無法看穿我的僞裝，所以我想現在只要等上一、兩分鐘，確保她不會去傷害其他人就好了。但那可惡的傢伙深吸口氣、尖叫幾聲，然後開始嗅我的味道。

她突然轉身，毫無徵兆地拋出球棒，血淋淋的斷棒瞬間化作朝我心口飛來的木樁。我撲倒在地閃過斷棒，接著在有機會滾開前，她已經撲到我身上。我連忙橫過手中的球棒架在她的喉嚨上，同時解除棒上僞裝，希望她去抓球棒，不要來抓我的脖子。萬一讓她抓住我的腦袋，她可以輕易讓我身首異處。她上鉤了，抓住球棒兩端、試圖自我手中奪走它。我守住了第一波搶奪的力道，不過很勉強。她的血持續滴落在我身上，破壞了僞裝，理論上也在消耗她的力量，不過她的力氣還是比我大上一、兩頭牛左右。她聚精會神打算全力拉扯，我立刻明白必須在她拿球棒來對付我前結束這一切。當她二度奪棒時，我完全沒有抵抗，主動放開棒子，導致她雙手在沒有任何阻力的情況下高舉過頭。正如我所料，這個動作讓她徹底失去防備，於是我擷取熊符咒裡僅存的魔力，全數注入左肩和左臂。我以仰臥起坐的動作起身，一拳狠狠擊中她的下巴。衝擊力撞斷了我食指和中指的第一節指節，不過同時也打斷了她的脖子。

這解決了我當前的危機，不過引發好幾個其他危機。由於耗盡了所有魔力，我不能展開治療或是壓抑痛覺。當亂髮女祭司重重癱倒在我的腰際時，之前施展寒火導致的疲勞感再度回歸，令我渾身無力。此刻還有慌亂的夜店酒客衝出薩梯大門，而法蘭克和艾利克這兩個鼻子斷掉的警察已經拔出佩槍朝我走來。最麻煩的是，我筋疲力竭到已經無法維持僞裝法術，終於在他們眼前完全現形。

註：《小子難纏》（The Karate Kid）電影裡，宮城老師訓練主角丹尼爾的課程之一就是洗車。

此時此地都不適合處理此事，於是我認輸了。

喔，他們可眞高興再看到我。不僅是因爲我現形了，同時也因爲稍早消失的劍也現形了，而且還有個身上帶有大傷口的女人躺在我身上。他們才不在乎我的劍根本沒有出鞘，而且還被我壓在下面；也不管只要隨便進行鑑識就能查出那道傷口不是劍傷；在他們心裡，我差點把這個髮型很難看的可憐女人打得身首異處。

於是他們叫我舉起雙手、翻身朝下，遠離那名女子，攤開雙腳放下武器，然後在許多半裸的人們持續逃命的情況下用手銬銬住我的雙手；他們怕的不是我，而是店裡某樣恐怖的東西。制伏我之後，他們開始察覺我對這些逃命的人並不構成威脅：把他們嚇成那副樣子的另有其人。法蘭克認爲他或許應該進店裡去看一看。

「不要進去，法蘭克。還有一個在裡面。」

「你閉嘴。」艾利克說著用槍抵住我的肋骨。在建立起權威之後，他問：「還有什麼在裡面？」

「在殺人的白衣女子。如果你一定要進去，用警棍，不要用槍。」

「是呀，」法蘭克諷刺：「白衣女子在殺人。就像這邊這位死透了的白衣女子一樣。我們一定會聽從你的建議。」

法蘭克持槍進入夜店，艾利克則試圖取走放在我身旁地上的富拉蓋拉。它有魔法羈絆，無法離開我五呎之外，而與僞裝法術不同之處在於，這道法術不需仰賴我體內的魔力維持運作。它會一直羈絆在我身上，直到被我解除爲止，所以艾利克會敗給一個不會動的東西。第一次拿的時候，他沒想到劍上會有拉扯的力道，所以脫手放劍。他又拿了一次，又放了一次。

「這是怎麼回事？是你幹的嗎？」他問。

「幹什麼，警官？我現在臉朝下躺在停車場裡，雙手被銬在身後。你們用的是什麼子彈？」

「閉嘴。全金屬被甲彈。」

「請告訴我是銅甲。」

「我說閉嘴。是鋼甲。」

「我就擔心這個。」

「閉嘴。」

艾利克正要再度拿劍的時候，夜店裡傳來槍聲。一連九響，發自警方配備的現代手槍，攻擊完全對鐵免疫的酒神女祭司。接著我們透過電音節奏聽見有個男人發出恐懼的叫聲。

「法蘭克！」艾利克叫道。

「別進去。等支援。」我說。

「閉嘴，可惡！我的夥伴在裡面！」

已經不在了。他的夥伴已經變成碎片了。「那就用你的警棍！你的槍沒用！」

「給我閉嘴，乖乖待著！我馬上回來。」

我嘆氣。不，他不會回來的。已經沒有人從夜店裡跑出來了，所有酒客都連滾帶爬地衝向他們的車，試圖遠離此地，狂按喇叭叫所有人讓路。我掙扎起身、跌跌撞撞地走到停車場後方，希望不會被有裝渦輪增壓器的奧迪汽車撞扁。由於我無法撿起富拉蓋拉，它乖乖地在我身後五呎左右的地上跟著前進。

夜店中傳來更多槍聲，但是還沒開到法蘭克那麼多槍，艾利克就已經開始慘叫，然後戛然而止。黑夜裡傳來警笛聲，全部朝夜店逼近，我知道沒有多少時間可以離開現場。

人行道和停車場中間有一小排景觀花圃，其中種有兩棵派洛沃德樹和藍色龍舌蘭。我一抵達花圃，立刻吸收力量抑止手指上的陣陣刺痛，並且開始修補斷骨。然後我再度施展僞裝法術，儲存熊符咒的魔力。接下來是手銬。我專注在手銬鎖鏈兩個鏈環上的分子羈絆，削弱強度，直到我能拉開手銬；幸好手銬還是用產自大地的天然礦物所製。停車場很快就空了，警笛聲越來越響亮。拉克莎不見蹤影；她的工作已經完成，此刻大概已經在搭計程車前往機場的途中。

再度將富拉蓋拉掛回背後時，我看見最後一名酒神女祭司衝出薩梯。她的白袍幾乎被那兩個警員和天知道多少受害者的鮮血染成全紅，右手拿著她的酒神杖。除了插在劍鞘裡的魔劍之外，我沒有任何可以用來對付她的武器，所以我只能在一條手臂斷掉的情況下和她徒手肉搏。

不過她並不打算搏鬥。她深吸一口氣，筆直向我走來。我嗅到另外一場風暴即將到來的氣息，但她顯然聞到了我的味道，而且定位精確到彷彿我根本沒有施展僞裝術。她在約莫十呎外停步，我則擺開防禦架勢。

「你是什麼東西？」她嘶聲問道：「我知道你在這裡。我聞到魔法的氣味。妳是女巫嗎？波蘭女巫團的人？」她比其他酒神女祭司都高，身材十分性感。如果不是渾身滿是血肉，我敢說她一定非常迷人——只要不露出尖銳的牙齒就行。

「不是。」我說：「妳還能猜兩次。」

「你是吸血鬼海加森？」好了，這個答案可有趣了。除了透露她知道李夫的身分外，她顯然認爲他有能力隱形，並且在乎有沒有酒神女祭司在史考特谷狂歡之類的瑣事。

「不是。我依然能夠行走於太陽下。」

「那你就是叫歐蘇利文的德魯伊。」

我驚訝到彷彿被她拿根藥蜀葵打倒在地一樣，但我不能讓她看出這一點。

「很榮幸認識妳。」我禮貌地說，接著又摧毀我的禮貌。「但那不是眞心話。」

「巴庫斯大王必須得知此事。」她喃喃說道，接著轉過身、以肉眼難察的速度衝向夜店。她沒有回到店裡，而是閃入店旁的小巷子裡。

「喔，可惡。」我喘息道。我在這種情況下完全束手無策。停車場裡沒有樹根能夠纏住她、沒有大地能夠阻擾她；而在她活力充沛，我卻筋疲力竭的此刻，絕不可能追得上她。

我朝人行道吐了口口水，對自己今晚的表現進行自我評量。情況被我搞得非常糟糕。酒神女祭司大多死了，沒錯，但是逃掉的那個將會爲了復仇帶來更多女祭司，甚至可能把巴庫斯都引來。兩個警察死了，至少有兩個平民死在店外，外加天知道有多少人死在夜店裡。這會上頭條新聞，甚至會登上全國版面。

瑪李娜一定會氣瘋的，而她有權生氣，超自然界的戰鬥不應該被一般大眾察覺。如果此事登上全國新聞，任何熟知內情的人都能看懂字裡行間的深意，明白東谷的局勢極度不穩。

附近傳來警車和消防車尖銳的煞車聲，其中一輛擋住了停車場的出口，困住還在現場的幾名目擊證人。我沒有時間調查夜店內部；唯一能做的就是藉由取消油脂的羈絆移除球棒上的指紋，回家，然後恢復元氣。

我疲憊地朝南方慢跑前進，將屠殺現場拋在身後，跑到席亞大道時又遇上大雨，東南角有座購物中心，我去奧瑞剛納披薩小館叫計程車回家。

計程車司機滿臉懷疑地看著我的劍和手腕上的手銬，但是我一上車就付現，所以他沒說什麼。爲了避免警方找他問話，我請他在米爾街附近的星巴克放我下來，然後再度施展僞裝法術，冒雨跑回家。

我把富拉蓋拉擦乾，解除不得離開我的羈絆，然後放在臥房衣櫥上；我把它羈絆在衣櫥上。即使外面在下雨，我還是得花一整晚療傷；於是我脫掉衣服，到後院躺下，讓刺青接觸地面，並在身上鋪塊油布充當臨時遮雨篷。我聯絡在我書店附近遊盪的鐵元素，請它過來吃掉我手腕上的手銬；雨停了之後，我的內心終於在遺忘河【註】畔找到平靜。

註：遺忘河（Lethe），希臘神話的冥河之一，飲用河水，能讓人忘卻前世的一切。

第十三章

有時候我覺得自己實在有權享受才對。活了這麼久、多次取得年長市民的優惠之後——我覺得我應該能安安穩穩地醒來，享受一點簡單的樂趣。比方說，歐伯隆搖著尾巴向我問好；煮咖啡的時候，陽光照亮廚房，讓我在經典的吉他旋律中料理歐姆蛋和香腸；而當我必須在潮濕的土地和冰冷的夜色中度過一夜時，洗個熱水澡應該很舒服。如果美好的一天就在熱水澡過後急轉直下，那也無所謂，只要一早給我幾分鐘和諧的時光，讓我記得平靜生活是什麼感覺就好。總之不要在我睜開雙眼面對晨曦時，就看到一隻我的文化視爲死亡通報者的可惡大烏鴉。

「嘎！」牠就在我的臉前對著我叫；我嚇得連忙後縮，或許在翻身避開銳利的鳥喙、丟下油布、渾身沾滿冰冷的露水和雜草時，發出一聲很不莊重的尖叫。

烏鴉仰起腦袋哈哈大笑。不是鳥類的笑聲，而是人類的笑聲，一陣發自天殺烏鴉喉嚨的低沉喉音。「盧的金石呀，德魯伊，」烏鴉說：「你這段時間一直都躺在這裡嗎？我離開已經幾個禮拜了，看來好像一點都沒變。」

「早安，莫利根。」我不太高興地說，爬起身、拍開身上的雜草。「不是，我不是這段時間都躺在這裡。只不過昨天過得特別不順。如果妳給我一點時間梳洗，我就可以得體地接待妳。」

「當然。慢慢來，敘亞漢，」她以我最初的愛爾蘭名叫我。她吵吵鬧鬧地飛到我的室外桌上，上面多了個以生皮繫繩綁住袋口的黑皮袋子。她大概是想要我問她那是什麼，但是我還沒梳洗前完全不打算開口。我當袋子不存在般大步走過。

「阿提克斯，我是不是聽見你在和別人說話？」歐伯隆在我走入後門時睡眼惺忪地從沙發上問道。

「對，後院的那隻大烏鴉。」我回答，朝窗口揮了揮手。「別去惹牠——是莫利根。」

「喔，我待在屋裡好了。」

「好主意。」

我搖頭嘆息，打開蓮蓬頭，等水變熱。如果莫利根又是來警告我她預見了什麼災難，我可能會忍不住奚落她幾句。但或許她是來告訴我過去三週她跑到哪裡去了；又或許她打算開始學習我的護身符做法，而那個袋子裡裝的就是寒鐵。

莫利根在我正要開始淋浴時化作人形走進浴室。她赤身裸體，活生色香，眼中慾火中燒，令我不禁心想：喔喔喔，糟了。

我殺死安格斯．歐格後，莫利根曾明白表示整起事件讓她慾火中燒，而她曾承諾很快就會來「佔有」我。像她那種來自青銅器時代的傢伙性觀念十分開放，從來不會假裝他們沒有需求。如果我們眞有任何不同，那身為鐵器時代的人，我的性觀念只比他們保守一點點而已；但是儘管莫利根美貌非凡，她卻不是我心目中美好的床伴。此刻她看起來或許像是夢幻絕世美女，但在化身烏鴉時，她會吃死人；每次想到這個，我就有點想吐。我一直期望她已經把佔有我的念頭拋到腦後，但顯然她打定主意要征服我。

當莫利根認眞想做某件事情時，要向她說不很難。只比不可能簡單一點點而已，眞的。觸怒死亡挑選者向來不是個好主意。政治正確的做法——安全的做法——就是滿足她的慾望，然後盡量享受過程。而一旦莫利根決定要色誘某人，她有辦法施展所有淫慾惡魔的魅力，又不必擔心會在交易過程中遭受詛咒。我承認我沒有努力反抗她。我想我可能說了句：「嘿！」

莫利根不是喜歡慢慢、輕輕來的那種女神。接下來幾個小時中，我想我經歷了一段算不上只有一點痛苦的經歷。那第一個吻——舒服、溫柔、美味到讓我以爲將能享受這一切。但接著她開始用指甲抓我、甩我巴掌，還一直咬我，並且在某個時間點上抓掉了一把頭髮。而如果我沒做該做的事情——比方說我想去接那幾通多半是關妮兒打來問我爲什麼沒去上班的電話時——她的眼睛就會綻放紅光，然後以雪歌妮．薇佛告訴比爾．莫瑞「沒有戴娜，只有祖爾」【註】的語氣說話。沒有人膽敢在那種語氣前回嘴。換句話說，我嚇壞了，而莫利根就喜歡在這種情況下做愛。

最後一個小時裡，她開始用一種比我還古老的語言說話：我想那是原始的凱爾特語，不過和我懂得的所有語言都有些母音和子音上的差異，而既然她看起來不像是期待我會回應的模樣，我就任由她喃喃自語。那聽起來像是某種儀式，而我逐漸發現我們是在施展某種性愛魔法，但我不知道她究竟有何目的。最後她宣稱她滿足了，允許我停下動作。接著我們移師臥房，然後我癱在床單裡不

註：電影《魔鬼剋星》（Ghost Busters）裡，戴娜（雪歌妮．薇佛飾）被惡靈祖爾附身時的台詞。

住喘氣。

這場性交眞的沒有什麼值得回憶的地方：有的只是一種自己在沒有造成肢體殘障的情況下存活下來的欣慰，以及對於運動飲料的迫切需求。

「哇。」我輕聲說道。

「不必道謝。」莫利根輕笑。

「爲妳對我造成的痛苦？」

「不，爲了你的耳朵。」

「什麼？」我伸手到之前頭側那團軟骨所在處，捏到個非常像是耳朵的東西。「這是眞的嗎？」

「當然是眞的。」

「妳剛剛唸那些咒語，還有做那些，呃……事情，就是爲了修復我的耳朵？」

「對。」

我感激得難以言喻。重塑被惡魔咬掉的耳朵遠遠超出我的能力，而現在我覺得自己又變得完整了。「莫利根，非常謝謝妳！妳眞是太好心了——」

我體內的空氣都在莫利根一拳打在我肚子上、打偏橫隔膜時離體而去。「你說什麼？」她抓起我的下頷、轉我的臉去面對她，讓我在努力調節呼吸時看見她眼中的紅光。

「誰——誰叫——叫妳多管閒事！」我奮力擠出這句話。

「這樣好多了。」她說著放開我。我想這下沒有事後抱抱了。

「嗯，阿提克斯，你們搞完了沒有？我眞的餓了。」

「喔，歐伯隆，很抱歉。她不肯放過我。」

「沒關係。你還好吧？因爲聽起來好像她在拔你的陰毛。」

「是呀，我敢說法國貴賓犬從來不會這樣對你。」

我轉向莫利根，並想起身爲主人的責任。「我可以幫妳拿點飲料嗎？」我問：「還是想要來些寒舍能夠準備的餐點？」

「我會接受任何你認爲適合用來接待我的東西。」她說。

這種話絕不能照字面上的意義來解釋。聽起來好像我拿塊抹上罐頭沙丁魚的麗滋餅乾她就很高興了，但事實上，如果我拿出任何不是家裡最頂級的食材，就等於是在羞辱她。

我輕手輕腳地走出臥房，身上布滿瘀傷與血跡，還有因爲汗水滲入傷口帶來的陣陣刺痛。我渾身無處不痛，所有力量通通耗盡。我必須回到屋外去吸取大地的力量來展開治療，而我覺得這輩子剩下的時間都要用在治療殘破的身軀上了。

「看在貓咪聖戰的份上，阿提克斯！她把你抓得好慘。」歐伯隆在我走出臥房時說道。

「沒錯，那是一場痛苦慶典。先讓我癒合傷口，然後我們可以開始這頓遲來的早餐。」

既然我完全錯過了從起床起就在期待的晨間活動，雖然已經是下午了，我決定還是要去做。我開始煮咖啡，然後到後院裡待了一會兒，安撫劇痛的皮膚。感覺好過一點兒後，我回到室內，播放羅德利哥和蓋柏瑞拉最新的專輯，然後開始料理一頓豐盛的早餐：用三顆蛋、起司、火腿丁、細香蔥做成的歐姆蛋，兩包楓糖口味的香腸（大部分是給歐伯隆吃的），馬鈴薯混白洋蔥及紅甜椒，加上吐司抹奶油與橘子果醬。

莫利根在我將食物裝盤時走出臥房。她清洗乾淨、赤身裸體，毫不扭捏地在餐桌旁坐下。我也一絲不掛，而且很高興能有機會表現得像個凱爾特人，不必顧慮美國人的社交習俗。

莫利根在我服侍她吃飯時盡量表現得和藹可親。我認爲她在我端咖啡給她時試圖對我禮貌地微笑（她喝黑咖啡），不過徹底失敗，而我假裝沒注意到。至於歐伯隆，他盡可能保持低調地吃他的香腸，偶爾會緊張兮兮地偷看莫利根，確定她沒有伸出指甲去抓他。

她稱讚我的食物好吃，還在我喝一杯咖啡的時間裡喝了五杯咖啡，外加一杯柳橙汁和一大杯水。她還追加第二份歐姆蛋外帶兩片吐司。

「她都吃到哪裡去了？」歐伯隆一邊看著她吃，一邊問道。

「我不知道。高興的話，你可以問她。」

「不用了。我還要命。」

當她終於宣稱自己吃飽了，又很客套地向我道謝一輪，確保有做到禮貌的習俗後，她開始討論正事。

「你想知道我過去幾週上哪兒去了嗎？」她問。

「是，我有想過這個問題。」

「我在提爾・納・諾格裡參與內戰。光榮的戰役。」

「什麼？誰在和誰內戰？」

「安格斯・歐格的同黨決定起身對抗布莉德和我，完全不在乎他們的領袖已經失敗、無法實現承諾的事實。在擊退第一波攻勢後，我們必須展開肅清，大部分時間都花在那上面。」

「有圖阿哈・戴・丹恩身亡嗎？」

莫利根搖頭。「對手全都是不同階層的妖精。不過安格斯・歐格給了他們不少威力強大的武器。布莉德的新盔甲受到非常嚴苛的試煉。」

「布莉德親自上陣？」只要能派其他人代替他們去送死，圖阿哈・戴・丹恩通常都不會讓自己身陷危機。

莫利根點頭。「對。而我不得不承認她表現得十分英勇，她和從前一樣是個令人敬畏的對手。」

「所以內戰已經結束了？」

莫利根聳肩。「戰鬥結束了，所以在我看來已經結束。我敢說現在一定在跑一些政治流程，但是我對那種事情沒興趣。眞正讓我感興趣的……」她瞇起雙眼，看向我的護身符。「是你那條奇妙的項鍊。我們有過協議，你和我，而你實現承諾的時候到了。」

我們的協議很簡單：我教她製作專屬的護身符，藉由將靈氣羈絆在寒鐵上而達到對所有魔法免疫的效果，而她將永遠、永遠不會奪取我的性命。她的承諾不包括意外死亡或壽終正寢，不過明白只要莫利根不違背承諾，我就不會面對淒慘結局，還是很好。

「我很樂意。妳有帶寒鐵來嗎？」

「有，等一等。」她回答，起身去拿剛剛在室外桌上看到的皮袋。我收拾餐盤，然後告訴歐伯隆

對所有德魯伊而言，他都是最棒的獵狼犬。

「你今天早上表現得很有耐心，我很感謝你。」我對他說。

「是呀，好吧，她嚇得我屁滾尿流，所以她在屋裡的時候，我要像個懦夫一樣坐在地上並不太難。」

「我完全了解。我會想辦法盡快送她離開。」

「謝謝，阿提克斯。我想我要去臥房打個盹，以免礙手礙腳。」

我在他路過時幫他搔了搔頭，接著莫利根就回來了。她解開袋子上的繫繩，反過來倒出幾塊大小、純度不同的隕石寒鐵。沒有一塊比我的手掌大。

「我該用哪一塊？」她問。我坐下，一塊塊拿起它們，仔細加以檢視。

「這個嘛，如同小綠玩偶曾經說的，大小不是重點【註】。」我回答：「至少對於天然隕石而言是這樣。妳想要在不犧牲力量的情況下製作最純的護身符。最純的鐵其實強度比鋁還弱，所以妳必須摻入其他成分、混合出某種鋼鐵。這塊看起來是混合了鈦，而不是鎳，應該很合用。妳可以把它們熔掉，然後灌入任何模具裡。」

「熔掉？不好意思，德魯伊，那個護身符不是採用冷鍛嗎？」

「不用，那是凡人的誤解。寒鐵的製法並不在於鍛造時的溫度。更恰當的說法是天鐵，因爲寒

鐵的力量源自於外來物質。」

「啊，我懂了。」莫利根說：「既然它與這個世界沒有羈絆，它就比蓋亞上土生土長的鐵更能驅退或摧毀魔法。」

「一點也沒錯。」我認同道：「好了，我的護身符重六十公克。」我邊說邊翻轉它。「那是我在中間打個洞來穿項鍊之後的重量。」

「項鍊本身是銀的還是白金？」

「我的是銀的，但是妳想用什麼都可以。」

「如果我製作的護身符比六十公克重的話，威力會更強嗎？」

「會，這樣可以提供更多保護，但也會阻礙妳施展自己的魔法。對我而言，那是很嚴重的缺點。妳必須找出能在保護與魔法取得平衡的重量，對我而言就是六十公克。我不知道這是不是放諸宇宙皆準的數字；或許對妳而言，不同的重量效果會更好。總之我是在多次嘗試錯誤的情況下決定這個數字的。」

「我可以叫孤紐幫我製作護身符。」她說。他不光擅長釀造魔藥，同時也是圖阿哈·戴·丹恩裡僅次於布莉德的高超鐵匠。

「好主意。」我點頭。「叫他用這些材料盡量多做一些護身符。據我判斷，這些應該至少可以做

註：《星際大戰五部曲：帝國大反擊》中，尤達對路克·天行者（Luke Skywalker）解釋原力作用的台詞。

兩個護身符，最多或許四個。如果妳不介意的話，我想拿一個給我學徒。」

「一點也不。我覺得你又開始訓練德魯伊是件好事。你應該多訓練幾個，敘亞漢。世界需要強大的德魯伊教團。」

對莫利根而言，那已經算是非常接近恭維的說法了。她甚至連語氣都很真誠。不過我想指出這一點或許會很危險，所以我只是說：「謝謝妳。如果遇上適當人選，我會考慮的。」

莫利根立刻轉回正題。「假設我從孤紐那裡拿了六十公克的護身符和一條銀鎖鏈。接下來要怎麼做？」

「除非妳只要一個普通護身符，接下來妳必須將寒鐵與妳的靈氣羈絆在一起。」

「呿。我已經知道怎麼做普通護身符了。它們只能應付直接外來的威脅，而且對你的靈氣沒有影響。」

「沒錯。看看我的靈氣，妳從哪裡看出鐵？」

莫利根瞇起雙眼，目光微微移往我的頭頂。「像是鐵屑一樣鑲在白色的魔法層裡，如同冰淇淋裡的餅乾屑。」

「什麼？我不知道妳喜歡冰淇淋。」

莫利根雙眼泛紅。「敢告訴別人，我就拔掉你的鼻子。」

「好啦，那就回到靈氣的話題。那些鐵屑其實是小繩紋。我將寒鐵羈絆在我的靈氣各處，當有法術瞄準我或是透過靈氣特徵定位我時，立刻就會遇上鐵，然後失效。你必須一絲不苟地平均分散這些繩紋，面面俱到，不可留下任何讓魔法貫穿的漏洞，這樣全身性的魔咒才沒辦法分辨妳和鐵的差異。這個做法兩天前才救了我一命。」

「出了什麼事？」

「有群德國女巫對我施展一道地獄魔咒。魔咒生效時，妳會平白起火燃燒。但既然我靈氣中羈絆的鐵透過別名【註】爲——」

「停。你說『別名』是什麼意思？」

我爲自己的愚蠢皺眉。「很抱歉，莫利根；我忘了妳不熟悉電腦用語。『別名』就是用個小檔案去代表另外一個比較大的檔案。那是一種代用品，代表那樣東西，但又不眞的是那東西。我不能當眞讓身邊圍繞著布滿鐵屑的霧氣，是不是？但是指向一個實際存在的寒鐵護身符的魔法代用品就比較容易讓人接受。」

「心思巧妙。」

「謝謝妳。魔咒攻擊我時，我的身體沒有燃燒，羈絆在靈氣裡的鐵屑代用品將魔咒的威力引導到我的護身符裡。」我敲它兩下，加以強調。「它急速加溫，燒焦我的皮膚。要不是因爲它，我已經被烤成培根了。事實上，同樣的魔咒把一個本地女巫燒成灰燼。」

「了不起。」她說：「你說此事發生在兩日之前？」

註：別名（aliases）爲程式語言中的指令，用一個「小名」來取代常用或複雜的指令組合。

「是，沒錯。」

「當時我沒有接收到你面臨生死關頭的死亡徵兆。」她神色讚歎地緩緩搖頭。「你的防禦非常森嚴。」

我很好奇她會不會認爲我昨天晚上在酒神女祭司面前也算防禦森嚴。接著我開始好奇既然同意永遠不會取我性命，她究竟還會不會看到任何與我相關的死亡徵兆。「好吧，皮膚燒焦眞的很折磨人，感覺像是在看五年級生表演華格納歌劇一樣。」

莫利根揮手不加理會。「但是你有辦法處理那個情況。你沒有面臨生死交關的局面，而且護身符能夠抵擋地獄火。」

「對，就連墮落天使發出的地獄火都擋得住。」

「你怎麼將寒鐵與靈氣羈絆？鐵不會抗拒你的魔法嗎？」

「這的確是棘手的地方。當我在十一世紀起了這個念頭後，就花了幾十年致力在這上面，但是辦不到；因爲妳說得對，寒鐵嘲弄所有試圖影響它的法術。妳得找個鐵元素幫忙。基本上，妳必須和鐵元素交朋友，因爲會有很多用得到它們的地方。就像我在安格斯．歐格事件之前所說的，光是防禦性措施就花了我三個世紀。」

莫利根以剛剛那種原始凱爾特語咒罵幾句，雙眼隨即泛紅。「我不是鍛造女神！我不擅長鑄鐵，也不會交朋友！」

「或許妳該把這些事情當作自我成長的機會，不要把它們視爲阻礙。我想，身爲死亡女神，交朋友很沒道理，因爲妳遲早都會奪走他們的性命。但是我也能一步步地教妳怎麼做。那並不困難。」

「不，很困難。」

「我眞的無法認同。鐵元素喜歡吃妖精，我肯定妳能弄到幾隻妖精。」

「輕而易舉。」她點頭同意道：「他們在提爾・納・諾格裡繁衍得就和老鼠一樣。」

「太棒了。好，當鐵元素謝謝妳送妖精來，說妳提供如此美味的零食是很好心的善意表現時，不要採取暴力反應。麻煩妳面帶微笑，然後說不客氣。妳甚至可以提提妳偶爾也喜歡來碗冰淇淋，而妳認爲妖精對它們而言就和冰淇淋很像之類的。」

莫利根的表情變得十分有趣。她的眉毛皺成一團，下唇顫抖，接著臉色一沉，眼中再度綻放鮮紅的怒火。紅光稍縱即逝，不確定的表情再度回到她臉上。她低頭看向桌面，黑髮向前灑落，遮住她的臉。她在這襲黑色簾幕之後對我說道：「我辦不到。交朋友有違我的天性。我對友善非常陌生。」

「沒這回事。」我彈彈自己完好如初的右耳。「這就是妳友善的證據。妳體內有著愛爾蘭人好客的天性，莫利根。」

「但那是性交。我不能和元素性交。」

元素們運氣很好，我想道。

「說得沒錯，但是對人表達友善還有其他方式，我肯定妳知道這一點。我認爲問題在於妳不容許他人以善意回報。這樣吧，我想辦法教妳怎麼和鐵元素交朋友，妳可以向我練習所有交朋友的技巧。我很榮幸可以當妳的朋友。」

莫利根突然起身，將寒鐵隕石塞回皮袋裡，過程中臉都藏在頭髮後面。「謝謝你提供的性交、午餐，與指導。」她以正式的口吻說道：「你是非常殷勤的主人。」她緊緊綁起繫繩。「我會去找孤紐，等護身符做好後再回來。」

她沒有再說什麼，直接在我桌上將自己羈絆成烏鴉的形體，雙爪抓起皮袋，飛出自動爲她開啓的後門。

第十四章

我花了約莫三十秒幻想莫利根之所以這麼急著離開，是因爲我提供的友誼令她有點不安。我應該明白沒有這麼好的事。

門上傳來禮貌的敲門聲，把我嚇了一跳，歐伯隆則是連叫三聲之後才說：「是布莉德。她對我說哈囉。」

「布莉德在門口？」我心聲散發出的驚慌語氣把我的狗逗得大笑，因爲他和我一樣清楚我不能就這樣跑去應門。我依然一絲不掛，被莫利根虐待出來的傷痕也才好一部分而已——而我終於瞭解這一切都在莫利根的算計之中；她們來訪的時間都是安排好的。再一次，我必須想辦法趕上這些女神的算計，試圖弄清楚她們眞正的意圖。幾個禮拜前，她們兩個把我耍得團團轉，藉以達成目的，而如今我看得出來一切又從頭開始了。我應該多問莫利根一點內戰的事情，因爲那就像青蛙的屁股會防水一樣，肯定就是布莉德突然造訪的原因。

「好吧，我知道該怎麼問出一些答案。」我在連滾帶爬地衝入臥房時朝門口說道。歐伯隆搖著尾巴和我在那裡碰面。

「什麼答案？」

「我所有問題的答案。」我說著穿上卡其短褲和綠棉T恤。門上再度傳來敲門聲，這次不像之前那麼禮貌了；她敲門的方式顯然透露出些許不耐。「好了，聽著，她顯然可以聽見你的想法，所以我要你安靜下來，去客廳等。她進門時，我要你從頭到尾都待在她身後。」

「爲什麼？」

「做就是了，拜託。」我不耐煩地說，接著立刻後悔我這麼專斷。我通常很喜歡和歐伯隆抬槓，他很會與我相互遷就。但是他不了解這件事的嚴重性，而我不能在布莉德能夠聽見他想法的情況下解釋給他聽。

「好吧。」歐伯隆垂下尾巴、離開房間，我也有點垂頭喪氣，不過想要取得效果，就不能讓布莉德獲得任何預警。我甚至不確定我會不會眞的用上這招，不過小心駛得萬年船。我從衣櫥上拿起富拉蓋拉，將劍鞘掛在背上，然後匆忙跑去應門。

布莉德笑嘻嘻地看著我開門，接著場面就變得像是美式足球賽時播的低級廣告：一個穿著暴露、美艷撩人的蕩婦突然憑空出現；一陣來自鏡頭後方的陰風以充滿野性的方式吹起了她的頭髮；她對這個毫無男子氣概的普通人噘起性感雙唇；他則只因爲手中多了瓶冰涼啤酒，就完全不再有難以想像這種女人會對自己感興趣的想法。眼前這陣神祕的風幾乎肯定是布莉德自己弄出來的，而它將她的體香吹到我面前，就和我印象中一模一樣：牛奶、蜂蜜，外加半熟莓果的氣味。可惡。

好了，我不是普通人，肯定不缺乏男子氣概，但是我和正常人一樣難以抵抗啤酒廣告的魅力，即使那只是活在青少年幻想中的世界也一樣。那些廣告與眼前站在我家門口這個貨眞價實的女神完全無法相提並論。

布莉德看起來彷彿是從《重金屬》雜誌【註一】裡跳出來的一樣。她身上有好幾層藍布，以幾乎衣不蔽體的方式或綁或捆地遮掩重點部位，不過它們依然透過布料若隱若現；脖子上掛著一個金項圈，左臂二頭肌上也有一個，手腕上則以精緻的金屬繩裝飾；腰間掛著幾條薄薄的金鎖鏈；紅髮則以類似潔西卡・瑞比【註二】的慵懶波浪散落在臉旁，還用金線綁了幾條辮子。至於嘴唇微微噘起，透過慵懶眼神看我的誘人表情？她做得唯妙唯肖。啤酒廣告裡的女人毫無疑問都很火辣，但是當一名女神願意刻意展露性感時，沒有任何人得以望其項背。

和莫利根相比，布莉德合我味口多了。其中一個原因是，她不管化作任何形態都不會吃死人，而且她還是當初點燃所有愛爾蘭人心中的創作與熱情之火的神。但就算我願意滿足布莉德此行的目的——而我不確定我願意——這下我也發現莫利根已經竭盡所能地確保我沒有能力滿足她。

看著布莉德站在眼前，剛剛莫利根來訪的所有情境通通變調。這兩個女神從未對立過，不過也不曾成爲好友。她們之間有良好的敬意，或許還有些許不太好的妒意。她們是實力相當的對手，都有能力擔任族人的領導者。之前她們沒有大打出手的原因就是安格斯・歐格及其手下，但現在提爾・納・諾格已經整肅過了，或許她們兩個已經開始衝突；而我要嘛就是勝利者的獎品，不然就是她

註一：重金屬雜誌（Heavy Metal），美國的科幻/奇幻漫畫雜誌，特色是暗黑奇幻、科幻與情色主題；經常以造型前衛、衣不蔽體的美女作爲封面。

註二：潔西卡・瑞比（Jessica Rabbit），眞人卡通電影《威探闖通關（Who Framed Roger Rabbit）》中的卡通人物，兔子羅傑的性感紅髮老婆。

們達到目的的棋子。虐待式性交、治療耳朵、多吃一份歐姆蛋……全都是莫利根爭權奪利的手段。

「阿提克斯，你知道我能聽見你激動時的想法，對吧？對於質疑一名神祇意圖的多疑德魯伊而言，你還眞押了不少頭韻。」

「歡迎光臨，布莉德。眞沒想到妳會大駕光臨。」我在歐伯隆快諷刺完時說道。她或許會懷疑我在想些什麼。

「阿提克斯，」她對我發出滿足的顫音。我不是在開玩笑——她眞的對我發出滿足式的顫音。布莉德不但能發出比漢克・阿沙利亞【註二】更多種聲音，還能同時發出多重音。她能獨自擔任樂團主唱兼三個合音。這種能力在她以詩歌女神的身分吟唱詩歌時非常實用，而現在我看出——或是感覺出——這種能力還能用在其他用途上。「希望我不會來得不是時候。」她的聲音如同玫瑰果、焦糖與絲綢的混合體，令我一方面深受挑動，一方面又不寒而慄，就像浸泡在熱巧克力中抖動的音叉。

「一點也不。請進吧？」我讓到一旁請她進屋，再度充當青銅器時代的待客主人。

「謝謝你，」她輕聲說道，漫步走過，在我眼前形成淡藍與金黃色的閃亮身影。天呀。她環顧我家客廳。「你的現代家園很有趣。」

「謝謝妳。我能提供點飲料，一解妳自提爾・納・諾格遠道而來的辛勞嗎？」

「如果你有麥酒的話就太好了。」

「馬上就好。」我衝向廚房，請她跟來，從冰箱裡拿了兩罐塞在史戴拉啤酒後方的新城堡麥酒。她在接下我遞出的啤酒時道謝，然後說道：「你殺了安格斯・歐格後，提爾・納・諾格就一直不得安寧。他的共犯終於浮上檯面，迫使我必須花點時間應付他們。你相信嗎，他們還打宣傳戰。」

我點頭。「我相信。他們提出什麼樣的口號？」

「他們最大的怨言在於我沒了配偶。」布莉德語氣不屑，「好像布雷斯漫長的一生中有做過任何有用的事情一樣。他唯一的專長就是漂漂亮亮地坐在那裡——他是個漂亮的男人。」她嘆氣，微微皺眉。「也是個渺小的男人。」

提到布雷斯，我無言以對。我殺了他，而此刻他的寡婦卻站在我的廚房裡，打扮成即將上演史詩級床戲的模樣，踐踏關於他的片段回憶。我甚至無法發出含糊不清的哼聲。沒有任何禮儀書裡有提到該如何面對這種情況，所以我只好喝一大口啤酒。

「但你可不算渺小，是不是？」

「當妳用這種語氣說時，我如果說算的話就太沒禮貌了。」

她讓我的爛笑話逗得哈哈大笑，而我終於了解克里斯・馬修斯【註二】在全國性電視節目上說他打從腳底開始緊張是什麼意思。我完全不曉得該說什麼，只能再喝一口酒來掩飾我的反應。

「不，你不渺小。你也很幽默。布雷斯一點也不幽默。這就是我認爲你該成爲我的新任配偶的原因。」

註一：漢克・阿沙利亞（Hank Azaria），美國演員、配音員。代表作有《辛普森家庭》中的酒吧服務生莫等男性角色發聲，以及電影版《藍色小精靈》中的賈不妙。

註二：克里斯・馬修斯（Chris Matthews），美國政治評論脫口秀主持人。

我滿口啤酒全都噴到地毯上。

「哈！如果你以為我會把那些舔乾淨，你肯定是瘋了。」歐伯隆說。

「喔，我很抱歉，突然這麼說一定嚇到你了。」布莉德說。

我用大拇指和食指比出兩公分左右的距離。「有點。」我承認道。

「我知道這聽起來不太尋常，但是，就像圖阿哈．戴．丹恩一樣，你找出了青春不老的祕密。你遠比布雷斯強大，證實了你和我們兩名成員實力相當——不，比他們更強。在我的允許與庇佑下，沒有人會質疑你與我並肩統治的權力，當然也不會有人質疑我要帶誰上床。」

我忽略結尾那句充滿危機的句子，把重點擺在第一句話上：「原諒我，布莉德，但是我從來沒有野心統治任何人。」

「那你就不須要統治任何人。」她說，輕易推翻我的異議。「布雷斯也什麼都沒做。那是個名義上的職位，但是妖精認為有必要填補這個空缺。」

「我懂了。那要填補這個名義上的職位，我必須待在哪裡？」

「當然是提爾．納．諾格。」她終於喝了一口她要求的麥酒。

「既然不須要統治，我難道不能留在這裡嗎？」

「你還是有其他職責。」她用能讓我的內臟化為果凍的三重效果滿足式顫音說道。

「但我喜歡這個世界。這裡可以看到許多變化和發展，還能吸收大量知識。」

「你還是可以淺嚐那些，隨意造訪凡間。但是身為我的配偶，還有比最新科技產品更刺激的東西等著你去體驗。你可以擔任世界諸神之間的使節、見證奇蹟、代表我去造訪其他世界。」

「那我的學徒呢？我的獵狼犬呢？他們不能前往提爾・納・諾格。」

「什麼？嘿，哇，聽起來像是個壞主意。」

「我們可以收容歐伯隆。」布莉德微笑。「你的學徒比較麻煩，因爲凡人會經常面臨成爲妖精獵物的威脅。提爾・納・諾格對她而言過於危險，我懷疑她能存活多久。但她還沒有犧牲多少，短短幾週，她不可能學會任何我們的魔法知識。支付應有的報酬，然後和她斷絕關係。」

「事情沒有那麼簡單。我承諾過會提供她完整的訓練。」

「那就帶她一起來。我不能保證她的安全。」

「但是妳能保證我和歐伯隆的安全？」

布莉德聳肩。「我不須要保證。你們可以照顧自己。」

「嗯。」

「對，老兄，我知道，晚點再說。」我對布莉德說：「這是非常慷慨的提議，不過完全出乎我的意料。成爲本身信仰的女神配偶是任何男人夢寐以求的良機。我必須承認，此時此刻我不知道該如何回應，因爲我的回應會影響很多事情，如果不經過通盤考量就輕易做出回應，是非常不負責任的行爲。」

「眞是一板一眼。」布莉德搖頭。「我肯定是讓這件事聽來像筆交易。你誤解了我的意思。」

她把麥酒放在餐桌上，然後朝我走近。她伸手探向我的下體，結果卻失望地縮手。

布莉德的臉蒙上一層陰霾。「怎麼了，阿提克斯，你認爲我沒有魅力嗎？你難道不想要我嗎？」

「喔，看在偉大的大熊份上！傳送他上去，史考特！【註】立刻！」

「不是那樣的，完全不是那回事。」我說著不安地清清喉嚨，提醒歐伯隆布莉德能聽見他的想法。「我只是現在非常疲憊——筋疲力竭，事實上——我可以提供任何服務，但就是辦不到……那件事情。我是說現在，晚點就沒問題了。」我點頭微笑。「事實上，晚點我會很猛。」

布莉德皺起鼻頭。我聽見她嗅了兩下，接著突然後退一步，扯下我的上衣，露出今天早上留下的抓痕和瘀青。布莉德滿臉漲紅、雙眼圓睜，打量著我和她宿敵鬼混的證據。

「我就知道！」她吼道：「你和她有一腿！你是莫利根的手下！」而這就是她眞的用噴火對我宣洩怒火前的唯一預警。烈焰噴出她的手指與掌心，打算在我自己的廚房中把我烤焦。由於護身符，它沒有直接燒傷我，不過它與墮落天使的地獄火有著不同效果：地獄火在消失殆盡前讓我感到一陣灼熱，眼前的火球卻直接被導入我胸口的寒鐵中，產生劇烈灼痛，就像兩天前的德國魔咒一樣——我得晚點再去處理那件事。此時此刻我必須保護朋友、治療皮膚，還要撲滅好幾處火頭。

「嘿，妳不能那樣教訓我的老大！」歐伯隆叫道。

「這就是我要你待在她身後的原因。不要動手，我沒事。」

我拔出富拉蓋拉，在手掌感到灼痛時皺起眉頭，然後指向布莉德的喉嚨。「富拉格羅伊土！」我叫道。

「不！立刻釋放我！」她大吼。她奮力掙扎，但是除了抽動外完全動彈不得，受困於她族人很久以前打造的法器那藍色魔光之中。

「妳在命令我？妳剛剛放火燒我，現在又要我聽妳號令？很抱歉，事情不是這樣幹的。而且當初是妳說我很適合持用這把劍的。」

「你說過你不會拿它來對付我的！」她怒道。

「沒錯。」我承認，「但那是在妳動手殺我之前的事。」

她目光移到歐伯隆身上。「現在就釋放我，不然——」

她在我用富拉蓋拉抵著她喉嚨中央凹陷處時住口。「聽清楚了，布莉德：如果妳敢傷害歐伯隆，妳漫長的一生就會立刻結束。妳知道我可以隨心所欲地在世界之間遊走；不管妳躲到哪裡，我都找得到妳。」

「你膽敢威脅我，威脅你的客人？」

「妳情緒失控的時候就拋開了所有世俗規矩。所以我們要來段友善的長談，妳和我，富拉蓋拉會確保妳說眞話。」

「阿提克斯，你後面的櫥櫃著火了。」

「謝謝，老兄。」「請先花點時間撲滅妳放的火。」

註：「傳送他上去，史考特（Beam him up, Scotty）！」是影集與電影「星際迷航記」系列中，寇克艦長要輪機長史考特傳送某人或自己到企業號上的經典台詞，這裡的「他」可以替換成任何人名。

「我幹嘛不讓整間屋子燒光？」

「因為當妳隨手就能撲滅它們時，這麼做很沒禮貌。請撲滅火勢，好讓我們心平氣和地談談。」

「心平氣和？」布莉德冷笑，「在你拿劍抵住我脖子的情況下？」

「一針見血。但要是妳能克制脾氣，我們根本沒必要走到這個地步。我再一次禮貌地請求：妳願意滅火嗎？」

「然後怎樣？我不願意就折磨我？」

「不，這裡又不是宗教裁決所。如果妳不滅火，我就另外想辦法。」富拉蓋拉不能強迫她去做任何事情；只能強迫她說實話。我車庫裡有個滅火器，如果她不滅火，我就得要把她拖到那裡，然後再拖回來。

火焰女神皺起眉頭，不過專注在我身後，以愛爾蘭語吼道：「摩汗。」接著她目光轉回到我身上，說道：「熄了。」

「熄了嗎？」我問歐伯隆。

「對，她把火吸光了。」

「我當然是用吸的。」布莉德說，提醒我們她聽得見歐伯隆的想法。

「謝謝妳。」我在白煙於天花板附近飄散時點頭道：「我們坐下來，好嗎？」我慢慢移劍，讓布莉德以不太端莊的姿勢擠上餐桌旁的一張椅子，然後壓低劍柄讓她得以入坐。我坐在她對面，將她的麥酒推向一旁。

「太好了。現在我們回顧一下剛剛的情況，如何？妳沒講一聲就自己跑來，而我殷勤接待妳進屋。我提供飲料，妳接受了。妳對我提出要求，我說我會考慮。妳撕爛我的上衣，然後動手殺我。現在我問妳，以上這些事中，哪一件違反了我們族人的所有作客之道？」

「你沒提你和莫利根私通的事情。」

「那又不是妳在這裡的時候發生的事。回答我的問題。」

布莉德繃著臉道：「撕裂你的上衣有點違作客之道。」

「很好的進展。」我滿腔熱情地道：「那妳動手殺我的那一部分呢？那不也是訪客不該做的事情嗎？」

「嚴格說來——是的。但是你讓我有要殺你的理由！」

「不，布莉德，我沒有。如果我先前就同意當妳的配偶，然後又在妳面前一邊播放威豹合唱團【註】的專輯一邊與莫利根私通，那妳就有理由把我當場燒成灰燼。但我是個單身漢，妳沒有理由這麼做。再說，我不了解妳爲什麼會有這種女高中生被拋棄時的反應。妳不可能是出於嫉妒，對吧？」

「不是。」布莉德說：「嫉妒並非我的動機。」

「我也這麼想。妳提議讓我成爲妳的配偶當眞是因爲妳喜歡我嗎？」

註：威豹合唱團（Def Leppard），英國重金屬搖滾樂團。

「不是。」

「當然不是。在我們討論妳要我成爲配偶的眞實理由前，我想要先反駁妳的指控。如果我當眞如妳所言是『莫利根的手下』，那我早就把妳殺了，或許我應該這麼做，也想要這麼做。如果她能左右我的意志，或是我參與了推翻妳的邪惡陰謀，那我們現在根本不會還在交談。」

「那你們兩個究竟是什麼關係？」布莉德問。

「她幫我重塑耳朵。」我說著彈彈我的耳垂。「性愛魔法。」

布莉德皺眉。「我不知道你失去了耳朵。沒人告訴我。」

「對，我是在迷信山脈裡幫妳殺掉安格斯・歐格的時候失去耳朵的。說到這個，是妳叫富麗迪許綁架歐伯隆確保我會現身嗎？」

女神嘆氣。「是。」

「呃。妳知道，妳沒有我原先想得那麼友善。」

「我非常認同，歐伯隆。」我說：「布莉德，我要妳花點時間想想妳在這裡的所作所爲。我是這個世界裡唯一還在遵循古法崇拜妳的人類，幾天前我才爲妳進行了完整的薩溫節儀式。」

「沒錯，但是你也有爲莫利根進行同樣的儀式。」

「那是我該做的！還有歐格瑪【註】，還有馬拿朗・麥克・李爾和其他神。因爲他們都是我的神，妳也一樣。在崇拜妳的善良、美貌，與心靈純潔數千年之後，如今我卻面對這種下場——爲什麼？我們現在就把話說清楚。妳到底爲什麼要我成爲妳的配偶？」

「我要取得你護身符的祕密。在提爾・納・諾格比較方便研究。」

「這是妳唯一的動機嗎？」

「不是。這樣做還能阻撓莫利根。」

「怎麼阻撓她？那才是妳的重點，對不對？」

「對。她想在提爾・納・諾格取得至高無上的地位，並利用你來達到這個目的。」

「妳也好不到哪裡去。」我指出這一點。「妳也想要至高無上，妳也一樣在利用我。妳們兩個都令我噁心。妳知道眞正讓我難受的是什麼嗎？」

「宣告！」

「就是妳在轉眼之間墮落到這種地步。我甚至沒有時間在妳完美的形象和破碎的幻影間來點信仰危機或信心動搖，因爲妳明白表示妳的天性中沒有任何神性，沒有給我留下任何懷疑的空間。妳難道看不出來自己有多麼墮落，還是妳當眞相信殺我是師出有名？等等，先別回答那個。」我必須先弄清楚一個不對勁的地方。「妳爲什麼想要用火來殺我？」

布莉德聳肩。「火通常很有效。」承認這一點——在身受無法欺瞞的法術影響下——表示她依然不知道我與莫利根的協議，不然她根本不會嘗試殺我。無論如何，那都是難以理解的行爲。

「但妳很清楚我的護身符可以在大部分的魔法之前守護我。」我說：「難道妳忘了嗎？」

註：歐格瑪（Ogma），圖阿哈・戴・丹恩的戰神，也是語言、靈感之神。傳說歐甘文（Ogham）就是他發明的。

「沒有。我只是不認為它有辦法與我對抗。」

「啊，妳以為妳的魔法比我的強。」

「是。」

「凡人對己身能力過度自信時，我們稱之為傲慢。不過當神這麼做時，我就不知道要叫什麼了。」她面無表情地看著我，沒有半點悔意。「那麼。當我從富拉蓋拉的魔力中釋放妳後，妳打算怎麼做？」

她真的很不想回答這個問題，我必須等到魔法強迫她回答。「我會搶走你的護身符，然後在你毫無防備的情況下放火燒你。」

「什麼？肉醬在哪裡？」

我嘆氣。她沒辦法搶走我的護身符，不過那不是重點，重點是她的意圖。「好了，這讓我們陷入非常尷尬的情況，是不是？我希望我們兩個都活下來，並且找出能夠和平共處的方法。告訴我，布莉德，妳為什麼認為我該死？」

「我依然認為你是莫利根的手下。而且你羞辱了我。」

「我不是莫利根的手下，我是我自己的主人。至於讓妳感到羞辱，那都是自取其辱，因為妳做了無可辯解的事情。我們已經確定是妳違反了作客之道，不是我。妳像個任性的小孩，不願為自己的行為承擔後果，就像奧林帕斯山那群不負責任的傢伙一樣。而我想要指出一點，就是妳並沒有被公開羞辱。沒人知道妳做過什麼。那可以是我們的祕密，而我認為我們可以重修舊好。妳怎麼說？妳有意願與我談和，還是認定我該爲了莫須有的罪名受死？」

「釋放我，我就和你談和。」

我哈哈大笑。「這裡的人很喜歡這麼說：我又不是昨天才出生的，妳可能會先暫時談和，然後再動手殺我，對不對？」

布莉德咬牙切齒，對於我如此輕易地看穿她的「眞話」感到沮喪。

「對。」她在徒勞無功地抗拒回答後說道。

「我也是這麼想。所以，妳了解，我必須讓妳身受法術箝制，確保妳眞的有心談和。」

「但你卻不能提供同樣的保證。」

「這個嘛，妳給了我充分的理由殺妳，但我卻沒有動手；我完全沒有違反待客之道；而且兩千多年來，我一直是妳虔誠的信徒。我不認爲此刻妳該質疑我的道德特質。妳沒有資格對我做出任何指控。因爲害怕莫利根要對付妳，布莉德，妳魯莽行事，甚至堪稱愚蠢；要是我和妳一樣不能克制自己，妳現在已經死了，而莫利根已經成爲第一妖精。事情還是有可能走到那一步。」我湊向前去，用另一手指著她。「妳虧待我，布莉德。我要妳向我道歉。妳的回應將會決定一切。妳怎麼說？」

「在劍尖脅迫下道歉根本毫無意義。」

「我不這麼認爲。在這支劍的劍尖下，妳只能誠心道歉，不然妳絕對說不出口。所以這就是妳人格的基礎試煉。妳能不能夠承認錯誤？神大多辦不到；承認錯誤對他們而言是不可能的。但在我們愛爾蘭人讓你們昇華爲神之前，妳曾經生而爲人。花點時間想一想。」

布莉德雙眼綻放藍焰，我懷疑她練這一招是不是單純爲了和莫利根的紅光拚。或許我該研究一下怎麼讓雙眼綻放綠光，然後去嚇嚇星巴克裡的員工。「不，你這個愚蠢的凡人，」我會在雙眼發光時說：「我點的是脫脂拿鐵。」

女神移開視線，遙望遠方，緊閉雙唇，明顯看得出下巴肌肉在抽搐。她緊握雙拳，全身開始冒煙，皮膚上隨機噴出火焰。我假設她是在進行情緒管理。

「她道歉的時候不要出聲，好嗎？她已經忘了你的存在，我不想提醒她。」歐伯隆點頭表示他聽到，並且了解了。

最後火舌終於消失，她放鬆下來，肌肉鬆弛、肩膀不再緊繃。她微微顫抖地深吸幾口氣，但終究還是長嘆一聲，雙掌平貼桌面，低頭看著自己的大腿。

「敘亞漢，我以很差的態度破壞了訪客應有的禮儀，請接受我最誠摯的道歉。」

「說得很好，布莉德。我接受妳的道歉。如果我將妳自富拉蓋拉的魔力中釋放出來，妳會試圖傷害我或我的獵狼犬嗎？」

「不。我也不會再爲了受辱之事進行報復。不過我不能保證我們不會爲了其他事情起衝突。」

「我了解，或許我們可以藉由討論其他事情來避免進一步衝突。妳認爲有什麼事情日後可能導致我們衝突？」

「你與莫利根私通。」

「爲什麼？我不應該有權力和任何我想要做愛的對象做愛嗎？」

「喜歡跟她做就去做。」布莉德冷笑道：「不過我認爲和她做愛的痛苦大於歡愉。」她若有深意地朝我身上的抓痕揚揚下巴。「我指的是你與她進行任何可能威脅到我在提爾・納・諾格地位的合作行爲。」

「好吧，解釋一下妳到底在怕什麼。妳認爲我會幫助莫利根推翻妳嗎？」

「對，我就是認爲你會這麼做。」

「好吧，坦白講，我和妳一樣不希望那種情況發生。我喜歡由妳掌權，而不是她。」

「謝謝你。」布莉德在研判我的誠意之後謹愼地說道。

「但是我認爲有必要告訴妳，我曾發誓要傳授莫利根護身符的祕密，而且只教她。」

布莉德雙眼泛藍。「我指的就是這個！有那樣的護身符，她可以輕易除掉我！」

「放心。妳有很多時間可以製作妳自己的護身符。莫利根又不是一夜之間就做得出來，那要好幾個世紀才行。儘管此刻我必須拒絕成爲妳配偶的慷慨提議，但我仍然歡迎妳隨時過來研究這個護身符。」

「她開什麼條件要你教她製作護身符？」

「妳不用擔心那個，那和取代妳的地位毫無關聯。」

「小心點，德魯伊。她絕不可靠。」

「她在我面前比妳坦白多了，布莉德。而且一直以來，她都與我保持聯絡。她理所當然會比妳先得知我這套新的德魯伊工藝。另一方面，因爲我有妳想要的東西，妳一直到最近才開始注意我。如果妳認爲自己處於下風，那也只能怪妳自己。」

布莉德閉上雙眼，深吸口氣，打定主意不要再度失控。「沒錯，今天眞是數落我的好日子。你說完了嗎？」

「快說完了。妳願意安靜離去，並且在下次來訪前先行告知嗎？」

「願意。」

「至於妳承諾過殺死安格斯．歐格的報酬？我不想成爲妳的配偶，我希望妳原諒今天在這裡所發生的一切。」我自富拉蓋拉的魔力中釋放她，隨即將劍放在桌上，不過掌心依然貼著劍柄。「期待妳下次來訪，希望氣氛比今天和諧一點。」

「我不會再破壞訪客的禮儀。」布莉德說著起身。「但是你也不會再聽到我今天提出的條件。這一切——」她伸掌輕撫自己的雙乳，「本來都可以是你的，德魯伊，但是你沒機會了。下次莫利根咬你的時候，好好想想這一點。」

她在離開的時候確保我有看到很多我今天錯過的東西。可惡，可惡，可惡。

「我現在可以說話了嗎？」

「當然，歐伯隆。什麼事？」

「通常我認爲你的偏執妄想都很好笑。但現在我很高興你叫我站在這裡，沒在她情緒激動的時候被放火燒了。」他人立而起，雙爪搭上我的肩膀，舔得我滿臉都是口水。「謝謝，阿提克斯。」

第十五章

我的手機裡有好幾通未接來電。有些是關妮兒打的，有些是瑪李娜打的，還有兩通來自我的律師霍爾・浩克。我先打給律師。

「阿提克斯！告訴我薩梯大屠殺與你無關。」他接起電話劈頭就說。

「薩梯大屠殺？」

「報紙上是這麼寫的，大寫的M【註】。」

「喔，好吧，聽著，你何不過來一趟？」我說，因爲可能有人在竊聽電話。

「光明與黑暗諸神保佑我們。別走開，我立刻就來。」他吼道，然後掛斷。

接下來是關妮兒。「你沒事吧？」

「恐怕妳必須先定義『沒事』。」

「你沒有缺手缺腳，身體還能正常運作。」

「那麼是的，我沒事。」

「很好。我想你可能會想知道那個神父和拉比又來了。」

註：報上「屠殺」（Massacre）這個字的字首大寫，表示它是專有名詞。

「眞的？」我皺眉。「他們要幹嘛？」

「他們要我打開珍本書櫃。我說我不能開。」

「對，因爲妳不能開。」

「對。他們看起來很生氣。接著他們問了很多關於你的問題。都是信仰方面的問題，像是你是不是基督教徒，還是猶太教徒，或是異教徒，你的信仰是否虔誠等等。」

「妳怎麼跟他們說？」

「我說那些問題應該要問你才對。他們想知道你什麼時候回來，我說我眞的不知道。」

「好吧，希望我能在天黑前去店裡一趟。培里和蕾貝卡明天可以自己開店嗎？」

「當然。你要我幹嘛？」

「學拉丁語，當然，還有把魯拉布拉的工作弄回來。」

「已經搞定了。只要打通電話和連恩低聲下氣一下就行了。」

「太棒了！我要妳明天早上過來一趟，看看能不能強化妳的人身防禦。我最近沒有施展預知儀式，不過我有個預感。」

「偏執妄想的那種？」

「還有其他種類的預感嗎？嘿。」我說著壓低音量，以優雅甜兮兮的語調說：「可以聊聊我愛妳的理由嗎？」這並不是我們之間突然迸出了火花，而是關妮兒主動提出的暗語。

「聽著，老師。」她在從北卡羅萊納回來之後說道：「我不曉得還會不會遇上安格斯・歐格那種瘋狂情況，但如果遇上的話，我們必須有個能在電話裡溝通不在場證明的方法。你總不能每次有事要處理的時候都派律師過來。你或許不會每次都有機會這麼做，警方可能會在律師趕到之前上門，我也可能在你需要我的時候出城。而我們遇到的事情可能混亂到有太多可能出錯的環節。所以我們應該未雨綢繆、事先準備，你知道，就和那些童子軍一樣。」

「去他的童子軍。」我說：「事先準備早在世界上有馬路讓人扶老太太過街之前就已經是我的座右銘了。」

「喔。對。」關妮兒住口片刻，在發現我沒有繼續接話後，問：「這表示你已經擬定好計畫了嗎，老師？」

「沒，我只是要妳知道我比童子軍厲害。」

關妮兒唇角上揚。「注意到了。老師，如果你想聽的話，我有個計畫。」

「我當然想聽。能這樣未雨綢繆就是妳將會成為一個好德魯伊的原因，我說真的。」我補充，因爲當時我們還沒熟到能讓她看穿我風趣外表的程度。

「謝謝。」我的稱讚讓她臉頰微紅。「好吧，你必須假設最近你所有手機來電都會遭人監聽，或許你家和店裡的電話也一樣。這表示你必須有一套密語來溝通。但是如果密語過於隱晦或是使用外語，他們會立刻將你標記爲可疑人物，把你加入禁飛名單——」

「不好意思，」我插嘴，「他們是誰？」

「政府、警方、星際戰警，甚至可能是童子軍。他們。」

「啊，請繼續。」

「所以我們需要一套簡單的密語，既然我們已經用我們是情侶當過一次不在場證明了，日後遇到這種情況時，我們也應該繼續這個做法。」

「應該，呃？」我的嘴角開始揚起一絲微笑。

「只是假裝。」她強調，臉頰比之前更加紅潤。「然後我們就能在必要時打電話給對方，說句暗語，討論不在場證明。」

「什麼暗語？」

「喔。嗯。這個，要是句能夠假裝我們關係的問句。就用『可以聊聊我愛你的理由嗎』好了。然後另外一個人就說：『當然。』然後你就開始解釋我們昨天晚上做過的事情、去過的地方之類的，丟點可愛、深情、逼真的相關細節，然後『碰』！你就把不在場證明直接送到那群軍方兼企業兼當權人士兼混蛋的傢伙耳中。」

我揚起眉毛，讚歎地點頭。「嘿，這招不錯。」我說：「當妳用那種甜美的聲音撒嬌還能造成讓偷聽者噁心的效果，聽其他人曬恩愛是肯定會讓人想吐的配方。所以我們就決定採用這個計畫，然後希望永遠不會用到。」

現在距她提出這個高明的計畫才不過一個禮拜，我們就必須用到了；關妮兒愣了一愣，立刻接口：「當然可以，阿提克斯。」她說，語氣膩得有如蜜糖。「每當你想告訴我你爲什麼愛我時，我都樂意洗耳恭聽，寶貝。」

「是呀，昨晚我們不是去印第安彎路北邊那座整夜燈火通明的公園，打棒球讓歐伯隆追嗎？我知道妳很討厭沾滿口水和咬痕的棒球，而我認爲妳願意拿它們實在是太有心了。」

「這個嘛，我喜歡歐伯隆。」關妮兒回道：「我們在那裡待了好久。你想我們打了多少球？」

我驕傲到快要爆了，她眞是太聰明了。「我們帶了一打球去。」我回應：「別忘了，那兩根球棒還在妳的後車廂裡。」

「喔，是唷？我不記得了，是你的球棒，還是我須要歸還給誰？」

眞機伶。她完全知道該問什麼。當初同意收她爲徒時，其實有點迫不得已，但現在我認爲我眞的非常幸運。「是我的。木棒是我的，威爾森牌的。鋁棒是借來的，我已經還人了。」

「喔。是這樣嗎？」

「是這樣。球跟球棒都在妳後車廂裡，妳是我的史努奇烏奇藥蜀葵軟糖愛情派。」

「噢……等等。你剛剛說我是烏奇族【註】嗎？」

我輕笑。「唉呀，被聽出來了？」我結束通話，然後用我家的電話打了最後一個號碼。我最後才打這通電話是因爲我知道會被數落、指責，甚至可能被痛罵，還是用波蘭口音罵。

「昨天晚上處理得很糟糕，歐蘇利文先生。」瑪李娜劈頭就說。

「我不擅長應付那種對手。」我回應，不管有沒有被竊聽，都小心避免在電話中提到「酒神女

註：烏奇族（Wookiee），《星際大戰》裡韓索羅的夥伴丘巴卡所屬的外星種族。

祭司」。「而且大多數都被我除掉了。」

「你說大多數是什麼意思？」

「總共有十五個，不是妳所預見的十二個，結果就導致整件事情處理得很糟糕，索可瓦斯基小姐。」我向來不擔心在電話裡討論預言和法術，任何在竊聽的政府人員都會將我們視為愚蠢的新時代嬉皮。

「有多少逃脫了？」瑪李娜問。

「只有一個。」

「啊，那她就會回拉斯維加斯。不過下次可能會帶更多人來。」

「好吧，下次我就幫不上忙了。如果逃走的那個有意動手，我也不確定我打得過她。魔咒的事情有何進展？」

「我們已經和其中兩個道別了。」

「從妳們公寓裡？」

「即使待在公寓裡。」她聽起來有點得意。

「妳之前見過她們？」

「不，她們比較年輕，防禦不足，而且也不太會掩飾她們的本質。」

這件事情告訴我，瑪李娜不需要頭髮或血液就能從遠方展開致命攻擊，而且她有辦法在人群中認出魔法使用者。很高興得知這些。「幹得好。」我說：「這表示妳知道其他人在哪裡嗎？」

「不幸的是，不知道。不過我們快查出來了。我們已經將範圍縮小到吉爾伯特。但是我們需要更多血根草。」

「好。我叫快遞再送三磅過去。已經道別的那兩個傢伙不會引起注意，是吧？」

「你是指像你昨天晚上那樣引人注意？不，她們離開時的情況沒有任何可疑之處。」

「喔，我懂了。」人生總是會有意外。

「你有時候也該試試看用巧妙的方式解決問題。但是，聽著，她們很快就會知道第一波攻擊沒有成功，所以不管你要怎麼做，該準備應付更多攻擊。」

「像之前那種攻擊？」

「不，我想她們會嘗試不同的方法。或許不會那麼華麗，但是如果沒有準備的話，效果鐵定同樣致命。」

「好，謝謝提醒。」

門外傳來緊急煞車的聲音。「你的狼人律師來了。」歐伯隆說：「我打賭他身上有柑橘芳香劑的味道。」

「我賭是香草口味。」

我迅速和瑪李娜道別，打開前門，看著霍爾大步走上我的台階，沉著臉、手裡拿著報紙。「午安，先生！天呀，你這身打扮眞是無懈可擊呀。」

霍爾停下腳步，仔細打量我。「你怎麼了？」他看著我滿是瘀青和抓痕的上半身，指著傷口問道：「那是昨晚弄的嗎？」

「不，是今天早上的暴力性愛弄的。」

「自以爲是的混蛋。當我沒問。嘿，你治好了你的耳朵？」

「對，那肯定是今天我遇到最好的事情。」

霍爾鬆了口氣，若有深意地揮動報紙。「我敢說是這樣沒錯，你這個幸運的混球。警方在找符合你外型描述、不過沒有右耳的人。我還以爲你肯定無法脫罪了。」

我攤開雙手，一臉困惑。「警方怎麼可能知道要找誰？唯一看過我長相的兩個警察都死了。」

「這個嘛，有些逃出夜店的現代花花公子看見你被死掉的那兩個警察上手銬壓制在地，所以活著的警察自然很想知道上述嫌疑犯後來怎麼了。他們靠著你的服裝、髮色，以及沒有右耳的特徵找人，不過就這樣了。沒有長相描述，因爲你被壓在地上。」

「有人提到我的刺青嗎？」

「幸好沒有。你的刺青肯定是因爲姿勢的關係都被遮住了，所以他們在找一個沒有刺青、沒有耳朵的傢伙。」霍爾不確定地聞了一聞，皺眉問道：「有東西燒起來嗎？」

「我屋子剛剛失火，不過已經滅了。」

「喔。」他說，好奇之火當場熄滅，就這樣。「好吧，那個味道就連在這裡都有點刺鼻，你不介意我們就在前廊上坐一會兒吧？」

「一點也不。」我比向一張椅子，霍爾邊坐邊把報紙給我。歐伯隆搖著尾巴敲打那張椅子，然後一頭擠到霍爾手下。

「嘿，小狗。」霍爾說，順從地幫他搔頭。

「我贏了。他身上都是柑橘和濕狗的味道。」

「你有沒有想過他是想用柑橘味掩飾濕狗的味道？」

「那樣完全沒有道理，阿提克斯。狼人身上會有濕狗的味道很合理。我認爲他一定是用濕狗的味道掩飾柑橘味。」

薩梯大屠殺——報紙標題對我吼道；包括兩名警員在內，死亡人數高達二十五人的夜店夢魘。旁邊有張屍袋在店外排排躺的照片。

【史考特谷報導】

警方還在搜索該城史上最慘烈的大規模屠殺案嫌犯，該案於昨晚發生在史考特谷路上的薩梯俱樂部內。目擊證人都不確定屠殺究竟是怎麼開始的，不過是以兩名史考特谷警員的死亡收場。

我迅速掃過剩下的報導。「哼。他們有提到打斷的球棒，但是沒有提到劍。」我說。

「你在這麼多證人面前揮劍？」

「不、不。」我說，解釋昨晚發生的事情，還有我和關妮兒透過親暱密語製造的不在場證明。

「我有留著塔吉特的收據。」我指出這一點。「而如果警方有做好工作的話，他們很有可能挖出那裡的安全錄影帶。所以我們可以說關妮兒的球棒都是我的，在和我的狗玩了一晚的球之後弄出了點磨損的痕跡。」

「這表示我得咬幾顆棒球，對不對？」

「對，就是這個意思。但是如果你有乖的話，我就先在棒球上塗點肉醬。」

「球棒上的指紋？」霍爾問。

「處理好了。」

「所以你絕不可能是他們要找的人，因爲你有耳朵，而且球棒沒斷——我懂了。」霍爾點頭，「萬一走上法庭的話，這些事證可以混淆視聽，特別是大家都知道嫌犯缺了一隻耳朵。這點就是你的合理懷疑。但如果有證人宣稱看到那把劍，你還是會陷入麻煩。過去幾週裡，你都揹著劍騎腳踏車，米爾街的人都知道你有劍，而且他們或許有注意到你之前少了一隻耳朵。」

「那又怎樣？我的劍根本沒有出鞘，沒有人死於劍傷。」

「他們會用那把劍來證明你人在現場，阿提克斯。聽著，劍還擺在家裡嗎？」

「當然。現在我有兩把華麗的魔劍了。」另外一把原先屬於安格斯・歐格所有。他的劍名叫莫魯塔——狂怒之劍——由於他在決鬥中敗給我，所以我依照習俗接收了他的劍。

「我建議你立刻把兩把劍都藏起來，隱密點，刻不容緩。」

「什麼？爲什麼？」

「我認爲坦佩警局會和史考特谷警局聯手辦案，確保他們不會出錯，因爲他們之前在你店裡栽了個大跟頭。」霍爾指的是一次失控的搜索行動，導致一名坦佩警局的警官和我雙雙中槍。「那表示他們會帶著徹底搜查的搜索令來把你家掀過來搜，而且會照規矩來，萬一有找到劍，他們就會帶你回警局去談談。」

「那弓啊、箭呀，還有其他武術道具，像是浪人叉和飛刀之類的東西呢？」

「問這幹嘛，你家有那種東西嗎？」

「車庫裡滿滿都是。」

霍爾以古北歐語咒罵了一陣子，然後換回英文。「可惡，阿提克斯，你須要弄個蝙蝠洞還是什麼的去裝你那些見不得光的東西。」

「爲什麼？我以爲那些東西通通合法。」

「是合法，但在現在這種情況下，你不想讓警方聞到煙就知道有火。況且你家還眞的有失火。」他嗅了一嗅，然後皺起鼻頭。「到底是誰放的火？」

「來拜訪我的女神。」

「你是認眞的，還是在扯我頭髮？」

「非常認眞。」我沒告訴他這句話正確的用法是「扯我的腳【註】」，因爲他一直表現得很好。霍爾比李夫年輕許多，也比較願意花時間學習美語的正確用法。他通常都很樂意接受指正，但是此刻

註：扯我的腳（Pull my leg），耍人的意思。

我不想讓他分心。

「有什麼我該擔心的嗎？」

「沒，只是愛爾蘭政治議題。」

他嚴肅地看著我，然後在我臉前搖搖手指。「涉入那種事情非常危險。你小心點。」

我吸了一大口氣。「眞不敢相信你竟然這麼說。」

「是呀，因爲你總是非常小心，幾近迷信地小心。」

「什麼？」霍爾聳肩說道，一副忿忿不平的樣子。

「我昨天打電話給剛納，請他幫我應付酒神女祭司，結果他當場拒絕。沒有祝我好運，沒有叫我小心，什麼都沒有。現在來處理讓我單打獨鬥所留下的殘局時，你卻叫我小心愛爾蘭政治？」

「我在一個句子裡用到『幾近迷信』，是不是該賞點點心？」

「好吧，我很清楚剛納爲什麼會是那種態度，維護魔法界的和平並非我們的職責。」

「也不是我的。」

「這個字眞的很難發音，如果你不仔細點的話，你可能會說成『雞——屎——米——線』，然後你就會覺得自己像是忘記抬腳的小狗，你知道？」

「好啦，那你是怎麼牽扯進去的？」霍爾問。

我考慮向他解釋我需要個安全的地方居住與工作，好讓我能治療東尼小屋附近的土地，但是這種說法有點隱晦，他或許無法理解我爲什麼這麼想要進行需要好幾年才能完成的工作。於是我聳肩說道：「愛爾蘭政治。」

「我就說吧。非常危險。我們的工作是在你惹上麻煩時讓你遠離監牢，不是幫你惹上麻煩。來吧。」他站起身來，指向屋內。「我來幫你藏東西。」

「如果霍爾讓你遠離監牢的話，我認爲你也該賞點點心給他吃。」歐伯隆在我們進屋時說道。「如果你不希望斷手斷腳的話，就不該賞點心給狼人吃。他們認爲被人賞點心吃是很沒面子、很丟人的事情。」

「好吧，他們的腦子在想這件事情的時候一定是給月亮弄糊塗了，因爲在我看來，有人賞吃的是完全沒有缺點的事情。說眞的，阿提克斯，他們這樣根本就是不尊重犬科信條。」

「啥啊？」

「犬科信條。都沒有人花時間向他們解釋點心這種東西的定義就是美味可口、鮮美多汁的美食，在任何場合都能好好享受——或許除了葬禮之外？」

「沒有。那都是你剛剛編的。」

「一點也沒錯！我是隻超有創意的獵狼犬，應該可以吃點點心。」

「顯然如此。」我到廚房去，從有點焦黑的餐櫥櫃裡抓了一把點心給歐伯隆。「吃完之後，請你到前廊去站崗，有人來的話就告訴我一聲。」

「沒問題！老兄，這些可好吃了。狼人不知道他們錯過了什麼。」

我從車庫裡拿出莫魯塔、兩支練習用劍，以及一捆油布（眞正的油布，不是現在人稱油布的合成材質，因爲我是喜歡天然纖維的那種人）。既然我沒有蝙蝠洞，我必須藉由魔法隱藏一切。我拿出一把剪刀開始裁剪油布，然後請霍爾把劍包在裡面，不外露任何部位。

「你有膠帶或是可以固定油布的東西嗎？」

我不再裁剪油布，抬頭看向我的律師。「霍爾，我是個德魯伊，貨眞價實。」

霍爾臉色微紅，低聲道歉。「對。你可以親手羈絆它，對不對？」

「沒錯，我可以。你那個包好了嗎？」

「是。包好了。」

「那就請壓著邊邊。」我說完等霍爾照做。「度恩。」我以愛爾蘭語說道。油布邊緣的纖維自動編織密合，形成某種沒頭沒尾的莫比斯環【註】效果，只有我能看得見缺口。在霍爾眼中，油布的邊緣當場消失撫平，變成一塊完整無缺的布料。

霍爾搖頭。「可惜你不過聖誕節，你的禮物一定很棒。」

我們重複步驟三次以上，然後我拿起所有劍，走到後院。霍爾跟了出來，鼻孔開闔地聞著我在後院裡種植的藥草。「你沒種任何看來像大麻的東西，是吧？」

我哼了一聲。「只有笨蛋才會以爲我有。」

「警方有時候很笨。」

「這裡沒有什麼名貴植物。如果他們認爲我的花園危害公共安全，可以沒收所有植物。」

「好。那我們要把東西藏在哪裡？」霍爾低頭找尋可供掩埋的地點，他看錯方向了。

「看到從鄰居家長到我家院子裡的派洛沃德樹了嗎？我們就把劍藏在那上面。」

「好——吧。怎麼藏？」樹幹位於一面高木圍欄之後，而那面圍欄看起來不太容易爬上去抓樹枝。

「你用你超大、超毛的狼人肌肉把我丟上枝頭，然後再把劍丟過來。我會先把它們羈絆在樹枝上加以固定，然後施展偽裝法術。」

「那些樹枝看來很細。確定撐得住你的體重嗎？」

「肯定可以。這棵樹愛我。它的樹根有從圍欄底下長過來，我們有時候會聊聊微塵、氮，還有鑽孔蟲的可怕這類話題。」

霍爾有點懷疑地看我。

「還有，我可以暫時強化樹枝。」

「啊，那就好。我先把外套放在這裡……」

事情在五分鐘內搞定，霍爾把我丟到樹上時一滴汗都沒有流。他通常會靠穿著掩飾壯碩身材，因為在法庭裡，肌肉男會讓人聯想到被告而非律師。儘管如此，他看起來還是很壯，是個「很有男子氣概的男人」，而且下巴中間還有凹痕，笑容也十分燦爛。他視力沒有問題，眼鏡是裝飾用的；他覺

註：莫比斯環（Möbius strip），又稱梅比烏斯環或是梅氏環。是一種只有一個面、一個邊界，沒有內外之分的結構。如果我們站在巨大的莫比烏斯帶表面上沿著眼前的「路」往前走，會無止無盡走下去，沒有盡頭。

得眼鏡可以讓陪審團認爲他比較溫和聰明。「那是很棒的魔法。」霍爾說，瞇起雙眼看著我在劍上施展僞裝術的位置。「明知它們就在那裡，偏偏就是看不到。」

「只要我還有魔力，它們就會維持隱形。羈絆法術會持續到我解除它們爲止。」

「太棒了。那我們要如何處理你剩下的致命武器？」

「你認爲我們還有多少時間？」

霍爾聳肩。「也許兩小時，也許兩分鐘。」

「阿提克斯，有三輛車自街尾駛來，裡面都是看起來像大人物的傢伙。」

「謝謝，歐伯隆；到後院來。」

「比較接近兩秒。」我對霍爾說：「他們已經到門口了。」

「看來我們得隨機應變了。」

「當然。」我聳肩。「應該會很有趣。」

「穿件上衣，好嗎？他們在找昨晚殺了很多人的傢伙，而你這個樣子看起來就像凶手。」

「喔，是啊。」我低頭看著我的身體，依然布滿莫利根留下的傷痕。要是人們不要一直來煩我的話，我很快就能治好傷勢，但是今天就是不斷有人找上門來。

「還有在我擾亂他們每一步行動之前，不要回答任何問題。」

「收到。」

回到屋內後，霍爾前去應門，我則跑去穿上衣。我對歐伯隆下達指令。「我們應付警方時，你最好乖乖待在後院。」我告訴他，「假裝超級溫馴又愚蠢的樣子。如果有人和你說話，隨便搖個幾下尾巴，不過不要說話。」

「我該讓那些壞蛋拍我嗎？」

「這個，你可以閃開，不過絕對不要大叫、低吼，或咬任何人。」

我在翻上衣抽屜時突然靈光一現，拿出了一件有很多尖鼻子、大眼睛和巨劍圖案的舊動漫T恤。只要換上這件T恤，當場就能變身宅男！

離開臥房時，客廳裡多了很多穿西裝的人。這些人都沒有見過我，也不知道我的長相，所以我可以盡情演戲，不會洩底。

「老兄！這是怎麼回事？你們是什麼人？」我問，自動在客廳裡的人面前降低智商。

「阿提克斯，這些都是警察。」霍爾說。

「阿提克斯・歐蘇利文？」一名身穿綠襯衫、絲領帶的黃髮男子拿著證件走上前來。「我是坦佩警局的凱爾・傑佛特警探。我們有搜索令，要在你家搜索任何長劍，或是類似棒球棒的鈍器。」

我聽過他的名字，但是想不起來是在哪裡聽過的。「喔，酷。」我說：「希望你們找到我的劍，因爲我也在找它。」

「你弄丟了劍？」

「我想是的，老兄。」我聳肩，「我不知道劍在哪裡。」

「所以你承認你擁有一把劍？」

「這個，沒錯，如果找得到的話。我在接受忍者訓練。」警探眨了眨眼，回頭看向霍爾，確定我是不是在耍他。霍爾面無表情，甚至輕輕點頭證實我的說詞。

「你的劍不見多久了？」

「這個，我想是昨晚不見的。」

「有趣。看來你兩隻耳朵都還健在。」傑佛特說。

我不太確定地看看他和霍爾。「呃，謝謝？那……你也是。」

「我們收到消息，有個沒有右耳的男人在坦佩市裡揹把長劍騎腳踏車亂晃。」

「眞的？哇。看來那位老兄應該要小心他的劍，呃？」我爲這個爛笑話輕笑幾聲，接著在發現沒人跟著笑時低下頭去。「抱歉。從來沒人覺得我很有趣。」穿西裝的男人在家具底下和相框後面找尋長劍；其中有個人回報在我的車庫裡找到大量利器和鈍器。

「有劍嗎？」傑佛特問。

「沒有，只有匕首。」

「繼續回報。」他轉身對我問道：「歐蘇利文先生，你介意告訴我昨晚你在哪裡嗎？」

「你沒必要回答那個問題。」霍爾插嘴道。

「不，沒關係。」我對霍爾說，接著向傑佛特道：「我跟女朋友和我的狗一起混。我們在公園裡打棒球，我把我的劍放下來好方便揮棒，你懂吧？眞希望沒有討厭的混蛋趁我不注意的時候偷走它。我當時氣炸了，老兄，現在還是很氣。要是被我逮到那傢伙，我就讓他嚐嚐功夫的厲害。」

「我以爲你找不到你的劍，現在你又說是被人偷走了？」

「或許是記錯了，我有時候會這樣。我在進行忍者冥思時會有段時間不知道自己在做什麼。」警探欲言又止，以一副我是什麼會說話黏菌的眼光看著我。我低下頭去，換個站姿。「又或許和我年輕時吸毒有關，有時候我會昏倒。」

傑佛特緩緩點頭，看向霍爾。接著他突然瞇起雙眼，問道：「歐蘇利文先生，你做什麼工作？」

「忍者訓練。」

「那是你的收入來源？」

「喔。不，我有一家書店。」這傢伙肯定已經調查過我的背景。既然霍爾和我正在爲了上個月警方開槍打我而控告坦佩警局——十分不幸的事件，完全是安格斯·歐格的錯——除非經過非常審慎的評估，不然他們絕不可能拿得到搜索令。

「你覺得你的書店生意算成功嗎？」

我不理會他，目光渙散地望向他身後的某一個點。

「歐蘇利文先生？」

「呃？什麼，老兄？很抱歉，我沒聽見你剛剛說什麼。」

傑佛特放慢速度，確保我聽得懂他在說什麼。「你的書店有賺很多錢嗎？」

「喔，你是在講錢呀。有呀，老兄，我有很多錢。」

「多到請得起非常昂貴的律師？」

「這個，當然。」我說著指向霍爾，「他就站在那裡，不是嗎？」

「書店老闆爲什麼需要麥格努生與浩克律師事務所這種律師？」

「因爲坦佩市的警察毫無由來地開槍打我，還爲了我沒有的東西搜索我家，然後還在發現我有兩隻耳朵的時候一臉驚訝。」

這話讓警探恨得牙癢癢的，不過我倒是挺佩服他，因爲他沒有回嘴。他又提出另外一個問題，「你說和你的狗一起玩棒球。那是條愛爾蘭獵狼犬嗎？」

「是，不過不是我之前那條。之前那條還在走失中，或是蹺家，或是天知道跑哪裡去了。這是我新養的狗。兩週前才帶回家的——我有登記，也有打預防針。」我確實有做這些事情，好讓其他人相信我之前的狗其實是別隻狗。再一次，拜安格斯．歐格所賜，歐伯隆爲了件安格斯要負責的案子遭受通緝；幸運的是，要幫狗弄個新身分遠比幫人容易多了。動物管制局的官員不會懷疑有人想幫寵物弄假證件，他們會收下你的表格和支票，接著給你一組又新又亮的狗牌，然後就搞定了。

「他在哪裡？」傑佛特問。

「在後院。」

「我可以看看他嗎？」

「當然，隨便看，老兄。」我朝後門揮手，傑佛特走出去看看我的新狗。

「大人物要來了。記得，你是個溫馴的小傢伙，超級溫馴。」

「我看到了。他看起來像是賣貨車的業務員，我一看到他就不信任他了。不過我扮溫馴的演技肯定能得奧斯卡獎。」

我從廚房窗戶偷看外面，只見傑佛特走向歐伯隆，而我的獵狼犬表現得就和他宣稱的一樣；尾巴滿懷期望地攤在地上抽動，壓低腦袋，然後躺在地上翻過身去，露出肚子和脖子，前腳垂在胸前。這模樣完全無法和警方在找的那頭公園巡邏員命案的吃人野獸聯想在一起。

「哇，演技太精湛了！你打哪裡學來的？」歐伯隆在搔肚子的時候通常都會扭來扭去，有時候會輕輕咬著我的手臂，從來不會一動不動地待在原地，因爲他深信搔肚子是個需要互動的運動。

「公園裡那些小狗只要一看到我就是這副德性。」

傑佛特根本沒有幫歐伯隆搔肚子，只是蹲下去檢查他的狗牌，確定那是最近才發出來的。他站起身來，神色不定地打量後院。

「看來這傢伙是愛貓的人，我們應該惡搞他一下。」傑佛特開始在藥草園裡踱步，仔細打量地面，看看有沒有最近翻動過的痕跡。

「怎樣惡搞？我不知道能不能超越你那奧斯卡得主般的演技。」

「我敢說你能想出點子的。」

霍爾走到我身旁，提供搜索的最新狀況。「他們這次比之前收斂多了，動過的東西馬上放回原位。他還沒說要帶你去任何地方談談，所以我想除非找到劍，不然他們不會這麼做。」

我聽見客廳傳來東西撒落的聲音，於是走過去看看怎麼回事，有個女警探把我的ＤＶＤ通通摔在地上。這似乎是我展現永遠受困於青少年奇幻世界的可悲宅男特質的絕佳機會。「喔。」我說著睜大雙眼，然後一臉罪惡地偏開目光，雙手插入口袋，「如果妳在那裡面找到A片……絕對不是我的。」她看我的表情中帶有三分噁心、兩分厭惡。「我發誓。」我慢慢退開，一直到廚房才再忍不住笑了出來；霍爾無聲竊笑。

「你眞是滿嘴鬼話。」他低聲道。

「嘿，『照料知交好友』【註二】都能算是藝術作品了。」我以相同的音量說道：「警探來了。看他如何詢問焦痕的事情。」

傑佛特沮喪地走過後門，彷彿這才注意到我櫥櫃上的焦痕。「你家廚房怎麼了，歐蘇利文先生？」

「喔，那個呀。」我兩眼一翻，「你知道用來點燃烤布蕾的那種廚房小噴火槍？好了，我昨天晚上一邊拿那個做美味的小甜點，一邊隨著傳統校園樂團的音樂用力甩頭，你知道的。結果我沒關火就去打著節拍，然後也沒發現。」

傑佛特神色輕蔑。「你在不知情的情況下使用小型乙炔焊炬把廚房弄成這個樣子？」

「這個嘛，當你隨著克魯小丑【註三】的音樂搖滾時，那就像是一場宗教體驗，老兄。我眼睛都閉起來了。你難道沒有在渾身骨頭顫抖時，和音樂之神溝通過嗎？」

傑佛特搖了搖頭，翻開一本筆記本。他要了關妮兒的姓名與住址，好查證我昨晚的不在場證明。我告訴他球棒在她車裡，不過沒告訴他現在可以在我書店裡找到她。另外一名警探走過來說他們沒有找到劍，而車庫裡的鈍器通通蒙了一層灰，沒有最近使用過的跡象。他們又徹底搜查了一個小時，但是全都不能把我和昨晚的薩梯大屠殺牽扯在一起。我待在屋外幫藥草澆水、給歐伯隆搔癢，霍爾則仔細盯著他們。我也以腳趾接觸草地，終於有機會治療莫利根留下的撕裂傷和瘀青。當他們終於很有禮貌地要求我調查期間不要出城，然後駕車離開時，我整個人已經煥然一新。

霍爾和我打開兩罐史戴拉啤酒，碰瓶頸乾杯，慶祝我們騙過了警方。歐伯隆的戲劇演出為他贏得了更多點心，而當我查看我的ＤＶＤ時，發現那個女警探還幫我依照字母順序排列整齊。我心情愉快了約莫三分鐘，接著手機響了。

「阿提克斯，你可不可以立刻過來一趟？」關妮兒問：「那兩個傢伙又回來了，在沒見到你之前不肯離開。」

註一：照料知交好友（the care and feeding of an alter ego），藝術家Howard Saunders的作品，乍看來是片凌亂的塗鴉。
註二：克魯小丑（Motley Crue），經典搖滾樂團。

第十六章

「那兩個傢伙已經比警察還要煩人了。」我向關妮兒保證會立刻趕到，然後對霍爾說。

「哪兩個傢伙？」

我很快地將所知的細節說給他聽，不過也沒多少可說的，然後請他幫忙協助調查對方的背景。

「你有沒有什麼超級低調的方法能在可以撇清關係的情況下，請私家偵探去調查他們？我絕對不希望有部族成員或是部族之友涉入此事。我會支付私家偵探的費用。」

「沒有問題。」他在看著我跳上腳踏車時說道：「介意我假裝客人去店裡觀察他們兩分鐘？」

「呃，如果你想這麼做的話，好啊。」

「你認爲我不該這麼做嗎？」

「我眞的對這兩個傢伙的身分一點概念都沒有，只知道他們很奇怪。我不想讓你冒險。」

霍爾嗤之以鼻。「無所謂。我跟你去，以免你又需要我又大又毛的肌肉把他們丟出店外。」他按下鑰匙上的按鈕，車子的警報器響了一聲。

「好吧。」我說，不打算與他爭辯。我和歐伯隆心靈道別，然後以最快的速度踏著踏板騎車離開。我會在五分鐘內抵達——有足夠時間思考將會面臨的情況。

一天之內跑到店裡找我兩次，表示他們不知道我住在哪裡；而根據他們對我了解的程度，這似乎有點奇怪。不過從他們迫切想要找我的情況來看，我那個愚蠢大學生的偽裝已經完全被看穿了。他們第一次離開時，那個拉比似乎就已經知道這一點，但是這段期間他們肯定又證實了我懂魔法，這表示他們可能知道我書櫃裡的書有多稀有。不管他們想要什麼，我已經覺得不想給他們了。

下午三點，一天中最清閒的時間，店裡除了關妮兒、蕾貝卡、葛雷葛利神父、尤瑟夫拉比之外，沒有其他人。今天培里放假。

「歐蘇利文先生，我們一直在等——」葛雷葛利神父開口，但是我讓他和我的手掌講話，然後轉頭面對我的員工。「妳們兩個今天都下班了——當然，薪資照付。還有，關妮兒，別忘了回家前去塔吉特轉轉。妳知道的，運動器材。」我提醒她。由於傑佛特在追查此案，我們必須立刻準備好不在場證明。

「知道了，老師。」關妮兒朝我眨眼，然後很快收好東西，在門鈴聲中離開；蕾貝卡神色擔憂地跟著離開。

「你想怎樣？」門關之後，我問拉比。他肯定是兩人之間的老大兼狠角色；神父是公關人員。

「我們要看你的珍本書。」他以清脆的俄國口音說道。

我搖頭。「非賣品。」

「我們是想借來研究一下。」葛雷葛利神父插嘴道。

「什麼樣的研究？」

「魔法與神祕力量。」

「我可以推薦一間專門研究那個的圖書館。」

拉比正要回話，目光突然轉向門口。霍爾走進來，拉比雙眼圓睜、神情扭曲。看起來某樣惡臭的物體就要擊中風扇了【註】，而我已經受夠那些狗屁倒灶的事情。我迅速確認拉比穿的是天然纖維，然後將他的外套衣袖與身側加以羈絆，導致他的雙臂僵在原位。不過拉比的動作很快：我還在唸誦羈絆咒語，他已經自衣袖中甩出一把銀飛刀，以俄文叫道：「去死，狼人！」羈絆法術在他舉手投擲時生效，結果就是飛刀突然插入地毯上，而霍爾沒有死。

接下來店裡充滿各式各樣的叫罵，但是我還沒搞完。我必須在不拔刀相向的情況下，與這兩個傢伙談談，於是我用同樣的手法羈絆神父。接著我又在他們尖聲命令我停止的時候羈絆他們的雙腳，將他們膝蓋附近的褲子布料和店裡的緊織地毯羈絆在一起，效果就是讓他們忽地重重下跪，發出一陣痛苦的叫聲。

霍爾對於陌生人一看到他就痛下殺手當然非常不滿，不過我真的不希望他繼續牽扯進來。剛納已經看我很不爽了，萬一霍爾因我而死，他可能會把我當成速食午餐吃掉。我走到霍爾和兩個跪在地上大吼大叫的人之間，然後舉起雙手。「很抱歉，先生，我們今天打烊了。如果您願意明天再來的話，我肯定到時候能爲您服務。」如果我能讓他們相信我不認識霍爾，也不知道他是狼人的話，事情就會好辦多了。我對霍爾點頭，試圖以眼神保證情況都在掌握之中。他不太情願地點了點頭，雙

註：暗喻麻煩就要爆發。

眼微微泛黃，然後一言不發地離開書店。他肯定會立刻開始調查這兩個傢伙。

葛雷葛利神父和尤瑟夫拉比大聲要求我釋放他們，不然就等著面對淒慘的後果。我轉向他們說道：「知道嗎，我想你們兩個是史上最爛的客人。不但騷擾我的員工，迫使我必須打斷非常悠閒的一天跑來應付你們，而且還試圖殺害一個剛剛走入書店的客人，然後還抱怨我防止你們犯下死罪。好了，神父……」我對葛雷葛利神父道：「耶穌會怎麼做？」

他激動顫抖，口沫橫飛地吼道：「他會為了和地獄的爪牙結交而降下天火燒死你！」

「哇，慢一點，神父。我認為你在邏輯與信仰上做出了幾個我不理解的假設。首先，我不認識任何地獄的爪牙。其次，我不和任何人結交，因為我不喜歡那個字。第三，你可曾當真與耶穌聊過天？因為我有，而他真的不是會對書店老闆降下天火的人，只是想讓你們知道這一點。現在，你們究竟是什麼人？」

「你不知道你在和什麼人說話。」拉比激動地說道。

「這個，對呀，所以我才這麼問。」以臉部的毛髮而言，他的鬍鬚似乎異常活躍。當臉上留滿鬍鬚的男人說話時，會看到部分鬍鬚抽動很合理；但是當拉比停止說話之後，他精心修剪過的鬍鬚卻還在繼續蠕動。「嘿，你鬍鬚裡有著蟑螂還是什麼的嗎？」我話一說完，他的鬍鬚就不動了。我啟動妖精眼鏡，看起來像是正常鬍鬚。不過插在地毯上的銀飛刀倒是吸引了我的目光。飛刀散發強大的魔光，但是僅限刀柄，刀身沒有。

「那把飛刀不錯，拉比。」我說著蹲下去仔細研究那股魔力。紅色的魔光以一種熟悉的順序連接十點，形成一個圖形，然後重複這個圖形，包覆整支刀柄——喀巴拉生命之樹【註】。

「只要釋放我們，我就把飛刀送你。」鬍鬚裡的聲音說道。

「哇，眞的？」我說。拉比看起來不像是會談判妥協的人，所以他必定是希望我撿起飛刀，宣稱它歸我所有。刀柄的法術肯定會讓拉比以外的人一握起它就付出慘痛的代價。

「眞的，當作是我送你的禮物。」

「我媽叫我小心送禮物的大鬍子。」

葛雷葛利神父用他正經八百的英文說道：「那句話應該是送禮物的希臘人。」

我暫時住口，冷冷地打量他。他是個怪人，因爲他顯然是個英國人，而且是天主教中的成功人士，但卻又能說流利的俄語，願意屈就在一個把他當作表演狗的猶太人之下。或許正因爲這一點，導致他迫切地須要證實自己是對的，或是正義的，或兩者皆是。

「我媽不知道世界上有希臘人。」我告訴他：「她只會擔心來自現在叫作蒂柏雷里郡那地方的牲口強盜。」

「牲口強盜？但那是聖派屈克時代的事情。你究竟有多老？」

「你難道還不知道嗎？你假裝熟悉我的一切。」我回道：「先給我閉嘴，讓我看看這玩意兒。」

註：喀巴拉是猶太教神祕學傳統，生命之樹（Kabbalistic Tree of Life）是喀巴拉的神祕符號之一，圖形以十個賽飛羅（質點）構成。用來描述通往神的路徑，以及神從無中創造世界的方式。

我懷疑書店的魔法力場可能無法探知喀巴拉法器。我一直沒有機會測試這一類型的魔法，因爲我的魔法力場是專門用來對付妖精和地獄法術，還有一些比較常見的巫術。幾個世紀以來，我曾在不同地方遇過幾個喀巴拉教徒，但他們一直都很友善，在此之前都沒有理由讓我將他們視爲敵人。這上面加持的法術依然可以運作，是因爲就本質而言，它不符合我的魔法力場定義的魔法。既然這個有心殺人的拉比要我去碰飛刀，我幾乎可以肯定它是道惡意魔法，於是我將防禦力場的魔力引導到飛刀上，然後擴充魔法定義，將喀巴拉生命之樹包含在內。加持法術在我的防禦力場作用下崩潰，紅色魔光當場消失。我關閉妖精眼鏡，以正常視覺檢視刀柄。刀柄是由光滑的黑瑪瑙打造，上面鑲有兩道黃金飾邊。刀柄頂端接近刀刃處有三個希伯來字母拼成的「奈沙克」【註】——「勝利」，喀巴拉教義中的第七賽飛羅。那下面，刀柄底座上，有個很有趣的標誌，看起來像是有光環的大寫P。

「我要沒收這個。」我宣布，然後在拉比驚訝的表情中毫髮無傷地將其拔出地面。「這不是你送給我的禮物。當有人在我店裡拔刀時，我的立場就是你敢用就是我的。」我在拉比臉前轉動飛刀兩圈，確保他有看到他的魔法飛刀傷不了我，然後冷冷地走到藥草櫃檯後方。

「現在如何，神父，有心情和我好好談了嗎？如果我像你們想像中那麼邪惡，此刻不該已經在吸食你們的骨髓，或是做些同樣有趣的事了嗎？不如讓我爲兩位煮杯茶，然後釋放你們，一起冷靜地坐下來談？」

「Ne doveryaite emu!」拉比以俄語啐道。別相信他。我還是不想讓他知道我聽得懂他在講什麼，但或許神父能接受較爲正常的請求。

「聽著，神父。」我說：「我不知道這傢伙在講什麼，但如果他在教你禮貌或是外交手腕，我認爲如今他已經明顯表示他完全不了解這些東西。」

「他或許脾氣暴躁。」神父承認：「但他攻擊狼人並沒有錯。」

「什麼狼人？」

「剛剛進來的男人是狼人。你不能裝作不知道。」

我不知道他們是怎麼一眼就看出霍爾是狼人的，但我認爲質疑他們行爲的正當性能夠更加了解他們的身分。「好吧，就算是又怎麼樣？他化身人形，進來是爲了買書，根本沒有理由殺他。」

「狼人應該格殺勿論！」

「誰說的？」

拉比奮力掙扎，試圖藉由將整件衣服扯到頭上……或是某種東西上來解放自己的雙手。他的帽子掉了，臉頰漲紅，鬍鬚再度開始蠕動。我只要把他衣服下緣與褲子上緣羈絆在一起就可以阻止這一切，但是他掙扎的模樣還算有趣，而我想看看如果掙脫的話，他有能力採取什麼行動。我待在藥草櫃檯後方，沒有做出任何威脅性的舉動。

註：奈沙克（Netzach，希伯來文爲：נצח），喀巴拉生命之樹上的第七個賽飛羅（質點），常被譯爲「永恆」（Eternity），在喀巴拉上可能含有不滅、勝利或忍耐之意。

「狼人的存在對自然界而言是一種褻瀆，這是幾乎所有宗教的共識。」

「啊，這下我懂了。你們對吸血鬼是否也抱持同樣的看法？」

「如果所謂的『看法』是指格殺勿論，沒錯，我們就是這種看法。」

「你們覺得女巫怎麼樣？」

「絕不容許她們活在世上！」神父再度面紅耳赤，我想女巫對他而言是個敏感話題。

「是呀，你也不可能有其他反應。那我呢？你們以為我是什麼人？」

「你是個聖人，和我們一樣。」

我真沒想到他會這麼說。「呃，你不是兩分鐘前才說過耶穌會降天火在我頭上？」

他以那種「這都是為你好」的高傲語調回答我。「你將會為你與地獄勢力掛勾付出代價，但我們知道你遵循古老的德魯伊之道。」

我揚起眉毛，他們確實知道我的身分。「那誰告訴你德魯伊有與地獄勢力掛勾的？我們沒有。」

「在迷信山脈打開地獄門的是德魯伊法術，」葛雷葛利神父說道：「而你在現場。」

天殺的安格斯・歐格。「是呀，而從那道地獄門裡爬出的東西幾乎都是我殺的。我和那地獄勢力唯一的關聯就是這樣，懂嗎？我摧毀它們。」

「那天際高中的惡魔呢？」

「那是墮落天使巴薩賽爾，也是在下我殺的。」

神父臉色蒼白的速度比漲紅得還快，展示了十分強大的皮膚血液流動緊縮能力。「你殺了墮落天使？」他幾乎是喃喃自語。

「On ne takoi sil'ny!」尤瑟夫拉比自外套裡吼道。他沒那麼強。好吧，我強到足以讓你看起來像個笨蛋，我心想。他看起來快要掙脫了。

「對，我殺了墮落天使，神父。所以，聽著，我願意讓你們兩個在只損失一把飛刀和一點自尊的情況下走出店門，但我不要再見到你們。這裡不歡迎你們，而我永遠不會讓你們看我的書。我的書不賣給任何形式的宗教狂熱分子。讓我們井水不犯河水。總之在地獄的議題上，我們站在同一陣線。你們同意嗎？」

「我不能代表所有人。」葛雷葛利說，意有所指地看向在他面前扭動的拉比。「但我是滿意了。」

拉比終於掙脫了一條手臂，另外一條迅速跟進。他立刻開始唸誦希伯來咒語，雙手憑空畫下符號。我啓動妖精眼鏡。在他唸咒與劃符的同時，五顏六色的小光點浮現空中，開始以薄紗般的魔絲相互連結。我看出那是奠基在喀巴拉生命之樹上的法術，於是任由他繼續施展。等他完成施法、試圖執行時，書店的防禦力場就會辨識出這道魔法，然後加以解除。神父在夥伴唸咒時緊張兮兮地偷瞄我，不知道我會有什麼反應，但他只看到我毫不在乎的模樣。

「哈！」拉比施完法後笑道。他閉上雙眼、腦袋後仰、緊握雙拳，手臂分別指向九點和三點方向，彷彿在駕駛大帆船一樣，等待魔法產生效果。或許他以爲會有天使下凡把我痛扁一頓，或是賜給他力量，或是送他特製布朗尼。在滿懷期待、胸口起伏了數秒之後，他睜開雙眼、轉動腦袋，看見我笑嘻嘻地看著他。

「厲害厲害，尤瑟夫拉比。」我解除神父衣服上的羈絆說道：「你可以走了，葛雷葛利神父。如果你再敢回來，我就不會這麼禮貌和寬容了。這是你唯一的警告。」

「我了解。」神父說著搖晃起身。他甩甩雙手，然後不太肯定地走向門口。「來吧，尤瑟夫。」他說。

「喔，拉比等一下會在店外和你碰面。」我微笑，「如果你不介意的話，我們有點事要私下討論。」

葛雷葛利神父向拉比確認他願不願意留下。他的大鬍子先點，然後整顆腦袋才跟著點頭。神父步出書店，門上的鈴鐺在寂靜中發出響亮的鈴聲。

「神父看起來似乎很不記仇。」我在神父離開後立刻說道：「但是我覺得你是個很會記仇的人。我想得對不對，尤瑟夫拉比？」

「如果你和地獄或其他邪惡的傢伙沒有掛勾，我就與你沒有過節。」他咬牙切齒地說：「但是我已經調查過你了，德魯伊。你隨時都和這些傢伙掛勾。你不在乎狼人。我敢說那個書櫃裡全部都是邪惡典籍。而我絕不懷疑你跟女巫和吸血鬼也很熟。我職責所在，要不了多久就會與你衝突。但動手是出於我的職責，而非私怨。」

「啊，所以是工作讓你變得這麼混蛋。現在我懂了。你以爲你是好人，而我是壞人。無所謂，我很習慣這種情況。但請記得我把你玩弄在股掌之中，拉比——你沒勝算——而多年來我唯一的野心就是遺世獨處。請不要再來騷擾我。」我解除他褲子和腳間的羈絆，朝門口比了比。「你現在可以走了。」

他跳起身來，斜眼瞄我，然後好整以暇地拍拍膝蓋、撿起外套和帽子，只為了表示他一點也不怕我。儘管如此，他沒有再多說什麼，鬍子也靜止不動，用力推開店門，走入午後的陽光之中。

我鎖上店門，把「營業中」的牌子翻到「休息中」。首先我包了三磅要給瑪李娜的蓍草，然後打電話請快遞盡快來門口取件送件。接著我關掉店裡的燈，來到窗口看不見的東方哲學區。我盤腿坐在地板，雙手放在膝蓋上。我花了三小時針對喀巴拉魔法更新我的人身防禦——我從沒想過有必要擔心喀巴拉法術——並且強化店內的防禦力場，然後複製到室外的防禦力場。

關於這兩個傢伙還是有很多問題沒有解答——主要在於他們隸屬什麼神祕組織，以及是從何得知我在這附近的活動——但至少現在我有些明確的方向了。他們是宗教狂熱分子，為了在他們所定義的邪惡之前拯救世界而行走人間；有某樣東西住在其中一人的臉上；而我有一把非常有趣的飛刀要交給坦佩部族。

我強烈懷疑為了跟蹤我回家，或是嘗試某種詭計，拉比在監視我的書店；所以我擬定了一些愚弄他的計畫。

我的書店，從各方面來看，都只有一個入口；沒有後門，沒有防火逃生出口，除了一扇可以上拴的玻璃門外，沒有任何可見的出路。這種情況絕不可能滿足我這種偏執妄想狂。我需要一條逃生路線，以免某個高大的狠角色或是官方人員出現。我在廁所旁邊標示「僅限員工」的小房間牆上裝了道鐵梯通往屋頂的暗門。這扇暗門不管用物理或魔法都無法從外面開啓。我是唯一打得開它的人。

爲了擺脫拉比，我像海盜一樣咬著飛刀，踏上鐵梯爬出屋頂，隱身在傍晚的陰影中。我在自己身上施展僞裝法術，然後脫光衣服。麻煩的是我必須把手機留下。我用一條線分別綁住我的鑰匙圈和飛刀刀柄。綁好之後，我將自己羈絆在大鶥鴞的形體裡，然後以爪子緊緊抓住那條線。接著我在線、鑰匙和飛刀上施展僞裝羈絆，然後無聲隱形地遁入坦佩市的夜空。我沒有直接飛回家，而是降落在米歇爾公園附近的一棵大尤加利樹的枝上。我花了十五分鐘環顧四周，確保沒有任何世俗和魔法世界的東西跟蹤我。我不知道拉比怎麼可能去跟蹤一隻他不知道該跟蹤的隱形鳥，但是偏執妄想乃是我的標準作業程序。

終於心滿意足後，我飛回家，盤旋降落到後院，然後解除羈絆、恢復成人形。歐伯隆很高興見到我。

「山莫建先生從醫院回來了。」他說：「等他身體好點，我們就再去惡搞他。我希望他快點好起來。」

我幫我們煮了晚餐，然後用家裡的電話打給霍爾，建議他來拿銀飛刀，以便調查葛雷葛利神父和尤瑟夫拉比。我仔細將刀刃以油布包好，以免傷到霍爾，然後放在前廊，接著立刻開始增加房屋四周的喀巴拉魔法防禦力場。花了幾個小時搞定之後，我心力交瘁，於是優雅地躺在床上沉睡，心想不必再度爲了療傷跑去室外過夜已經很幸運了。

第十七章

莫利根這一次試圖以溫柔的方式叫我起床，不過還是把我嚇到宛如置身惡夢。

「啊！請告訴我妳不是又起色心了。」我哀求道，抓緊床單試圖躲到枕頭後面。

「沒。」儘管一絲不掛地坐在我的床緣，烏黑亮麗的頭髮灑落在白皙動人的肌膚上，她依然笑嘻嘻地答道。「我拿護身符來了。」她掌心裡捧著四顆不停碰撞的水滴狀寒鐵護身符。「孤紐動作很快。」

「啊，那太好了。」我放下枕頭，鬆了一大口氣。「非常好。因爲我還無法再次承受昨天那種情況。」

莫利根大笑，似乎覺得非常有趣，聽起來沒有任何惡意。「你氣色不錯，敘亞漢。你已經痊癒了。」

「生理上，沒錯。但是妳讓我在非常尷尬的情況下面對布莉德，而且妳明明知道會那樣。」

死亡女神哼了一聲。「看來她幫你的廚房重新裝潢。」

「她想殺我，莫利根。她本來會殺死我的獵狼犬。」

「我並沒有感到你當時有生命危險。」她緩緩搖頭，嘴角揚起一絲微笑。

「妳同意不會帶走我後，還能感應到我的生命危險嗎？」

「喔，可以，我知道我可以，因爲我已經感應到了。你即將面臨生命危險。」

「是唷？什麼時候？」

「就快了，今天或明天。你將與黑暗的形體作戰。」

我有點困惑。「這話……聽起來有點像占星術。」

莫利根又笑了笑，她今天心情超好。「我建議你自己預測一下。就快了。不過現在我是帶著禮物而來。多出來的三個護身符可以隨你使用；廚房裡還有一包新鮮香腸。」

「謝謝妳，莫利根。」我說著接過三枚護身符。它們都是淚滴形狀，頂部有個小洞，可以串上項鍊。「歐伯隆一定會愛死那些香腸的。我該做點早餐嗎？妳餓了嗎？」

「好，我有點餓了。而且你做的歐姆蛋十分美味。」

「好。」我說著拉開床罩，光腳走向廚房。我得去廁所，但是在滿足莫利根前必須先忍一忍。我可不想重複上次那種情況。

「你算什麼看門狗。」我對乖乖待在冰箱旁的歐伯隆說道。

「我怕她。」

「什麼？我從沒看她心情這麼好過。」我輕輕搔了搔他的下巴，然後走去煮咖啡。

「讓我害怕的就是這個。她從來沒有拍過我，而現在她竟然帶香腸給我？她爲了某種可怕用途想把我養肥，我知道一定是這樣的。」

「我認爲不是這樣，老兄。我認爲她心情好是因爲她覺得自己在某方面擊敗了布莉德。」

「好吧，那可眞窘了。等等，那可眞令人洩氣。你該給我點點心吃。這件事情令人洩氣的地方就在於這下除了期待點心之外，我不知道該期待什麼了。」

「你要開始期待大家都能保持好禮貌，你和她都一樣。這是待客之道的精髓。」

莫利根走入廚房，在餐桌旁坐下。「早安，歐伯隆。」她微笑說道。

「三種貓屎啊，阿提克斯，她在和我說話！」

「那就過去搖尾巴。她不會傷害你，我保證。」

歐伯隆站起身來，低頭緩緩搖尾巴，一副搖完就會死掉的模樣。

「喔，你眞的跑來見我？我很榮幸。」莫利根說。歐伯隆尾巴搖得比之前快。「能得到偉大的德魯伊獵狼犬賞識，就像在我帽子上增添一根羽毛【註】。」她補充道。歐伯隆以口鼻部去碰她的手，熟練地將她的手掌翻到脖子後方。她立刻開始幫他按摩，而且邊按邊笑。

「她認爲拍我是榮耀之舉。」歐伯隆說，這時他已經在瘋狂搖尾。「我沒想到屠殺女神會這樣，但我很欣賞這種顚覆傳統的想法。」

早餐很愉快。莫利根問我製作護身符接下來的步驟，我建議她暫時先把它當作普通護身符來戴，然後看看在有戴和沒戴的情況下施法有多少差別；她必須找出能夠無視鐵的施法方式。同時她還應該結識一個鐵元素，然後給它幾隻妖精，不要求任何回報。必要時重複這個過程，直到鐵元素詢

註：習俗上在帽子上插羽毛代表增添榮耀。

問有沒有什麼它能幫忙的地方。「那或許要好多年。」我警告：「我花了三年才走到這個階段，而我性格還算友善。絕對不要不耐煩。」

「你從哪裡找來妖精餵它？」

「安格斯．歐格一直都有派妖精來追殺我。」

「哈！」莫利根大笑，「所以就某方面而言，他一直在幫你製作能夠與他抗衡的法器。」

莫利根離開後，我終於解放了滿懷感激的膀胱，接著發現只比我和關妮兒約好的時間稍晚一點而已。手機還在書店屋頂，所以我用廚房的電話叫她來接我。掛下電話後，我去車庫拿出我的魔杖，進行早該進行的預知儀式。

我的魔杖是二十根刻有歐甘文的樹枝。每根樹枝都代表一個不同的歐甘字母，而那些字母又與生長在愛爾蘭的樹木息息相關，兩者相輔相成，組合成具有預知意味的圖案。

我將魔杖拿到後院，然後沉浸思緒。我將注意力集中在我的朋友和他們的安全上，接著在沒偷看的情況下，自袋子裡拿出五根魔杖，然後輕輕拋入空中，任由它們落在我面前。希望藉由它們如何落地——以及我如何解讀——能夠讓我預見一點未來。

我看見柳木、赤楊、山楂、黑李，以及紫杉。最後一根樹枝令我渾身冰涼；它代表死亡。幸運的是它沒有和赤楊或柳木交叉——它們代表了我的男性和女性朋友——但它還是威脅到他們、躺在兩者之間，代表極大的機率，與可能的結果。山楂和黑李——魔法引導和危機。我的朋友需要魔法守護：德國魔咒女巫很快就會再度出擊，或許隨時可能展開。

「滾、滾，你這蕩婦般的命運！」我以查爾頓・西斯頓【註一】最怨毒的語調叫道。

「蕩婦是什麼？」歐伯隆問。

「莎士比亞用來稱呼妓女的詞彙。」

「超酷！和喇叭押韻，還有鼓動心靈。黑眼豆豆爲什麼不把這個字填入那首歌裡【註二】？饒舌歌手不是總是在找很酷的新押韻字嗎？他們應該和吟遊詩人一樣融入傳統風格。」

我輕蔑地說：「說得不錯。」

「你說誰是蕩婦？」

「命運。我在引述《哈姆雷特》的台詞。原文是說命運無常或不忠，就像妓女一樣。說這話的角色接下去的台詞是『你們這些神，開會奪走她的力量吧』，因爲他不喜歡命運爲他安排的道路。好吧，我不是神，我也不會與任何人開會，但或許我有辦法奪走命運傷害你的力量。」我有三個可以充當普通護身符的寒鐵護身符——我可以保護三個人。「過來，歐伯隆。讓我看看你的項圈。」

「噢，不，不會又有狗牌了吧？」

「這次不是。這是能在大人物面前守護你的特別護身符。」

「太棒了！謝謝，阿提克斯！」

註一：查爾頓・西斯頓（Charlton Heston），美國演員，著名作品有《十誡》與《賓漢》。

註二：蕩婦（strumpet）和喇叭（trumpet）、黑眼豆豆（Black Eyed Peas）的歌曲《鼓動心靈》（Pump it）押韻。

「你要保持不動一段時間，讓我啟動它。我們必須確保大人物沒辦法通過所有防禦打倒你，你懂嗎？」

「喔，我懂，我完全懂。我只要假裝我是那些瘋狂的無毛貓就好了。」

「非常好。」將物品製作成防禦性護身符很容易，不過威力取決於物品材質和施法者技巧。寒鐵能夠提供最強大的保護，但其反魔法的特質也讓施法者很難將之化為己用——除非你有見過鐵元素的做法。就和魔法力場一樣，你必須鉅細靡遺地告訴護身符你要對抗什麼樣的力量——不能簡單來一句「在所有力量之前守護我」，因為這種絕對條件不但不可能加持，而且實踐起來很危險。雖然寒鐵本身幾乎就算種絕對的東西，但我還是十分仔細地在歐伯隆的護身符上加持了防禦妖精魔法、地獄魔咒、數種魔咒女巫可能會使用的歐洲古老魔咒形式，以及喀巴拉魔法的能力。它無法防禦部分奧比巫術【註一】、巫毒【註二】和威卡法術，以及幾乎所有來自印度和亞洲的傳統魔法，還有各式各樣巫醫法術，但我總得押注賭看看。

關妮兒在我們加持完畢時敲門，而在確定她有買製造薩梯大屠殺不在場證明用的球棒和棒球後，我也開始在她身上施展護身符法術。

「啊，老師，你不該送我這個的。」她在我拿出護身符時說道。她脖子上已經戴了一條金項鍊，而護身符串上去後看起來有點重；她鎖骨附近有些斑點，而我堅定地將目光維持在那上面。

「我希望它不會和妳衣櫥裡的衣服太不搭。」我說：「從今而後，妳必須戴著它。如果不戴，它就不會產生任何效用。日後妳會將它與妳的靈氣羈絆在一起，就像我的護身符一樣；不過在那之前，它只是個普通護身符。我現在會在上面加持防禦法術。想看看法術長什麼樣子嗎？」

「什麼意思？」

「意思就是我會啓動妖精眼鏡來看那些魔法，然後將妳的視覺與我羈絆在一起，讓妳看見我眼中的景象。」

「你要讓我看你施展很酷的德魯伊狗屎？」

「對。但是記住，妳說這些話時永遠都該抱持崇敬的語氣。」

她不假思索，「你是說你要讓我見識德魯伊魔法神聖的祕密？」

「這樣講好多了；非常好。」我啓動妖精眼鏡，找出關妮兒意識的靈絲，將它們和我的羈絆在一起。她在繩結打好，眼前的景象飄出自己體外時倒抽一口涼氣。

「哇！」她舉起雙手，平衡身體。「這是我第一次靈魂離體的體驗。」

「別動，不然妳多半會跌倒。閉上妳自己的眼睛。」

「好啦、好啦。這樣好點了。嘿，魔法在哪裡？你說過會有魔法的。」

「耐心點。我還沒開始。但是看這裡。」我揚起右手手背，打量順著刺青迴路發光的白線。在肉眼可見的光譜中，我的刺青毫無特異之處，但是當我看見事物眞實的面貌時，大地能量就像背光霓

註一：奥比巫術（Obeah），西印度群島流傳的民間巫術。

註二：巫毒（Voudoun，也作Voodoo），源自非洲，融合祖靈崇拜、萬物有靈等原始信仰，盛行於美國南方。

虹燈般在其下發光。我的身側彷彿有條帶有脈動光暈的靛藍賽車條紋。

「哇！你像維加斯一樣耀眼！爲什麼刺青底下會發光？不重要，告訴我這些線條和繩結是什麼——等等。不。從我腦袋冒出來的那些繩結是什麼？它們看起來非常複雜。」

「那是妳我之間的視覺羈絆。」

「不可能！你看得見法術？它們就像凱爾特藝術品一樣停留在半空中？」

我輕笑。「凱爾特藝術品本身大多就是法術，或至少從前是。德魯伊能夠看見所有生物之間的羈絆，並且加以運用。選擇能夠看見什麼東西並專注在其上的各式羈絆，將會成爲妳最寶貴的技能。」

「眞的嗎？我沒有專注的問題。」

「那是因爲妳是透過我的眼睛看東西。」我提醒她。

「喔，是囉。我該戴笨蛋帽了。所以所有法術都長這樣？」

「不，只有德魯伊法術長這樣。有些法術我看不清楚，甚至無法辨識，但妳總是能夠看出不對勁的地方，比方說有人身上有些部分不見了，他們的領帶開始悶燒，或是有些東西改變了之類的。有機會我會讓妳看看其他派系的法術看起來是什麼樣子。」

「酷。眞他媽的太酷了。」

「崇敬的語氣？」我輕輕戳她一下。

「我的意思是這種神聖的力量讓我的靈魂充滿光輝。」

「嘿！說得超讚。好了，現在我需要專注，而我施法的時候妳最好不要發出太多讚歎聲。」我在將注意力放回護身符上時說：「也不要動。」

「好。」

我在關妮兒的護身符上施展和歐伯隆一樣的防禦法術。儘管她在看到黯淡的綠網自護身符中擴散到她全身時一聲不吭，不過在羈絆完成並開始運作，線條短暫大放光明然後回歸淡綠色時，她還是忍不住驚呼一聲。

「好了，搞定了。這些只能保護妳不受視線範圍內的魔法攻擊。如果有人拿到妳的體毛或血液，那護身符也幫不了妳，因爲到時候他們就可以從妳體內展開魔法攻擊，完全不會經過這層魔法防禦。」

「妳是說拉克莎能施展的那種法術？」

「一點也沒錯。住在妳家樓上的那個女巫團也辦得到。現在看看將護身符拿下來後會怎麼樣——妳能透過我眼中的景象取下那條項鍊嗎？」

「我想可以。等等。」她伸手到脖子後方解開項鍊的鉤子，取下護身符握在右手中，然後放在身側。羈絆法術的魔絲開始脫落，如同皮尺般縮回她手中的護身符裡。

「看到沒？」我說：「不戴起來，就毫無用處。」

「所以我必須隨時戴著？」

「最安全的做法就是這樣，不過妳可以在肯定身處魔法守護的房間內時拿下來。妳的公寓算是這種地方，因為我已經加持過防禦法術了。」

「所以只要透過你的眼睛看我家大門，我就會看見你設置在那裡的防禦力場？」

「沒錯。喜歡的話，妳可以去看看我家大門上的防禦力場。我可以帶妳走去外面看。」

「那眞是太他媽的——我是說，你讓我深感榮幸，老師。」

我輕笑。「先戴回護身符，看看妳的防禦力場啓動。」她照做，有點戰戰兢兢。她雙手放在我的肩膀上，跟著我走出大門，來到前院邊緣，一邊走一邊評論我家前廊、草地與那棵幫我抵抗輪背獵椿惡魔的牧豆樹間的羈絆網路。接著，當我們正要轉過身去打量房子本身的力場時，我聽見身後突如其來的撞擊聲，彷彿有人一掌拍在沙發座墊上。關妮兒悶哼一聲，我感覺到她的指甲緊緊抓住我的肩膀，然後遭人扯開。我連忙轉身，看著她向後摔倒在前庭上。在我有機會察覺剛剛出了什麼事，甚至在問她有沒有事之前，我的護身符重重撞擊我的胸口，令我跌跌撞撞地退到馬路上。我想起之前也曾發生過類似的情況，但那是第二次世界大戰發生在法國西南部的事情。而在每一步蹣跚的步伐之間，我都能感應到那種獨特的格式塔【註一】出現的片刻，也就是包含閒置在我的潛意識中數個記憶與線索的神經突觸突然接合在一起，將特定的單一詞彙送入我的腦額葉【註二】，充滿憤怒與厭惡，以及一種許久無法復仇的苦澀——是她們。

目光邊緣的細微動靜讓我把頭轉向右方，看見了一條渾身充滿地獄魔力的纖瘦女性身形衝過轉角，奔向米歇爾公園。要不是我已經啓動了妖精眼鏡，根本就不會看見她；她可能有施展正常光譜下無法看見的隱形術或僞裝術，而她肯定是她們的一員——現在我知道對方是打從一九四〇年代早期開始，我就一直想要再見到的老敵人。我現在確信，那些二次世界大戰期間攻擊我和我要照料的人的女巫，就是現在正攻擊我的這些人，而她們自稱第三家族之女。

註一：格式塔（Gestalt），源自德文，意指一個具體實體所具有的特殊形狀與特徵，或是形態、形狀。心理學上則有「整體」、「完形」的意思。

註二：腦額葉（frontal lobe），位於腦的前半部，與推理、計劃、某些語言與運動、情緒，以及問題解決有關。

第十八章

沒有時間浪費了。我解除關妮兒的視覺羈絆，讓她再度以自己的雙眼視物，然後在衝上馬路時叫道：「回屋裡去，不要出來！」只要待在屋裡，其他攻擊就動不了她。我加大腳步開始衝刺，希望能夠追上剛剛試圖暗殺我和我學徒的女巫。

轉過第十一街和朱德街路口時，我看到她向右轉上第十街。這表示她很快就會抵達米歇爾路，而我猜想她會轉而向北前往公園——也可能是大學路——試圖逃跑。但當我抵達米歇爾路時，她踏在柏油路上的腳步聲卻自南方而來；我及時看到她消失在第十街市場轉角。那是在馬路末端事後加蓋的市場，兩旁沒有任何住宅。穿過那座市場可以前往羅斯福路，而我再度假設她會向北走——這個想法令我不寒而慄。

這表示她會經過麥當納寡婦家。

她知道寡婦是我朋友嗎？寡婦沒有任何防護措施；她完全無法保護自己，而此刻如果女巫們沒有已經拜訪過了的話，她很可能坐在前廊、暴露在所有攻擊下。

從前我總是會保護我所有朋友，但漸漸地，我了解到這麼做常常會讓他們淪爲目標——或是洩露我的藏身處。保護朋友會對隱居生活造成反效果，所以我很久以前就戒除了這個習慣。此刻追趕女巫讓我了解到情況早已改變，但我卻沒有發現：我的行蹤不再是祕密了，所以我的朋友等於是掛了個寫著「傷害我就能傷害那個德魯伊」廣告牌在身上。

我發足狂奔，考慮利用儲存在符咒內的魔力來加快速度；但接著我瞥了她一眼，發現她就是希望我這麼做。她故意跑在馬路中間，這表示她知道我的力量源自大地。她絕不會接近任何人的庭院造景，因爲我可以透過土地吸收能量，永遠不會疲憊；如果想對她展開魔法攻擊，我就必須冒著耗盡所有法力的風險離開土地。

感覺很像陷阱。

不過我的選擇不多。熊符咒裡剩下的法力僅夠施展一、兩道法術，運氣好的話可以施展三道；魔力大多在製作關妮兒護身符和羈絆她的視覺時用掉了。

我有穿鞋，所以必須停下來脫鞋才能吸取大地的魔力。我不能在不脫光的情況下變形爲獵狼犬，這樣做不但會讓我落後更多，還有可能提供對方攻擊的機會；另外一個可能在我持續追逐女巫時湧入腦海，不過這個做法肯定可能會洩露我的眞實本質，而且我從來沒有嘗試過。我告訴自己第十街市場的兩旁沒有望向街上的窗口，碰上目擊證人的風險很低。據我估計，值得一賭；我不能不教訓一下那個女巫就讓她逃脫。如果她想和我作對，一定得知道不能全身而退。

我邊跑邊脫上衣、丟在馬路上，然後啓動將我羈絆爲貓頭鷹形體的符咒。我的雙手展開成爲翅膀，雙腳縮入體內，在上衣後方留下牛仔褲和涼鞋。我沒有墜地燃燒，沒人看見我變形，就連女巫也沒有，所以我決定將這種做法歸類爲好點子。

我奮力振翅，提升高度，隨即轉向東北，攔截正在羅斯福路上向北前進的女巫。

越過第十街商場最後一道屋頂後，我立刻看見她在馬路中央直線奔跑。我繼續上升，遠離她的視線範圍。我筆直跟在她身後的上空，看見她回頭確認我還有沒有徒步追趕；她沒看見我自上方逼近。我在她抵達麥當納寡婦家前俯衝而下，雙目直視目標，所以不知道寡婦有沒有待在前廊。女巫沒有看見我下降時的影子，而在聽到細微振翅聲時，她已經沒有足夠時間閃避了。我的利爪掐入她的頭皮，在她驚叫閃避時緊縮雙爪，接著奮力飛向右方；抓下了一把頭髮，足夠我拿來惡作劇了——或是讓瑪李娜惡作劇。

但首先，我必須離開現場。女巫幾乎立刻就了解剛剛出了什麼事：正常貓頭鷹不會只爲了抓點毛髮回去築巢，就攻擊正在跑步的腦袋。她曉得是我幹的，也知道我拿滿手（或滿爪）她的頭髮能做什麼。她不再奔跑，以德語對我施咒，就像上一次攻擊般擊中我。我的護身符狠狠撞擊胸口，導致我在空中旋轉。我痙攣般地拍擊翅膀，試圖取回控制，但當時高度很低，肯定會重重墜地——如果不想辦法的話，墜地的力道絕對足以摔斷我一身鳥骨。我迅速解除貓頭鷹形態的羈絆，在低呼聲中化爲人形墜落馬路，以十分漂亮的動作翻滾、滑行、擦傷皮膚。女巫頭髮飛離我的人類腳掌——因爲我的腳掌根本抓不住任何東西。她再度對我施咒，護身符再度撞擊胸口，將我體內僅存的空氣通通撞出體外。好了，我眞的受夠了。

我還在順著落地之勢翻滾、持續翻滾，赤裸裸地滾上旁邊住家庭院。我將手指插入草地，才剛灌注了一點法力到熊符咒裡，我已經被拉著頭髮扯離草坪、拖回馬路上。

我沒有試圖往前掙扎來擺脫對方，而是直接順勢來個後空翻。這個出其不意的動作迫使她放手，因爲她一條手臂撐不住我整個人的重量。我以屁股著地，隨即翻身而起，挺起肩膀伏低身形，拉開防守架勢，因爲我發現馬路上不只一名女巫，而是兩名。第二名女巫是哪裡冒出來的？

我背對寡婦家，女巫擋在面前的草地外。如今她們看起來不太一樣——地獄魔法減弱，我可以透過妖精眼鏡的綠霧隱約看清她們的五官，所以我假設她們已經撤除隱形魔法，於是解除妖精眼鏡，在正常的光譜下打量她們。

她們看起來像是想當佩特・班納塔或是喬安・潔特【註】的模樣；身穿貼身黑皮褲，長到小腿中間的皮靴，身上的細肩帶黑緊身衣幾乎包不住漫畫裡才看得到的史詩級巨乳，在其又蓬又毛又重的八○年代髮型下，露出齜牙咧嘴的憤怒神情瞪視著我。我追的那個頭髮是金色的，新來的那個是黑頭髮。我眼前的絕對是幻象。就像瑪李娜和她的女巫團一樣，這些德國女巫也用巫術掩飾她們的實際年齡。而與瑪李娜和她的女巫團不同處在於，我一點也不懷疑她們心存惡意；她們眼旁的細紋透露出殘暴的意圖，而她們的薄唇只會嘲笑他人的痛苦。第三家族之女在二次世界大戰時曾試圖置我於死地，如今她們不但想要殺我，同時還想殺關妮兒。

我聽見附近傳來警車的警笛聲，不知道是不是關妮兒報的警。正當我們互相對瞪，尋找攻擊的機會時，我身後的弱點突然開口說話。「阿提克斯？我眼前的是你的光屁股嗎？」寡婦自其前廊上叫道。

她們只要唸誦至今已經對我施展三次的德文咒語就能殺死她；我完全沒有辦法阻止她們。她們再過一秒就會開始行動，只爲了看看這樣對我能不能造成傷害。我必須讓她們分心。

金髮女巫的一撮頭髮躺在柏油馬路上，就在我右邊。我撲上去抓起頭髮，扯直了咬在嘴裡，好像它們是一塊塞口布。接著我使用僅存的魔力將自己轉化爲獵狼犬，沿著羅斯福路向南狂奔、衝向我家。

女巫們沮喪地大叫，立刻展開追逐，將寡婦拋到腦後——如果她們眞的有注意到她的話。如果讓我回家，我的防禦力場就能全面守護我，她們絕不允許那種情況發生。

我在護身符連續擊中胸口兩次的情況下當街摔個狗吃屎，不過很快就爬起身來，過馬路沿著西側的房屋奔走，三不五時衝入草坪，邊跑邊吸收魔力。我小心翼翼地確保自己沒有呑嚥或是做任何可能放開口中頭髮的動作。

儘管我很快就把女巫拋到腦後，還是沒有全速前進。我要她們來追我，而不是將注意力轉移到寡婦身上。而且我已經開始懷疑她們除了那道詛咒之外，還會不會其他把戲。有些女巫在有時間準備儀式時可以非常恐怖，但是在面對面的情況下能力卻很有限；有些女巫擅長近身肉搏，但卻缺乏施展複雜法術的紀律或魔法知識。許多歐洲女巫都屬於前面那類：只要給她們時間與適當的魔法材料，她們就能開啓非常邪惡的門戶；她們很少會與人近身肉搏——或是追逐會變形的德魯伊。正想到我至今還不清楚瑪李娜的女巫團擁有什麼能力，以及拉克莎是我目前認識的女巫裡唯一遠程近程同

註：佩特・班納塔（Pat Benatar）和喬安・潔特（Joan Jett）都是一九八〇年代的美國搖滾女歌手，當時搖滾女歌手間流行誇張的動物紋、皮革、緊身衣打扮，還有鳥窩頭。

樣危險的人時，追我的德國女巫突然嘗試了新做法。她們試圖用法術移除我的項鍊，或許是看出了它就是導致死亡法術失效的原因。

我覺得自己像頭被人摔倒在地的小牛；項鍊在女巫的召喚下扯到我差點窒息。它哪兒也去不了。它被羈絆在我身上，除了用我的雙手取下之外，絕對不會離開我的身體——而現在我只有爪子沒有手。但女巫此刻士氣大振。她們無法對我造成實質傷害，但一再透過不同方式將我擊倒，越追越近。我在一邊自下方草坪的土地吸取力量，一邊準備應付項鍊繼續攻擊的情況下，將雙腳縮到身體底下，然後再度向前撲出，拉開我們之間的距離。我很想喘氣，但又不敢冒險弄丟女巫的頭髮；那是她們還在追我的唯一理由。

她們開始以德文咒罵自己的穿衣風格，其中一人發現她們的靴子不適合奔跑，而她們今天早上跑了很多路；另外一個說只要人們安安分分地死去，她們就根本沒有必要奔跑。

抵達我家時，她們都累得氣喘吁吁，但我已經完全恢復精力。附近的警笛聲停了，不過聽起來距離這裡只有幾條街外，大概在大學路以東一點點的地方。

如我所料，關妮兒有鎖門。正當打算變回人形敲門時，我突然想起歐伯隆說山莫建先生已經回家了。我回過頭去，沒錯，百葉窗的縫隙顯示他正在偷看。如果此刻變身，他就會報警說我妨礙風化或是任何他想得出來的罪名。於是我用爪子搔搔大門，叫歐伯隆過來；女巫們則一邊喘氣一邊咒罵，宣稱我將爲了扯下她們頭髮，並讓剩下的頭髮乾枯而付出代價。

當歐伯隆自前窗後方注視站在草坪邊緣的女巫低吼時，我聽見門後傳來關妮兒的腳步聲。

「我該出門咬她們的超海咪咪嗎？」

「不，有目擊證人。我們不能亂來。」

「萬一她們亂來呢？」

「只要踏上草坪，她們就會觸動防禦力場，而我想她們知道這一點。」

關妮兒打開大門，我在她關門上鎖時衝入廚房。

「阿提克斯？怎麼回事？」她偷看窗戶外面。「這些A片女星是哪裡來的？」

我解除獵狼犬的形態，在將頭髮吐到廚房桌上時嘔了幾下。莫利根給我的第三枚護身符就在桌上，我拿起它，說道：「這些A片女星都是女巫，她們想殺我們。待在屋裡，等我回來。」

「你又要出去了？電話一直在響，但是我沒有接。」

「寡婦有危險，我必須保護她。別接電話，待在屋裡。」我說著走向後門。

「好，但是你還好吧？你的皮膚看起來像漢堡。」她看著我剛剛墜地碰觸的部位說道。

「會痊癒的。」正如關妮兒所說，電話再度響起。「別擔心，我很快就會回來。」

「好的，老師，」她說：「好屁股。」她在我關門時補充道。我晚點會再來回味這句評語。我將護身符丟到一塊草地上，吸收魔力，然後再度化身為貓頭鷹。我很多年沒有這樣連續變形，已經覺得有點痛了。我將護身符抓在爪子上，振翅高飛，越過鄰居的籬笆，保持在屋頂之下，不讓女巫看見我。希望她們會蠢到去測試我的防禦力場，或至少浪費時間對我的房子叫囂。

希望很快就幻滅了。我凌空施展僞裝術，在過馬路朝北飛向寡婦家時，看見女巫已經開始跑回羅斯福路，滿面沮喪，一副想要找人出氣的模樣。

我降落在寡婦的前廊上，叫了幾聲吸引她的注意，她瞪大雙眼。我解除變形羈絆，這次及時想到要遮掩我的傢伙。寡婦嘴角揚起，咯咯嬌笑。

「嗚呼，阿提克斯，你是來表演給我看的嗎？我想我屋裡的皮包裡有兩塊錢。」

我小心翼翼地蹲下去撿起她前廊上的護身符，說道：「是呀，我們快點進屋去，拜託。」我必須趁女巫趕到之前讓她離開前廊。

「門沒關——快帶著你的光屁股進去吧。」我衝入屋內，請她動作加快，然後衝到她的浴室拿了條掛在淋浴間上的毛巾裹在腰上。

「啊，你為什麼要把你的弟弟給藏起來呢？」寡婦在我回來時逗我道：「我以為你要給我一些禮拜天用來告解的素材。」

「我們必須鎖上門窗。」我解釋道：「我們有危險，女巫就要到了。妳有可以掛這個的項鍊嗎？」我把護身符拿給她看。寡婦經歷過北愛爾蘭動亂時期，從我的語氣聽出現在沒有時間解釋。

「有，我臥房裡有些金項鍊。」她收起逗弄的微笑說道。

「快點去拿一條，然後到浴室來找我。在我把這玩意兒掛在妳身上前不要接近窗口。」

「好吧，但是你晚點要向我解釋清楚。」她說著以最快的速度走向臥房。我急忙在到處都是蕾絲、橡木家具和塡充座墊的屋裡繞了一圈，確保所有門都有上鎖。我迅速將門鎖的金屬部羈絆在門框上，讓它們變成同一塊金屬；就算施展開鎖術，女巫也打不開。儘管如此，由於寡婦家沒有防禦力場，這些門都只能拖延一點時間。如果眞的很想殺我們，她們會破窗而入，而我認爲她們眞的很想殺我們。

寡婦拿著一條金項鍊在浴室裡等我。我關門上鎖，然後在將護身符串上項鍊、掛在她脖子上時解釋當前的情勢。我講話的同時，前門傳來敲門聲。

「外面有兩個德國女巫想要我們的命。沒有這層保護，她們只要唸個咒語就能殺死妳。這是一個護身符，如果她們對妳施法，護身符會撞擊妳的胸口，千萬不要拿下來，因爲那表示它發揮作用了，好嗎？」

「好，但她們爲什麼想殺我們？」

「簡短的說法就是，其中一個女巫頭髮剪壞了。」我說：「詳細的說法得要晚點再說。」

有鑲板的大片玻璃窗不會像在電影裡的糖玻璃那樣立刻粉碎。它們可以承受一、兩下撞擊，或許產生一條裂縫，然後才全面粉碎。在第一下撞擊過後，所有貓咪都開始慌忙找地方躲藏。聽起來像是女巫在拿寡婦的室外椅砸窗戶。我充耳不聞，專心啓動寡婦的護身符。即使窗戶粉碎，客廳傳來她們爬進屋裡的聲響，我依然專注在眼前的任務上。我在有人敲打上鎖的浴室門時完成施法。

「Sie sind hier drinnen!」一名女巫對另外一名叫道。

「躲到浴缸裡，拉上浴簾。」我低聲向寡婦道：「交給我來處理。」

她們開始踢門，門撐不了多久。住家浴室的門鎖都是用來防止家人不小心闖進來看到你蹲馬桶的；它們不是用來阻擋以殺人爲樂的魔咒女巫。如果等她們闖進來，那我就失去先機，也讓她們有機會攻擊寡婦；所以我沒有等。

我專注在已經被踢到快斷掉的門鎖上，一邊等待第三次踢門，一邊低聲唸誦解除羈絆咒語。第三下踢門聲響起——幾乎就要踢斷門鎖——我唸完解除羈絆咒語，鬆懈門鎖上緊綳的金屬。接著我拉開浴室門，鋼鐵如同隔夜鬆餅一樣粉碎，導致踢門的人失去重心向後跌開。是黑髮女巫。我一拳打在她驚訝的鼻子上，她倒向走廊對面的牆壁，當場撞裂腦袋，片刻過後膝蓋軟癱、滑落地面。金髮女巫站在門外右邊，對我吼道：「劫維貝塔德（Gewebetod）！」護身符隨即將我撞回浴室。浴巾鬆脫，而我決定加以利用。金髮女巫叫另外一個女巫起身戰鬥，我注意到她沒有繼續追擊，只是大聲要求夥伴不要鬼混。

我扯緊浴巾，以更衣間手法使勁扭轉，直到它緊緊絞在一起。

「好屁股。」寡婦在我迎向門口時低聲說道，我差點笑了出來。但是金髮女巫在門外就是一項優勢，而我必須剷除她的優勢；笑出聲來的話等於是在警告她我要進攻了。

黑髮女巫完全沒看門口；她打算爬回客廳，而我看見她朝不在我視線範圍內的女巫伸手求助。她眼睛看的方向讓我精確地知道她夥伴身在何處。賓果。

我撲向前去，揮出右手，將浴巾甩向對方腦袋的高度。我聽見浴巾擊中目標，發出令人滿意的啪啦聲，緊接著就是金髮女巫痛苦的尖叫聲。道格拉斯．亞當斯【註】說得沒錯：全宇宙最有用的東西就是浴巾。

我丟下浴巾，一個筋斗翻入走廊，看見兩名女巫都在往客廳撤退。金髮女巫一手遮住右眼，黑髮女巫神色驚慌，臉上流下大量鮮血。

「Vielleicht sollten wir ihn später erledigen,」黑髮女巫說。或許我們該晚點再來解決他。

「Nein!」金髮女巫一邊反對一邊走入廚房。「Er ist allein und unbewaffnet. Wir machen es jetzt.」他孤身一人，沒帶武器。我們現在就動手。

我當然孤身一人。她以爲我有組織民兵團之類的嗎？不過我確實也沒帶武器，而她正要去拿菜刀。我眞不該丟下毛巾的。正當我考慮是不是該回去撿毛巾時，我們的注意力都被門外的緊急煞車聲所吸引。一輛藍色ＢＭＷ　Ｚ４敞篷車熄火，霍爾跳下車，鼻孔已經因爲空氣中的血腥味而明顯張開。

「Er ist ein Wolf! Das ändert die Sache,」黑髮女巫說。他是狼人！形勢變了。

形勢當然變了，女巫。

註：道格拉斯・亞當斯（Douglas Adams），英國現代劇作家、小說家，著名作品有《銀河便車指南》。

第十九章

叫狼人參與女巫打鬥就像把坦克車丟到蛇窩裡一樣。蛇或許有利齒，坦克卻不會被牠們咬痛。同樣地，女巫可以接連不斷地向霍爾施展法術，而他只會說：「夠了，會癢。」——然後撕爛她們的喉嚨。魔咒女巫明白在霍爾面前生存的機率微乎其微，於是毫不浪費時間開始強行突圍。我左閃右躲，避開幾把匆忙丟過來的菜刀，沒辦法在她們衝向出口時加以阻擋。霍爾在女巫跳出窗戶、穿越草坪、躍上馬路的同時渾身緊繃，亮出獠牙，不過沒有上前追趕；他只是睜眼瞪著她們離開。

我起身追趕，不過在跳出窗外時想起自己赤身裸體。一名裸體男子在馬路上追趕兩個身材姣好的女人，很可能會被社會大眾誤會。

「我天殺地詛咒妳們。」我輕聲咬牙道，接著語氣轉為憤怒。「用七十種失傳的語言詛咒。霍爾！你為什麼不阻止她們？」

他臉色一沉，不過目光始終盯在女巫身上，冷靜地回答我：「阿爾法的命令，阿提克斯。你知道我不能涉入你的爭端。」

他緩緩走向前廊，雙眼一直看著女巫，直到她們跳上一輛科麥羅，匆忙加速駛上大學路。接著轉身看看破損的窗戶，突然停下腳步。

「看在偉大的翻騰黑暗諸神份上。」他說著雙手扠腰。「你沒穿衣服在寡婦家裡做什麼？」

「什麼？喔，狗屎。」

「而且你身上又多了一堆抓痕和擦傷。說眞的，如果你又告訴我是暴力性愛弄的，我現在就給你一拳。」

「等等，霍爾，聽我解釋——」

「我一直在打你手機，我想現在我知道你爲什麼不接了。」

「不，不是那樣的，你不懂——」

寡婦剛好選在這個時候步出走廊，就是通往她臥房的那條走廊——然後臉微紅著微笑大聲說道：「好了，剛剛眞是刺激又有趣呀，是不是，孩子？」她拍一下我的屁股，然後咯咯嬌笑。

「噢，實在太變態了。」霍爾啐道。

「霍爾，拜託。」

「如果男人到了你這個年紀品味就會變成這樣，那我寧願死也不要變得那麼老。」

「可惡，我是變成貓頭鷹飛過來的，在我抵達之後，那兩個女巫立刻就找上門來！事情就是這樣！麥當納太太，告訴他！」

「事情就是那樣，沒錯。他爲什麼那麼氣？話說回來，他是誰？」

「他是我的律師。」我解釋，接著想到他似乎很急著要找我。「你找我幹嘛，霍爾？」

「這個嘛，由於你不接手機和家裡電話，我最後是打給關妮兒才問出你的下落。她是你的不在場證明，不必擔心。」

「什麼不在場證明？」

他長嘆一聲，搖頭說道：「你起碼有聽見附近的警笛聲吧？」

「有啊，怎樣？」

「好吧，所有發出警笛的車輛此刻都停在幾條街外，你的書店前。你的員工死在人行道上。」

寡婦和我同時倒抽一口涼氣。「哪一個？」我問：「我現在除了關妮兒之外還有兩個員工。」

「一個男孩。」霍爾喃喃說道：「我不知道名字。有個客人打九一一報警。」

「培里？」我問：「培里死了？」

「除非你另外一名員工也是男的，不然就是培里。」

「看在地下諸神的份上，」我大口呼吸，將近期內發生的事件串連在一起。「一定是黑髮女巫趁著金髮女巫來我家暗算我的時候下手的。同時出擊。接著她和金髮女巫在羅斯福路會合，因爲她們的車子停在這裡……看在馬拿朗．麥克．李爾的份上，我眞是笨蛋。」

「好了，如果你要的話，我或許可以追蹤她們的下落；她們不可能走遠。」霍爾提議道：「我不能參與戰鬥，但是我可以帶你去找她們。」

「不，不用，我自己來就可以了。」我揮手請他放心。「我拿到了金髮女巫的頭髮。她已經無路可逃了，黑髮女巫會和她在一起，剩下的也一樣。」

「剩下的？」

「我會解釋。先讓我去拿條浴巾。」

雖然當時還是上午，寡婦說要幫我們做三明治；她也說要請我們喝威士忌，而既然她顯然很想幫我們拿點喝的，我們覺得喝茶比較好。她在廚房裡忙進忙出，我和霍爾則到客廳坐下交談。我知道晚點我會為了培里之死難過；但這個時候我必須盡力確保除了自己之外，不會再有人遭受波及。

「我必須在今晚解決此事。」我重新審視今天早上的事件。「她們已經殺了培里，還嘗試行刺關妮兒和寡婦——可惡。我不能讓她們一直暗算我和我朋友。而且她們還對我做過別的事情，霍爾；我幾十年前就和她們交過手。她們非死不可。她們該死，相信我。」

「我相信你。」他說：「你要我做什麼？」

「三件事。」我說著伸出手指來算。「首先，直到此事結束為止，我需要有人保護寡婦。既然她已經得知你們的身分，你認為部族可以派人照顧她嗎？」

霍爾皺眉。「剛納不會喜歡這種做法，但是必要的話，我會親自守護她。」他說。

「那會有點困難，因為我需要你去做第二件事。李夫說我和曙光三女神女巫團的互不侵犯協議已經擬定好了。你可以現在幫我執行嗎？見證簽署儀式？」

「好啊，當然，今天下午吧。」他說：「我待會要去法庭參加另一名客戶的聽證會。而且你也應該去和警方談談，因為他們肯定想為培里的事情找你談。」

「是呀、是呀，你說得對。好吧，我們先去處理那個。第三件事，今晚幫我安排個比和關妮兒獨處更好的不在場證明。最近有點太仰賴她了，今晚事情爆發時，我要有鐵證如山的不在場證明。」

霍爾點頭。「好。我會派幾個值得信賴的人去你家和她一起殺時間。他們可以來場《魔戒》嘉年華之類的，然後在必要的時候證明爆米花是你爆的。」

「喔，可惡，眞是個好主意。我眞希望能眞的去做爆米花，而不是做我必須去做的事情。」

霍爾打了數通電話，安排一名狼人陪寡婦一天，又找了三名狼人晚上去我家和關妮兒殺時間。

「好了，我們去找警方談談。」我說，語氣中帶有某種自己都沒察覺的冷漠。我一點也不想去，因爲培里死了這個赤裸裸的事實就在那裡等著我，一旦目睹他的屍體，我就無法再忽視他的離去。

霍爾垂下目光，接著揚起眉毛。「就圍浴巾？」

「我有一套衣服和我的手機擺在書店屋頂。開車送我到巷子裡，然後我上去拿，輕而易舉。」

霍爾伸手摀著臉。「我該問你爲什麼要把那些東西留在屋頂嗎？」他透過指縫問道。

「我把它們留在屋頂是爲了擺脫那個嚇人的俄國拉比。順便問一下，你查出他的背景了嗎？」

「沒有。」霍爾搖頭。「還在等消息。不過我們有派好手調查了。」

我們等到一名部族成員趕來陪伴寡婦——結果來的是差點在迷信山脈之戰中喪命的葛雷塔。她狐疑地看著只穿了一條浴巾站在旁邊的我，不過沒有多說什麼。

「帶麥當納太太去城外兜風。」霍爾提議道，塞了一百塊鈔票到葛雷塔的手裡。「明天早上再帶她回來，我們會修好這些窗戶。」

「喔，我可以去旗杆市嗎？」寡婦滿懷希望地拍手問道：「那裡有家牛排館的服務生會唱歌，而像妳這樣的好狼人女士應該會喜歡牛排，是不是？」

葛雷塔沒有吭聲，只是意有所指地看向霍爾。他嘆口氣，又給她更多錢，然後叫我隨他上車。

我和寡婦道別，保證會在明天之前解決一切。

「喔，我知道你會的，阿提克斯。」她說，眼中綻放淘氣的光芒。「耶誕節快要到了，你知道。你今年想要一件上好的四角褲嗎？」

「麥當納太太！」我臉紅說道。

「什麼？所以你喜歡穿三角褲？你知道，最近他們有做各種漂亮的顏色。我的史恩在世的時候，他們只做白色內褲，而看著你在沒有必要的情況下充當突擊隊員【註】走來走去實在令我心碎。」

「充當突擊隊員？」我驚呼。霍爾和葛雷塔本來還想裝作沒聽到，這下已經忍不住笑出聲來了。「妳是從哪裡聽來這種用法的？」

「電視上，當然。」寡婦神色不定地看著我，接著望向笑到流淚的狼人，開始有點毛躁，因爲她以爲他們是在笑她，於是不太高興地解釋道：「我是在『六人行』重播裡看到的，喬伊在充當突擊隊員的情況下穿錢德的衣服做屈膝運動。我有用錯嗎？」

「沒，妳用得對，只是——喔，討厭。」我的聲音在狼人的狂笑聲中根本聽不見。「跟葛雷塔去旗杆市好好享受享受。來吧，霍爾。還有，嘿，我不是付錢叫你笑我的。」

「好啦、好啦，但是你把那玩意兒給我綁緊一點。」他邊喘氣邊指著我的浴巾道。「我不要你光著屁股坐在我的皮椅上。」

註：充當突擊隊員（Going commando），不穿內褲的意思。

第二十章

霍爾駕駛他光鮮亮麗的Ｚ４穿梭在後巷之間，來到離我書店只有一棟建築的地方，然後把車停在某人的私有車位。

「在後面待著，我會把東西都丟下來。」我說：「先丟手機，請勿漏接。」

「我的反射神經沒有那麼差，阿提克斯。」霍爾提醒我。

「是唷。那就遮住眼睛。」我說著下車，脫下浴巾。「裸體的愛爾蘭人。」

「啊！我雪盲啦！」霍爾說。我對他抖抖小鳥，然後化身成一隻鳥，拍擊十幾下翅膀，飛到書店屋頂；我的衣服和手機就躺在該在的地方。我棲息在屋頂後方邊緣，看不見正面的警察，這表示警察也看不見我。

等霍爾通知他已經就定位後，我小心翼翼地丟下手機、牛仔褲和上衣，然後一次丟下一隻涼鞋。爲了傳達我的不爽，我把內褲留到最後再丟，而霍爾則非常故意地漏接。喔，好吧，看來我非得當突擊隊員不可了。

在檢查過眾多未接來電後，我輸入了關妮兒的號碼。

「嘿，老師。寡婦沒事吧？」

「沒事，她很好。妳聽說培里的事了？」

「有，實在太可怕了。你會幫他報仇，是吧？」

「對，今晚。但是現在我得去和警察聊聊。」

「好，但是在你去找警察之前，我可以告訴你一個愛你的理由嗎？」

「當然。」我說，心知這是她要提出不在場證明的密語。

「當我們一起看《追殺比爾2》，學五指摧心掌的時候，你的拉鍊一直沒拉。那眞是超可愛的。」

「沒有錯。忍者坦蕩蕩，寶貝。」我試圖假裝輕浮的語調，但是失敗了。現在我後悔裝作想要學功夫的宅男；本來扮演這種角色還滿有趣的，但是我眞的很不想在處理培里死亡之事時還要演戲。

「謝謝。」我說：「今天晚上會有些朋友到家裡來舉行《魔戒》嘉年華。」

「喔？」

「對。一定會很歡樂的。不過妳最好把冰箱裡的牛排拿出來，那些朋友都是很愛吃肉的大傢伙。」我們掛下電話，然後我朝霍爾點頭。「好了，我可以了。我們去找警察吧。」

霍爾和我走出書店旁的巷子，剛好趕上犯罪現場攝影師在照培里屍體的照片，只見他四肢攤開、顏面朝天，一手放在胸口，後腦在水泥地上撞破的傷口下積了一灘血泊。

我這輩子見過很多死人。當你像我一樣經驗豐富的時候，面對死人就會越來越不難受。不過當死者只是孩子時，我還是會難以承受——還沒機會選擇此生將要持劍還是犁頭的無辜者。

培里向來不是喜歡舞刀弄槍的人。他這輩子做過最殘暴的行爲就是把那些荒謬的銀飾穿到他的耳垂上。不過他也不是個喜歡種田的人；無論我向他解釋過多少次它們是完全不同的兩種植物，他從來分不清楚甘菊和蒺藜之間的不同。

她一定是想辦法把他引誘到室外；不管那是什麼詛咒，她都不可能在店裡施展那道致命詛咒。或許引誘他一點也不困難，培里只要看到她的黑皮衣和大胸脯多半就會主動出門詢問有沒有可以效勞的地方。

傑佛特警探看到我時，我完全不須要假裝生氣。我早該料到這種情形的。我預見的徵兆甚至有警告我死亡會找上我的男性朋友，但我一直以為那是指歐伯隆，而不是培里。

「歐蘇利文先生。」傑佛特警探說著迅速走到霍爾和我面前。我沒有做出任何聽見他叫我的反應，因為我的目光沒有辦法離開培里的屍體。

「歐蘇利文先生。」傑佛特又叫了我一聲：「天知道你此刻的心情有多糟，但我必須問你幾個問題。」

他的語氣出奇地友善，我本來以為他會用強勢又懷疑的態度對我。

「請問。」我木然道。

「不好意思，警探。」霍爾插嘴：「但你是重案組的，對吧？你有什麼理由認為此案是謀殺？」

「我們要等法醫驗屍報告出來之後才能確認是不是謀殺。」傑佛特坦承：「但為防萬一，我們還是要蒐集證據和證人說詞。盡責調查，你知道。」霍爾點頭退下，警探回過頭來面對我。「歐蘇利文先生，你今天早上抵達書店之前，人在哪裡？」

「我在家。」我說：「和我女朋友一起看《追殺比爾2》。」

「她現在還在你家嗎？」

「在。」

「你家電話有換嗎？我們一直在打檔案裡的電話，但是沒人接。」

「我從來不接電話，每次都是電話行銷打來的。」我的語調就和水泥磚一樣豐富。

「通常白天你不會來上班嗎？」

「通常會。但是今天我本來打算去迷信山脈的，所以由培里來開店。」

「你從何得知這裡出事的？」

「霍爾跑來我家。」我轉向霍爾。

「那你是如何得知的，浩克先生——我沒記錯吧？」

「對，沒錯。」霍爾回道，接著解釋：「我們辦公室裡有警用無線電。聽到無線電裡傳來客戶的地址時，我自然就會展開調查。」

「我懂了。」傑佛特花點時間在小筆記本上抄寫資料，然後繼續問話。

「受害者爲你工作多久了？」

「兩年多。如果你要確定的話，我得查查才知道確實的雇用日期。」

「他是個可靠的員工嗎？」

「最好的。」

「你知道他有樹立任何敵人，在工作以外的地方有惹上任何麻煩嗎？」

我搖頭。「他是個很沉默的孩子。就算有遇上麻煩，他也不會說。」

「工作上呢——他和你有過任何摩擦，或是其他員工，或是常客？」

「他和我相處就像花生醬與果凍一樣融洽，其他人我就不敢說了。」

「你可以給我其他員工和常客的名字嗎？」

「蕾貝卡・丹恩是另外一名員工，前天才雇用的。我的常客有蘇菲、阿尼、喬許華，以及潘妮洛普……我不知道他們姓什麼。他們每天早上開店就會來喝莫比利茶，風雨無阻。事發當時他們應該已經來了。」

「莫比利茶是什麼？」

「治療關節炎的藥茶。」

「店裡有安全錄影帶嗎？」

「有，我會把帶子拿給你。」他一定早就知道這個問題的答案了。霍爾就是用我店裡的安全錄影帶去控告坦佩警局數週前開槍誤傷我。

「你知道他有服用任何藥物嗎？」

「不知道。」

「他看起來像有任何健康問題，或曾與你分享這類事情嗎？」

「沒有，老兄。」

「好了。有沒有什麼你想要補充的，任何顯示可能導致他死亡的跡象？」

除了當天早上我預見的徵兆？沒有。我感覺到一股強烈的罪惡積壓在我肩膀上。「『完全沒有，』」我說。「『我們不迷信預兆。』」

「不好意思？」

「『就連麻雀之死也隱含著特殊的天意。』【註一】」我低聲說道，視線逐漸模糊，培里僵硬的屍體失去焦點。

「你是說『普洛維登斯』【註二】？羅德島的那個？」

我擦拭眼淚，看向傑佛特時，突然驚覺。「不，我說的天意是指來自更高層力量的指引和保護。」

「喔。那段話後來是怎麼說的？和八月有關的嗎？」

「這是唸給亡者聽的私人輓歌。」我冷冷說道：「與調查無關。」

他側頭看我，說道：「你會用的字彙突然變多了，歐蘇利文先生。」

狗屎。兩個法醫辦公室的小夥子拿出了一個屍袋，我轉身去看他們。「人總是會在日常生活中學到點東西，老兄。」我以剛剛抵達以來就一直使用的冷淡語氣說道：「我並非只是賣書，我也有在讀書。」

「這就說得通了。」警探親切地說，但既然我已經露了餡，不管有多短暫，我都不認爲他還會被我的演技愚弄。「請原諒我。最後一個問題。上次見面之後，你找到你的劍了嗎？」

「沒。」

警探暫停片刻，在筆記本上寫下肯定比「沒」還長很多的句子。

「好了，暫時先這樣。」他說：「但我希望你能接接電話，以免我們須要聯絡你。」

「好。」傑佛特走到一旁，派個警員過來陪我進店裡去拿安全錄影帶。就算有錄到女巫走進去引誘培里出來，對他們而言還是沒有半點用處。我鎖上店門，將牌子翻到「休息中」。我打電話給蕾貝卡・丹恩，告知這個不幸的消息，請她接下來兩天在家休息。他們抬走培里的屍體後，我騎上打從昨晚就被我留在這裡的腳踏車回家。

傑佛特警探已經在我家門外，向關妮兒確認我的說詞，同時也檢查關妮兒在塔吉特購買的球棒和棒球，藉以確認我在薩梯大屠殺案發當時的不在場證明——他們昨天一直沒有找到她。關妮兒完全沒有放過任何細節，甚至記得叫歐伯隆咬咬那些棒球。當我到家停車時，傑佛特正站在她開啓的後車廂前，一臉噁心地觸摸棒球。關妮兒站在他旁邊，朝我翻眼招呼。歐伯隆躺在前廊上，很快地將他認為我該知道的事情說了一遍。

「大人物又來了。這次他還是沒有拍我。他聞起來有點像是發霉的襪子和鮪魚。」

註一：阿提克斯引用了《哈姆雷特》〈第五幕第二場〉哈姆雷特的台詞：「完全沒有，我們不迷信預兆。就連麻雀之死也隱含著特殊的天意」(Not a whit. We defy augury. There's a special providence in the fall of a sparrow.)。

註二：普洛維登斯（Providence），羅德島最大城市，同時也是天意的意思。

「啊，歐蘇利文先生，」警探說著將一根球棒丟回關妮兒的後車廂裡，然後關上車廂蓋。「好久不見。」我沒說話，只是對他點頭。

「你剛剛是走路去書店的，」他說：「但現在你騎車回家。腳踏車是哪裡來的？」

「我的書店。」

「你的書店。車為什麼會在那裡？」

「顯然是我昨天把它留在那裡的。」

「為什麼？」

「因為有時候我喜歡走路回家。」有時候我也喜歡飛回家。傑佛特警探冷冷看著我，試圖找出欺瞞的跡象，我則以最平靜的表情回應他。他先偏開目光，將手插入口袋，彷彿在鞋尖上找到什麼非常有趣的東西。

「你知道，我的聽力很好。我聽見你之前說了什麼。你說『就連麻雀之死也隱含著特殊的天意。』」

「所以呢？」

「所以聽起來像是你在引述什麼東西。我打電話到局裡，和我們的調度員聊聊，因為他以前主修英文，而他告訴我那是《哈姆雷特》的台詞。」他目光飄回來研究我的反應。

「對。」我證實道，沒有顯露任何表情。

「所以你在掩飾什麼，歐蘇利文先生？」

我聳肩。「沒什麼。」

他對我搖手指。「那可不是實話。昨天搜索你家時，你表現得一副ＩＱ不到八十的模樣。今天你卻可以隨口引述莎士比亞的句子。」

我的耐性如同尤馬【註】的露珠般蒸發殆盡，滿腔怒火突然蓋過理智。「『闖入我家花園、像個賊一樣搶奪我的財物、目中無人地翻越我的高牆還不夠，這下你還要用這些無禮的言語來挑釁我？』」

傑佛特揚起眉毛。「這是哪一齣？」

「《亨利六世》〈第二幕〉。」我說。

警探皺眉。「你背過幾部莎士比亞的劇本？」

「每一部。老兄。」我不知道爲什麼要故意嘲弄他；如此奚落他，讓他把逮捕我視爲個人使命絕非明智之舉。但是儘管極端不智，我還是冷冷地直視他的雙眼，完全被體內高漲的睪酮素支配；而他不但看出了這一點，同時也證實了早先在我身上瞥見的智慧之光。接著他知道昨天我和他說的通通都是鬼話，他與他的同事通通讓我當白痴一樣耍了。他咬牙切齒，肩膀緊繃，關妮兒和歐伯隆都注意到了。

「嘿，阿提克斯，放輕鬆點。」

註：尤馬（Yuma），美國亞利桑納州的城市，亞熱帶沙漠氣候。

「問完了嗎，傑佛特警探，還是說還有什麼事？」關妮兒問。

「差不多了。」他說，依然直視我的雙眼。「暫時沒事。你把一切都安排得很好，歐蘇利文先生。你女朋友甚至有拿前天晚上你去塔吉特買東西的收據給我看。但是她無法解釋塔吉特安全錄影帶裡的你爲什麼只有一隻耳朵，現在卻有兩隻耳朵。」

「我在塔吉特裡就是兩隻耳朵。」我撒謊。

「影片裡的你沒有。」

「那影片一定有問題。我的耳朵是眞的，不是人工的，而耳朵可不會在一夜之間長回來，是不是？來呀，自己看，警探。我允許你檢查看看。」我腦袋向左側過一點，伸手比向耳朵。

他目光轉向我的右耳，伸出左手輕輕拉它，確定沒有脫落，而且感覺就是軟骨，不是其他材質。他沮喪地說：「我要去驗屍。如果我有其他問題，希望你們有空回答。」

我們三個什麼都沒說。我們只是一直瞪他，直到他上車離去爲止。我花了點時間把近期的事件說給歐伯隆和關妮兒聽，度過一個充滿悔恨與悲痛的陰鬱下午，直到霍爾跑來接我。儘管漫長的一生中從未想過自己會說這種話，不過我即將去與女巫們和談。

第二十一章

我們先打電話知會要來，要求她們在我們造訪期間撤除所有魔法。我們於四點過後抵達，整個女巫團的成員都在瑪李娜的公寓裡等我們。

「這是寶姑米娃。」瑪李娜說，指向一個瞪大一隻眼睛冷冷打量我的苗條黑髮女子；她的另一隻眼睛藏在遮住半邊臉的秀髮之後，我很好奇撩起頭髮的話會看到什麼景象。她向我輕輕點頭，瑪李娜偏好的燭光閃過隨著這個動作牽動的秀髮。

「你在外人面前可以叫我米拉。」寶姑米娃說：「種族特色強烈的名字在美國會引人側目。」

我微笑點頭，而全名叫作霍伯瓊的霍爾則說：「我懂妳的感受。」

「波塔在廚房。」瑪李娜指向另外一個黑髮女子。波塔看來有點「假日肥」，正在吃著某種美味零食，在聽到她的名字時隨意揮了揮手。瑪李娜繼續介紹其他三名女巫團成員，三個都是金髮。卡西米拉很高、腿很長，古銅色的皮膚和潔白的牙齒顯示她生長在加州海灘，而非東歐多雲的天空下。克勞蒂雅外表嬌小柔弱，眼神慵懶，嘴唇微翹，一頭短髮在頭部剪成許多層次，臉旁的劉海帶有潮濕、懶洋洋的風格，給人一種隨時隨地都好像剛剛才做完愛，此刻只想來根事後菸的感覺。我從前習慣隨身攜帶香菸，專門提供給像她這樣的女人享用，但是那個社交禮儀在人們終於了解到提供香菸就和提供肺癌一樣之後就退流行了。儘管如此，我還是彷彿回到維多利亞時代，反射性地拍拍如果有穿背心、口袋會在的地方。

最後一名波蘭女巫羅克莎娜，將濃密的頭髮緊緊綁在腦後，看起來就像是壓扁的安全帽，不過她一頭金髮在穿過一個貼在頭皮上的銀環後，完全化爲毫無節制的鬈毛；圓圓的藍眼睛透過一副圓眼鏡冷冷打量我。她身穿權勢套裝【註】，白上衣、有墊肩的紫外套、黑長褲，以及讓我聯想到瑪李娜的黑色尖頭靴。我迅速掃視一遍，發現她們全都穿著同樣的靴子——而且所有人身上都有紫色的東西，儘管卡西米拉的只是別在外套左胸上方的小胸針。

因爲有些女巫還沒見過他，我介紹了霍爾。他自手提箱裡取出兩分互不侵犯協議，就和我們將會用來簽署協議的七支超級銳利鵝毛筆一樣，看起來非常正式。女巫和我每人都拿到一支鵝毛筆，協議的簽名頁則攤開來擺在瑪李娜沙發前的黑色咖啡桌上。一個接著一個，女巫用鵝毛筆刺破掌心，以鮮血簽署兩份協議。接著輪到我了。

我曾抗議過幾次用鮮血簽署協議的做法，因爲用自來水筆簽也具有同樣的法律效力；我不希望讓血落在女巫團手裡，句點。女巫團非常堅持這一點，最後我只好妥協。就魔法角度而言，用鮮血具有更大的約束力，而這份協議的魔法效力遠大於法律效力。「每天都有人在違背法律，歐蘇利文先生。」瑪李娜指出這一點。「但是很少有人違背魔法協議，而眞的違背魔法協議的人通常都活不久。因此，用血簽署協議不但是保障我們，同時也能保障你。」

儘管如此，當眞到了簽署協議，六個血簽名在我眼前變乾變暗的時候，我還是遲疑了。簽署這份協議將會牴觸數百年來我認爲不讓女巫有機會動手殺我的「最好做法」。但是說眞的，少了她們的幫助，我看不出任何解決眼前事的辦法，而且如果想要安安穩穩地治療東尼小屋附近的土地，我就需要這份協議。鵝毛筆造成的刺痛感在鮮血冒出掌心時依然沒有消退，而我在簽署協議時並沒有做任何紓緩痛楚的處置；這種情況下我應該要感受它所帶來的痛。

我簽完的時候，屋裡各處都傳來鬆了一口氣的感覺，緊張的氣氛鬆懈，僵硬的微笑恢復自然。波塔鼓掌笑道：「我們該慶祝、慶祝。誰要巧克力加杜松子酒？」眾人都認為這是個好主意，於是她開心地跑進廚房。其他女巫迎上前來跟霍爾和我握手，感謝我們的遠見和合作；她們從未感受過如此的重視與尊重等等。

熱巧克力加杜松子酒，以及一盤剛烤好的餅乾一起端了出來。

瑪李娜捲起女巫團那份協議，霍爾收起我的放回他的公事包，好讓餅乾放上咖啡桌。半數女巫坐在沙發上，剩下的人則拉過各式各樣的椅子，圍成一個橢圓形坐下；眼前擺著巧克力和餅乾，身後則有橘子和荳蔻口味蠟燭提供愉快的照明。那感覺像是身處傳統歐洲咖啡屋中，只不過阿姆斯特丹或巴黎的咖啡屋裡絕不會建議或允許出現這麼多紫色。

我稱讚波塔的巧克力，然後說道：「來談談第三家族之女。」

女巫全部神色一凜。「你想知道什麼？」瑪李娜語氣平平地問，不過看得出是硬擠出來的。她似乎是在控制自己的怒意，而不是要在我面前掩飾什麼。

註：權勢套裝（a power suit）通常指保守、做工精良的男性或女性套裝，用以顯示自信與權威。

「可以請妳和我說說妳們是怎麼結怨的嗎？」我問：「妳說是在二次世界大戰的事，但我不太清楚當時妳們在做什麼。第一次見面時我只聽妳稍微提起。」

「我當時是怎麼跟你說的？」

「妳說妳們都是閃電戰的時候在波蘭認識的，」我說：「那之後不久，妳們就來到美國。」

「就這樣？好吧，我們都是在華沙認識的。」瑪李娜說：「也可以說是拉度米娃找到我們，然後把我們聚集在一起。女巫團成立後，我們討論了很久該怎麼做。我們經常性地預測未來，想要知道日後會怎麼樣，我們能夠怎麼做、該何去何從。我們預見了即將降臨的災難，也明白我們在波蘭完全無能為力——情況一發不可收拾，我們的防禦機制將會形同虛設，而我們須要解決的人都遠在德國，動不了他們。我們或許是當時最強大的女巫團，但就連我們也無法抵抗坦克軍團，或是阻止武裝親衛隊為所欲為。不過我們還是看出可以將能力用在什麼地方，於是我們在華沙淪陷前一週離開，啓程前往保加利亞。」

「保加利亞？」我皺眉。「但那裡也是軸心國的勢力範圍。」

「是呀，但是在什麼條件下？卡薩．包里斯三世【註】加入軸心國是為了防止德軍侵略他的國家，但沒讓保加利亞部隊參戰。希特勒要他入侵俄國、紓緩東線戰事，但包里斯拒絕了；他同時也斷然拒絕將五萬名保加利亞猶太人送往波蘭的死亡集中營。我認為那段時間我們在那裡表現得不錯。」

我在聽出她的意思時，下巴都要掉下來了。「妳當真認為那是妳們的功勞？」

「我們一直在索菲亞待到暗殺事件發生為止。我們拯救了許多性命。」

我不理會她的自吹自擂，問道：「暗殺誰？」

「我們還在討論包里斯三世。」

「啊，沒錯。妳以爲是誰殺了他？皇宮裡沒有任何陰謀策劃的跡象。」

「第三家族之女。」

我搖頭。「不，我很抱歉，我確實知道一些包里斯三世死亡的內幕。他們開棺驗屍，確認他死於心臟衰竭，沒有其他死因。」

「一點也沒錯。」羅克莎娜以清脆的英語說道，隨即微帶歉意地看向瑪李娜。「不是德國人下毒，那是當時廣爲流傳的一個陰謀論，也不是俄國人在幕後主使。是德國魔咒女巫滲透我們的防禦力場，施展詛咒害死了他。」

「她們會一種能夠導致心臟衰竭的詛咒？」

波蘭女巫不約而同地點頭，寶姑米娃沒讓頭髮遮住的半邊嘴唇說道：「那是一道瞄準心臟攻擊的壞死詛咒。它只會導致一小部分的組織壞死，但如果是心臟組織，結果就是冠狀動脈衰竭致死。」

「那是她們戰鬥時最偏愛的法術。」克勞蒂雅主動說道。「這就是她們一直對我施展的招式，也是我的護身符一直撞擊胸口的原因；她們就是這樣殺害培里的。我明白她們一直在施展的詛咒顯然

註：卡薩・包里斯三世（Czar Boris the Third），一九一八年至一九四三年在位的現代保加利亞第二任沙皇，其死亡至今仍謎團重重、眾說紛紜。

會致命，但我不曉得它對人體究竟會產生什麼效果。驗屍官會宣稱培里死於起因不明的心臟病發作，然後就沒了。

「基本上那是她們唯一的法術。」波塔滿嘴餅乾、輕蔑地道：「如果沒有惡魔幫忙，她們根本施展不了其他法術。」

「沒錯，不幸的是，世界上有太多惡魔願意幫忙了。」羅克莎娜說：「儘管他們總是會要求回報。」

「等等。」我舉手說道：「先跳回包里斯身上。魔咒女巫究竟有什麼理由要殺他？」

「和希特勒一樣，她們要他入侵俄國。」羅克莎娜回道。

「所以她們就是赫赫有名的地獄來的納粹女巫？」

「不、不、不。」瑪李娜搖頭。「她們早在納粹出現之前就已經存在了，而她們肯定也在納粹滅亡的過程中存活了下來。她們只是利用納粹達到目的。」

「所以自稱第三家族之女與第三帝國沒有關係？」

「據我所知沒有。」瑪李娜語氣並不十分肯定，羅克莎娜支持她的說法。

「她們在納粹出現之前就如此自稱了。」她說：「但我們不知道這個團名的出處。她們從來沒有與我們坐下來討論女巫團的起源。」

「好吧，她們想要什麼？為什麼要殺包里斯？」

瑪李娜說：「她們要的和希特勒一樣——或者說，希特勒要的和她們一樣——俄國。」

「什麼？妳是說希特勒展開整個愚蠢的入侵行動都是受到她們的影響？」

「我的意思就是這樣。」瑪李娜點頭說道：「她們送他淫慾惡魔，並且提供『生存空間』【註一】的美夢——她們在第一次世界大戰時也爲席歐包德・凡・貝斯曼恩・霍爾維格【註二】做過同樣的事情。一九四三年，當東線戰局吃緊，包里斯又在我們的影響下拒絕出兵時，魔咒女巫就殺了他，讓所有人以爲是希特勒幹的。」

「不過事情並沒有她們想像中那麼順利。」羅克莎娜冷笑道：「她們期待剩下的攝政團會比較服從德國領導，讓我們難以控制和保護，但結果攝政團既愚蠢又軟弱，不但沒有入侵俄國，還反遭俄國入侵，然後一切就結束了。」

「我們並不在意這種結果，眞的。」瑪李娜解釋：「保加利亞的猶太人安全了，魔咒女巫的陰謀沒有得逞，這才是最重要的。」

「然而，此事讓她們一直想要報復我們。」羅克莎娜補充：「因爲她們大概至今依然認爲如果保加利亞參戰，她們就有機會打贏。」

「她們爲什麼那麼想要入侵俄國？」

女巫團成員交換眼神，看看有誰想要回答，最後開口的是卡西米拉。「俄國有一群專門獵殺她

註一：生存空間（Lebensraum），納粹的理念，指滿足民族生存與經濟自給所需的領土。

註二：席歐包德・凡・貝斯曼恩・霍爾維格（Chancellor Theobald Von Bethmann-Hollweg），一次世界大戰時期德國總理。

們那種女巫的女巫獵人。如果碰巧發現我們，他們也會毫不遲疑地展開攻擊，不過他們會主動獵殺第三家族之女，因爲她們與惡魔合作。魔咒女巫希望黨衛軍能夠解決女巫獵人，拔除她們背上的芒刺。希姆萊十分沉迷超自然力量，只要能夠染指俄國，一定會找出他們。」

我突然想起尤瑟夫・比亞利克拉比的俄國口音及他背後的神祕組織。「史達林竟然沒有剷除他們。知道這些女巫獵人怎麼稱呼自己嗎？」

所有女巫動作一致地緩緩搖頭，那景象看來十分詭異。我無聊地猜想她們有沒有團體練習過這個動作。

「妳怎麼知道魔咒女巫是爲了這些神祕俄國人而想入侵俄國——或者說，是因爲想要殺死這些俄國人？」

女巫們同時轉頭望向瑪李娜，我也一樣，等待答案。她的目光垂向自己的大腿。「我們活捉了刺殺包里斯三世的女巫，然後審問她。審問得非常徹底，拉度米娃主持的，」她說，拉度米娃是她們的前任團長。「不過我當時在場。她死前透露了很多情報，那也是第三家族之女如此痛恨我們的原因之一。」

「我懂了。好吧，她們看起來在德國很有影響力。妳說她們能夠直接影響元首。那麼優秀民族那套鬼話也是她們透過淫慾惡魔或其他方法灌輸給他的嗎？她們有提議建立死亡集中營之類的東西嗎？」

「據我們所知，沒有。」波塔說著嘴角噴出一些第三片餅乾的碎片。「她們只想利用德國去攻打俄國。她們不是納粹；她們是投機分子。相信我，我很想把那場戰爭所有邪惡之事都歸罪到她們頭上，但是最殘暴的行爲都是人類在沒有受到地獄勢力的影響下主動做出來的。」

「她說得對。」克勞蒂雅同意。「大屠殺並非她們的主意。不過她們似乎也不反對。在利益相符的時候，她們還會參與屠殺。」

我皺眉。「妳說參與屠殺是什麼意思？」

「有一段時間，她們專門獵殺喀巴拉教徒——」

「喀巴拉教徒！」我大聲道，在自己額頭上拍了一下。「這就是他沒死的原因。」

「誰沒死？」女巫異口同聲問道，感覺就像是希臘唱詩班一樣。

我嘆口氣，集中思緒。「今天早上開始，我就知道我以前和這群魔咒女巫交過手——或至少見識過她們的手段。她們在我家外面嘗試以殺死包里斯三世的壞死詛咒對付我，但是被防禦力場擋下來了。」我刻意隱瞞擋下詛咒的是寒鐵護身符；互不侵犯協議並沒有要求我要向對方透露我的防禦機制。「我的防禦力場上一次出現這種反應是在第二次世界大戰時。」

波塔不再咀嚼，瞪大眼睛看著我。「眞的？你當時在哪？」

「我在大西洋庇里牛斯護送猶太家庭前往西班牙，讓他們從那裡搭火車去里斯本，然後安全逃往南美洲。」

註：希姆萊（Himmler），納粹政戰頭子。

波塔揚起雙手。「先暫停。這故事聽起來很棒。」她離開沙發。「我要去做爆米花。」其他女巫全都出聲抗議，說邊吃電影零嘴邊聽我說故事很沒禮貌，但是波塔並不這麼認爲。「拜託，他是個德魯伊；他喜歡當吟遊詩人。」其他女巫繼續抗議，不過也沒有非常認眞，最後她們轉向我，用表情懇求我原諒她們如此散漫。

事實上，這種行爲讓我覺得和女巫更加親近。人們愛聽戰爭故事是兩千年來都沒有變過的事——至少，愛聽他們擁護的一方獲勝的戰爭故事。天知道那場戰爭裡除了最後的勝利之外，根本沒有多少値得喝采的事情。但是女巫團活了下來，而我們雙方都曾參戰，儘管作戰方式並不傳統。這是我們之間的羈絆，述說這個故事將會強化這道羈絆，奠定贏得接下來勝利的良好基礎。

眼看她們期待我長篇大論，我暗自整理一下故事。當年我沒有更主動參與戰事的眞正原因在於莫利根不允許我這麼做；當時我們的關係不像現在這麼明確。

「你知道此刻我要看顧世界上多少戰役？」她在我打算投身英軍的時候問道：「我沒時間一直擔心你會不會踩到地雷或是被炸彈炸死。不要參戰，敘亞漢，不要做任何引人注目的事情——特別是不要吸引妖精的注意。」

不過此刻我不打算讓她們知道我與莫利根有任何關係，所以當波塔帶著一碗爆米花回到沙發上，指示我繼續說下去時，我只告訴她們部分眞相。女巫全都在座位上湊向前來，霍爾也是；他沒聽我說過二次世界大戰時的事情。

「你們也知道，當時我在躲避安格斯・歐格的追殺，就像公元紀年以來大多數時候一樣，所以我不能公然施展可能吸引他注意的魔法。但我也不能就這麼躲在亞馬遜雨林裡等待一切過去：我的良知不允許我這麼做。於是我加入西南方的法國反抗軍，成爲反納粹游擊隊員，保護猶太家庭穿越荒野、躲避納粹荼毒。」

「我在組織裡代號綠人。如果有人堅持要知道我的名字，我就自稱『克勞德』，然後不再多說。我護送的猶太家庭比其他走私者更迅速、更健康，也更可靠地抵達西班牙。我總共救了六十七個家庭，有時一次護送好幾個家庭。那不能和妳們在保加利亞拯救五萬人的規模相提並論……」——雖然我暗自懷疑那能不能算是她們的功勞——「但那是我對和平的小小貢獻。而且要知道，我當時身處有大批納粹佔領的加斯特涅區，與大部分反納粹游擊隊員相隔甚遠。一般來講，帶領他們安然離開城市遠比翻山越嶺困難。」

「只有一個在我護送下的家庭沒有逃離法國。我在波城外和他們會合，計劃取道桑波特山道穿越庇里牛斯山。那家的父親是個深愛孩子的好人、一個科學家，但就算願意，我也沒辦法說出他們的名字。當年爲了所有人的安全著想，有太多步驟要匿名行事了。」我暫停片刻，喝了一口已經有點涼了的熱巧克力，波塔滿臉不耐地看著我。

「他們是對年輕夫婦，帶著三個兒女：十歲的男孩、八歲的女孩，還有一個五歲男孩。男孩們身穿小西裝——他們最好的衣服——女孩則在紅洋裝外加穿一件灰色羊毛外套。母親的打扮和女兒很像，洋裝加外套。父親帶著一個裝滿文件與相片的公事包，全家人的家當就只有一些衣服。那個父親——好吧，他的靈氣中隱約帶有魔法跡象，但我卻沒有花時間檢視，而現在我知道他是個喀巴拉教徒，他的防禦力場和我的一樣有能力抵禦魔咒女巫的壞死詛咒——劫維貝塔德，對吧？」

「對。」瑪李娜點頭。「她們用的就是這個字。」

「我們還在前往桑波特山道的半路上，六名女巫已經趁夜偷襲——一名女巫對付我們隊伍中一名成員，這讓我相信我們遭人背叛。母親和三個孩子當場死亡，緊抱胸口倒在深秋的落葉裡。我也倒地了，因爲我透過力場感受到攻擊，而我以爲接下來會有手榴彈或是機槍掃射。我一倒地立刻對自己施展僞裝法術，然後盡可能安靜地爬離倒下的地點。」

「我盡量掩飾自己發出的聲音。當時唯一還站著的就是那個父親，但他大聲喊著妻子與兒女的名字，然後在我努力找尋掩蔽時撲到他們身上，試圖喚醒他們。」

「他的喀巴拉力場保護了他。」波塔瞇起雙眼，理解地點頭。

「沒錯，但當時我並不知道這一點。我從未聽他唸誦過任何咒語，我從未花時間仔細檢視他的靈氣，所以當時我認定他身分特殊——不然我們怎麼會惹來這種注意？——他是個重要的政治人物遠比他是重要的魔法界人物的可能性要大多了。無論如何，當時他都悲痛到沒有對攻擊採取任何反應。我不知道他的家人爲什麼沒有防禦——或許他的能力對他的家人而言也是祕密；或許他們不認同喀巴拉魔法。總之我不知道。」

「然而片刻過後，他擁有什麼樣的能力都無關緊要了。六條身影走出周遭的樹林，如同徘徊在黑暗中更加黑暗的陰影，她們拿出裝有滅音器的手槍朝他連續擊發。他死在妻子身上，當對方射光子彈後，她們重新裝填，然後繼續射擊動也不動的屍體，其中有不少槍擊中他的頭部與胸口，讓屍體殘破到不可能透過任何形式的法術修復。」

「她們甚至站在原地凝望屍體片刻，確保沒有出現任何醫療跡象，整個過程中我一直安安靜靜地待在一邊，藏身在距離她們約九到十公尺左右的一棵樹旁。在那種情況下，我完全幫不了那個家庭的任何成員。除了醫療能力外，我完全無法防禦子彈，而這些傢伙已經示範過她們會怎麼應付擁有醫療能力的對手；除此之外，我身上除了魔劍，沒有其他武器。我也不清楚這些殺手是什麼人或什麼東西，只知道她們是某種女巫。從現場研判，我假設她們是希姆萊的祕密部隊，爲了除掉此人而來。」

「最後終於有人發現我不見了。『Gabes nicht sechs von ihnen? Ich zähle nur fünf Körper,』她說。」

「Scheisse!」波塔以德語咒罵道：「她們怎麼做？」

「先等一等，阿提克斯，」霍爾插話：「我不懂德文。你剛剛說什麼？」

「『不是有六個人嗎？我只有看到五具屍體。』」

「喔，狗屎。」霍爾說著從寶姑米娃大腿上拿了一碗爆米花；她露在頭髮外面的眼睛瞪得老大，不過沒有提出任何抗議。「然後怎麼了？」他問，抓起一把爆米花往嘴裡就塞。

「她們留下一個女巫，確保死掉的喀巴拉教徒不會施展奇蹟般的治療法術，其他五個則分頭找我。不過她們沒辦法看穿我的僞裝，很快就從我的藏身處經過、融入樹林。」

「她們沒有紅外線能力或是稍微強化過的嗅覺？」霍爾問。

克勞蒂雅搖頭答道：「就像波塔之前所說，少了惡魔幫助，她們基本上就和廢物一樣。如果有惡魔和她們一起去，她們早就已經發現他了。她們或許透過某種方式取得夜視能力，但是沒有辦法看穿他所施展的隱形法術。」

僞裝法術與隱形法術不同——它只是僞裝——不過我沒有費心糾正她。「這讓我和一名女巫獨處，在逃走之前有機會幫那個家庭報個小仇。那個父親的西裝外套是用天然纖維製成，於是我在他的左手衣袖與身側加以羈絆，導致他的手臂突然向下移動。正如各位想像，理應死透了的屍體突然做出這種動作讓那個女巫大吃一驚，於是她在尖叫聲中再次朝向屍體開槍。我利用她所發出的聲響掩護拔劍，向前衝出十公尺，砍下她的腦袋。」

波蘭女巫大聲歡呼，所有人舉杯暢飲，又倒了更多杜松子酒，然後我才能繼續說下去。

「她倒在猶太家人身旁，而我則在其他女巫因尖叫聲趕回來的同時衝下山去、奔向波城。當她們發現屍體，弄清楚究竟怎麼回事時，我已經離她們很遠了。她們追了一會兒，但是沒有追近。戰爭結束前，我再也沒有走過桑波特山道，從此也沒有見過她們；直到妳們剛剛告訴我缺少的資訊，都不曉得她們攻擊我們的原因。」

「那麼今天她們攻擊你的時候出了什麼事？」卡西米拉問：「你又殺了一個女巫嗎？」她期待地問道。

「沒，事發現場對我不利。」我說，整個女巫團都露出失望的表情。「不過我弄到了一點小東西，」我補充，接著伸手到口袋裡，拿出金髮女巫的頭髮，「應該有助於我們找出她們的下落。」

「那是她們的？」瑪李娜難以置信地問道，雙眼緊盯著我拇指和食指間的頭髮。

「只是其中之一的頭髮，不過沒錯，是她們的。」我說。「能用來找出她們的藏身處嗎？」

女巫同時點頭說道：「沒問題。」

第二十二章

「索爾的事情，你改變心意了嗎？」李夫問。

「改了、改了、改了！」我以最快的速度說道，但他還是掛了我電話。

結果是他弄錯了：他料定我會拒絕，所以在我回答時已經要闔上手機蓋，而當他聽到我非常小聲的肯定答案時，手機已經蓋上了。他立刻打回來。

「不好意思。」他說：「你剛剛是說你改變心意了？」

「沒錯，我是這麼說的。」我確認：「但是先決條件是你要對我非常、非常好。」

「我要怎麼做才能換取你的協助？」他謹慎問道。

「幫我去吉爾伯特殺幾個女巫。」

「就這樣？」

「這個，就你和我兩個人，對方大概有二十幾個人。」

「就這樣？」

「她們很凶狠，而且可能打扮得像搖擺舞孃【註一】，我是說髮膠和那種露出一邊肩膀的打扮。」

「聽起來很可怕，阿提克斯，駭人到了極點，但是我完全聽不出來你在暗示什麼。」

「那這樣說如何？我們可能會招惹一些地獄勢力，因爲她們在子宮裡孕育惡魔，或許還有其他驚喜，誰知道？」

「好啦、好啦，什麼時候動手？」

「今晚。現在。打電話給你的食屍鬼朋友；事情結束後有很多屍體可吃。」

「那什麼時候去殺索爾？」

「我會在新年之前上阿斯加德偵查情勢。」我說，刻意不提要幫拉克莎偷伊度恩金蘋果的事。「在我回來之後——應該也是新年之前——我們就開始計劃布署。你去召集你的人馬——所有你能找來的狠角色，我會把你們通通帶去阿斯加德。」

「你發誓？」李夫問。

「老兄，和你打勾勾都行。」

「不好意思？」

「我會向你發誓。先開你的蝙蝠車過來接我。」

李夫不太高興地對著電話嘶聲說道：「我從來沒有化身蝙蝠過，沒有吸血鬼這麼做過，我已經開始厭倦史托克先生【註二】寫的故事了。」

「如果我們能活下來，李夫，我發誓我要逼你看點天殺的漫畫書。」

註一：搖擺舞孃（the Go-Go's），美國八〇年代的搖滾女子樂團。

註二：史托克（Bram Stoker），《吸血鬼德古拉》的作者。

第二十三章

李夫身穿鋼鐵胸甲，面帶微笑地出現在我家前面。「我活了這麼久，可不是爲了要讓幾個女巫今晚拿木樁插我。」他神態輕鬆地靠在他的捷豹名車旁說道。他身穿傳統亞麻襯衫，胸甲兩旁是超蓬的衣袖。不過他沒有完全打扮成文藝復興時期的風格，沒穿馬褲和護襠，而是黑色Levis牛仔褲外加一些馬丁大夫小帶釦。

「我想，你還有另一個弱點。」我說：「我們必須先處理。」

他的笑容消失。「她們有瓶裝陽光之類的東西嗎？」

「不，但她們其中有八個身懷惡魔種，手邊可能會有地獄火。你是可燃物，對吧？」

「這個，既然你提起了，沒錯。」

「我可以解決這個問題，不過這個道具只能借你用一個晚上。」

「好。」我把歐伯隆的護身符給他，然後啓動。他懷疑地看我，然後翻轉掛在他脖子上的護身符。

「這塊金屬有辦法不讓我化爲灰燼？」

「你會感受到高溫，但是應該燒不了你。」

他揚起眉毛、翻轉眼珠，以臉部表情做出聳肩的感覺，說道：「好吧，可以走了嗎？」

「還要先做兩件事。」我說，接著意有所指地朝向馬路對面的房子擺擺頭。「還記得我那個喜歡探人隱私的鄰居嗎？」

「當然。」

「他之前無意間透露他的車庫裡有把火箭推進榴彈。我想知道他說的是不是眞話，如果是，把它拿來爲了東谷更美好的未來而戰。」

李夫沒有轉頭，不過鼻孔開闔。「他在家。」

「喔，對呀，他正透過窗葉偷看我們。」

「你覺得我們該怎麼做？」

「你魅惑他，讓他幫我打開車庫門。我就厚顏無恥地走進去，拿走我們需要的東西，然後你再叫他忘掉一切。」

「如果他車庫裡有軍事裝備，我們應該通知ＡＴＦ【註】。」

我長嘆一聲，伸手捏捏鼻梁。誰想得到一個吸血鬼律師眞的會在乎法律？「好，但先等我們拿點武器來玩再說。」

李夫放鬆下來，說道：「他正在看我們？透過窗戶？」

我偷瞄一眼，確認窗葉還是分開的。「對。」

李夫毫無預警地轉過頭去，瞪向對街的窗葉。片刻過後，窗葉闔起。

「好了。」李夫說：「走吧。車庫門過幾秒鐘就會開了。」

我們穿越馬路，沉重的車庫門轟隆轟隆地開啓。我突然想到從來沒有看這扇門打開過；山莫建先生開的銀色本田CR-V向來都停在車道上。

火箭推進榴彈就擺在裡面，一共好幾把。還有一箱制式碎片手榴彈、幾箱自動武器，還有手持式地對空飛彈；牆上還掛著幾件防彈背心。

「哇。」我說：「和我的車庫好像，不過火力強大很多。」

「顯然這些武器並非用以自衛。」李夫在門口說道。山莫建先生處於他的控制下，不過還沒以自由意志主動邀請李夫進屋；他神情呆滯地站在通往屋內的門邊。「山莫建先生，」李夫對他說：「請解釋一下你這裡為什麼有這麼多武器。」

「為了應付土狼。」他回應道。

我立刻抬頭。「他說什麼？什麼土狼？」

因為山莫建此刻只會回答他的問題，李夫重複了我的問題。

「土狼。就是在墨西哥邊境幫人偷渡出國的那些傢伙。」

「喔，那些土狼。」我說：「那就好。」

「我提供軍火給兩個不同的土狼幫派。」山莫建繼續道：「最近他們總是需要額外火力才能擺脫邊境巡邏人員。」

趁我拿武器的時候，李夫又問了他一些供應商和客戶之類的問題。我想到第三家族之女喜歡使

註：菸酒槍砲及爆裂物管制局（Bureau of Alcohol, Tobacco, Firearms and Explosives）。

用手槍，於是拿了件防彈背心，接著拿起兩把ＲＰＧ【註】，又在口袋裡塞了五顆碎片手榴彈。我將ＲＰＧ放在李夫的捷豹後車廂，然後在馬路對面大聲告知我快準備好了。

關妮兒和歐伯隆在屋裡，與三個狼人一起看《魔戒首部曲》加長版。其中一個狼人是史努利・喬度森醫生，我請他和我去後院一下。他詢問我的健康狀況，並且感謝我這麼爽快地支付他的鉅額帳單，然後把我丟上鄰居的派洛沃德樹，讓我解除富拉蓋拉和莫魯塔的羈絆，不過沒有解除偽裝。在麥格努生的命令下，坦佩部族最多就只能幫到這裡了。

將兩把武器裝到李夫的捷豹後車廂後，我真的已經準備好大幹一場了——或者說，準備好要了結第三家族之女所掀起的戰端。

「來吧，李夫。」我朝對街叫道：「丟下他，晚點再去告密。我們先去接那些好女巫，然後再去殺那些壞女巫。」

註：火箭推進榴彈（Rocket-propelled grenade）。

第二十四章

曙光三女神女巫團迅速下樓，和我們在地下室停車場碰頭。她們踏著尖頭靴，快步走向一排看起來很女性化的雙人座跑車。瑪李娜和克勞蒂雅輕快地坐上一輛奧迪ＴＴ敞篷車；寶姑米娃和羅克莎娜的則是賓士ＳＬＲ麥克拉倫；卡西米拉和波塔這對看起來很不搭調的組合，十分勉強地擠進一輛龐帝克冬至裡。和德國魔咒女巫不同，她們知道現在是什麼時代，該怎樣搭配黑衣。寶姑米娃甚至將頭髮梳到後面，綁成一個實用的馬尾，而我有點失望地發現之前頭髮遮住的半邊臉看起來也完美無瑕，沒有可怕的傷疤、缺少的肉塊或還有蟲在爬的空洞眼眶。

「時間就是關鍵。」瑪李娜在車子的警報器響起時解釋道：「我想我們已經遮蔽了對方的預知能力，但如果她們突破了我們的遮罩，知道我們此刻不受保護，或許會有機會再度施展殺害瓦絲瓦娃的魔咒，將我們一網打盡。我敢說有惡魔在她們身邊等著幫忙。」

「時間緊迫，嗯？我們有多少時間？」我不擔心對方利用預知占卜找出我；在我的護身符作用之下，除了莫利根，沒有人能這樣找到我。也不須要擔心李夫，因爲很難靠預知占卜找出死人，而且她們還得先知道他有參與此事才會嘗試這麼做。

「一旦她們展開儀式，我們就只剩下約莫二十分鐘的時間。跟在我們後面，待會用電話交談。」

看著女巫把車開出來，李夫有點嫉妒。「很棒的玩具。她們靠什麼維生？」

「諮詢。」

「眞的？什麼樣的諮詢？」

「我猜是很神奇的諮詢，因爲她們是在沒有眞的幫任何人諮詢的情況下很神奇地收到薪水。」

「眞是太聰明了。不過我想那和眞的諮詢顧問也沒有多大不同。」

「瑪李娜也是這麼說。」我在我們左轉上里約沙拉度路，駛向鄉村路，朝二〇二公路東向前進時說道：「說到諮詢，瑪李娜可能想要向我諮詢一下我們的攻擊計畫。」我翻開手機上蓋，輕聲叫道：「哈啊囉。」音調越來越高，最後以疑問的語氣收尾。

「你似乎完全沒把待會的衝突放在心上。」瑪李娜的波蘭腔十分明顯，她已經有點不高興了。

「我只是想要活在當下、享受生活。再過不久我們將會和對方拚個你死我活，所以我要趁有機會的時候享受生命的精髓。順便一提，李夫很喜歡妳的車。」

瑪李娜完全當我沒說話，說道：「我們要前往吉爾伯特・派可斯路口，所以我們駛上二〇二公路後立刻就會轉上一〇一公路向南走。她們待在一棟空置的三層建築頂樓。底下兩層樓都有東西在等著，不過看不出來是什麼。」

「所以妳和妳的姊妹會殺進去，而我和李夫就在外面等？」

一片沉默過後，瑪李娜說：「不，其實是反過來。」我幾乎聽見她咬牙切齒的聲音。

「喔，眞是太糟糕了，因爲我們打算去星巴克點個兩杯拿鐵，等妳們處理此事。」

「你旁邊那個是知名吸血鬼海加森，對吧？他喜歡拿鐵嗎？」

「我不知道。」我轉頭看向李夫，發現他在偷笑——當然，他聽得見我們雙方的對話——我說：「瑪李娜想知道你喜不喜歡拿鐵，而我想知道你是不是知名吸血鬼。」

「不喜歡也不是。」他在我們呼嘯駛上二〇二公路交流道時說。

「抱歉，瑪李娜。」我對手機說：「他不有名。」

「或許說他惡名昭彰比較恰當。不過此刻那個無關緊要，重點在於我的姊妹和我並非高強的戰士。如果人數相當，對方也沒拿現代武器作弊，我會說，沒問題，只要是魔法紛爭，我們可以打贏大多數對手。但是現在人數相差懸殊，三個打一個都不夠。」

「對方有多少人？」

「二十二個。有些會用手槍，不過她們也不是高強的戰士。儘管可能料到你會現身，她們絕對不會想到海加森先生也會插上一腳。我想你們兩個就能讓她們應付不暇。」

「她在恭維我們打架的能力，李夫。」我對他說。

「我覺得渾身充滿男子氣概。」他回答。二〇二公路的路程已經走完，此刻我們正轉上南向的一〇一公路。

「嘿，瑪李娜，說說妳有多想見識我們玩弄我們的劍。」

李夫仰頭大笑；瑪李娜的口音重到幾乎難以辨識她在講什麼。「歐蘇利文先生！不要再講這種不得體的話！我不懂像你如此年長的人怎麼會這麼幼稚、這麼沒禮貌。拜託你把心思放在我們的目的上。」

「喔，對、對。我很抱歉。」我微笑，語氣毫無悔意。總有一天我會讓她氣到完全放棄英文，直接用波蘭話罵我。「我想妳是要解釋等我們抵達現場後，妳和妳的姊妹要做什麼。」

「我們會在該建築四周施展幻象，即使裡面槍砲魔咒齊發，普通人也不會看出任何不對勁。我們也會防止她們走脫，如果她們打算逃離你們……威力驚人的巨劍。」

這話讓李夫和我哈哈大笑，我幾乎可以想像瑪李娜在電話那頭大聲嘆氣時兩眼上翻的模樣，期待能透過配合我們的幼稚來讓我們盡快排除體內的愚蠢念頭。

「抵達後，我們還會解決那個金髮女巫。」瑪李娜在覺得我們冷靜到可以了解她的話時補充。

「喔？爲什麼妳們還沒解決她？」

「因爲那樣他們就會知道你把頭髮交給我們了。最好還是不要讓她們肯定我們有合作，以免她們有時間計劃對策。」

「好吧。那我們要負責除掉二十一個女巫，再加上任何可能在四周閒逛的惡魔。」

「沒錯，你必須盡快除掉她們。一旦知道我們在樓下，她們肯定立刻就會施展戴英伯魯方德維斯倫丹富蘭門（Die Einberufung der verzehrenden Flammen），把阻止我們的任務交給下方樓層的防禦機制。」

「妳是說殺死瓦絲瓦娃的地獄魔咒。她們稱之爲什麼——召喚吞噬烈焰？」

「對。」

「這個儀式可以瞄準李夫嗎？」

「絕對可以。瞄準是參與儀式的惡魔的工作，它們不需要頭髮或血或任何東西就能找到目標。這就是我不敢肯定我們的預知屏障能夠有效防禦的原因。」

我嚴肅地看向李夫。「我給你的小玩意兒應付不了那個。」我說：「它只能抵抗在視線範圍內對你擲出的地獄火攻擊。所以如果我們讓它敲響的話，我的朋友，喪鐘將會爲你而敲。你會像羅馬蠟燭一樣一燒沖天。」

「所以我們最好的防禦方式就是盡快解決她們？」李夫問。

「沒錯。」

「羅馬蠟燭的比喻精確嗎？如果她們成功施展魔咒的話會怎麼樣？」

我問瑪李娜這個問題，希望她原諒我請她描述瓦絲瓦娃死亡時的細節。

「這個我幫不上忙。」她回道：「我們沒有看到死亡當時的情況——我從來沒有親眼看到過。我們只有看見事發之後的情況。而這一次，我們是從傑佛特警探的報告裡看到的。」

「傑佛特！」我大聲道：「我就知道有聽過他的名字！他造訪過妳的公寓，對不對？」

「對。你認識他？」

「他就是最近糾纏我的警探。妳有把他的頭髮收在瓶子裡，是吧？」

「有。」瑪李娜確認。

「非常有趣。晚點或許會派上用場。不過聽著，暫時而言，我們抵達目的地後就盡快行動。我們會從窗戶丟兩顆手榴彈進去，幸運的話或許可以除掉幾個，然後我們就進去。」

「你說手榴彈？」

「對，我們還有兩支ＲＰＧ，所以我們會以爆破開場。希望妳的幻象能夠掩飾爆破。」

「你是打哪弄來ＲＰＧ的？」

「對街鄰居的車庫拍賣。」我們掛斷電話，讓瑪李娜去向她的姊妹講解計畫。在我們轉上桑坦公路、朝東駛向吉爾伯特路時，李夫打電話給本地食屍鬼的領袖安東尼。

「安東尼，我很快就會有一頓吃到飽自助餐。讓你的人上卡車。地點在吉爾伯特．派可斯路口的一棟三層樓建築。菜單上有二十二個女巫，有些身懷惡魔種。」

我的耳力沒有好到像李夫一樣能夠聽得一清二楚，不過從安東尼的語氣聽來，他似乎很開心。

下了高速公路後，我們很快就在派可斯路南端看見那棟建築聳立在我們面前，就吉爾伯特區的建築來講，這樣就已經稱得上是聳立了。鳳凰城都會區的建築多半佔地遼闊，但不會向上發展，在這種郊區，三層建築已經算是豪華辦公大樓。這棟大樓本來打算分租給許多公司使用的，但是由於經濟衰退，它從來沒有租出去過。就建築的角度來看，它有著大面玻璃帷幕與水泥磚塊砌成的強化鋼筋圓柱；其中有些地方加裝了楔形架構，表面以油漆與圖案覆蓋石膏藉以添加一點現代感，進而降低大樓給人箱子般的貧瘠印象。在街燈的照耀下，我看出大樓外牆漆成米黃色、灰色及深綠色，而那些楔形物體則是曬乾番茄的顏色。

大樓位於馬路邊緣，南面有一座大停車場。我們把車停在那裡，只要她們有人站哨，肯定已經看見我們。大樓唯一的出入口面臨停車場，位於中央偏左的位置。李夫和我將ＲＰＧ架上肩膀，然後警告波蘭女士離我們身後遠點。瑪李娜說不用擔心；她們即將分散開來，盡可能包圍大樓；我們只要瞄向高處，不要讓她們身處火線就好。我瞄準大樓左上角多半會有人站哨的地方，李夫則挑選右上角三樓一面玻璃帷幕。我們小心翼翼地透過光學瞄準鏡瞄準，然後數到三一起扣扳機。火箭在嘶嘶聲響中越過女巫頭頂，擊中目標時先是發出一聲悶響，緊接著是玻璃粉碎和衝擊波的爆破聲。這樣足夠吸引她們注意了。

「時間不多了。她們鐵定開始施展魔咒攻擊我們了。」

我抓起後車廂裡的兩把劍，藉由觸感分辨哪一把是富拉蓋拉。我把富拉蓋拉掛在背上，莫魯塔遞給李夫。

「保持僞裝法術，給她們一個驚喜。一旦染血，劍就會現形，但是頭兩個被砍死的女巫絕對想不到劍是打哪來的。」

李夫輕笑，以手臂勾起劍帶，說：「歐啦。」由於車停得有點遠，我們要衝刺約莫六十碼才能抵達大樓。我們拔出魔劍開始前進，我從口袋裡拿出一顆手榴彈。我邊跑邊感覺到體內湧現作戰的狂意，由腎上腺素和睪酮素混合而成的雞尾酒強化了我的感官。在古代，凱爾特人會裸體上陣、一絲不掛，只有在脖子上戴個項圈。我用那種裝扮打過不少仗——事實上，最近才這麼幹過——但我很久以前就發現當股間的陽具不會甩來甩去的時候跑得比較快；現在我甚至還穿鞋，因爲反正在這裡我也不可能接觸大地。我所能運用的魔力全都儲存在熊符咒裡，而我希望不會太常有必要取用魔力。我必須把事情交給富拉蓋拉處理。

當我們抵達入口時——那是兩扇非常大的玻璃門，門上有絨布包覆的金屬門把——我們只看見空蕩蕩的花崗岩大廳，以及後面的兩道走廊；理論上一條會通往樓梯，一條通往電梯。李夫本來打算一拳打爛玻璃門，無疑可以戲劇性地宣告我們的到來，但我請他等一等。我專注片刻，擷取一點魔力，透過將門栓羈絆到開啓的位置來打開門鎖。接著我咬下手榴彈插銷，無聲地打開大門，將手榴彈丟到右手邊的走廊中。我假設那裡是電梯所在位置，也是埋伏的人（或怪物）藏身的地方。手榴彈在大廳末端的牆壁上彈開，接著因為角度關係消失在大廳後方，這樣我們就不會被爆炸碎片波及。

手榴彈發出令我滿意的爆炸聲，但是沒有驚慌失措的尖叫聲。我們走入大樓，謹慎前進，持劍防禦，我問李夫：「有聞到什麼味道嗎？」

吸血鬼搖頭說道：「這層樓沒有。只有灰塵。」

我微微鬆了口氣，結果差點因此而被壓成德魯伊肉醬。正當我走向煙塵密布的走廊時，一根玄武岩巨柱從天而降。我憑藉眼角餘光和反射神經及時滾出險境，巨柱則在巨響聲中墜落大廳地板、撞爛磁磚，激起一陣碎片。但是玄武岩巨柱並沒有像正常石頭一樣待在原地。它移動、向後立起，直到我看出它其實連在走道殘骸中某樣更巨大的東西上——講明白點，就是具超大玄武岩魔像的身體，圓石般的腦袋上有兩顆如同指示燈般的眼睛。

「你身後還有一隻！」李夫叫道；我在第二條巨大石臂將我所在位置的地板打成玉米餅碎片時，再度翻身滾開。這具石魔像本來就等在走廊另一邊，守護著往樓梯間的入口。我背靠一面有門的玻璃牆；門後是間沒裝修過的大辦公室，有著裸露的水泥地，毫無隔板，天花板上都是外露的通風管，還有足以閃避兩具石魔像的空間。

「我們需要空間！」我說著爬起身來，伸手去開玻璃牆上的門。門沒鎖——裡面沒有東西好偷。李夫緊跟著我穿門而入，玄武岩魔像立刻打碎玻璃牆展開追擊。我感到玻璃碎片插在防彈背心上，其中一塊劃破了左臂，但我暫時不加理會，拚命奔跑，拉開我們與魔像之間的距離。辦公大樓裡有很多空間可以奔跑；我猜這裡約莫佔地兩萬平方呎。

「這些石像守衛可能是個問題。」李夫冷冷說道。它們動作優雅、發出山崩般的聲響，每踏出一步，身上的關節都如同雷鳴。「它們沒有血管可以扯，劍也砍不了它們，除非我們離開，不然它們不會停止攻擊。」

「沒這回事。」我說：「魔像只是喀巴拉魔法——」我當即住口，發現我或許有辦法解決它們。我可以耗費心力去解除岩石之間的羈絆，將魔像化整爲零，但那需要太多時間與精力；幸虧之前和尤瑟夫拉比交過手，讓我想到一個比較簡單的辦法。「嘿，我想試試一個點子。」我說：「挑一隻衝上去——爬到它臉或什麼的上面，總之別讓它看我。我很快就好。」

「你需要多少時間？」李夫皺眉。我們迅速接近大樓東側，要不了多久就必須轉身面對它們。

「只要一、兩秒。」我在魔像吵吵鬧鬧地追趕而來時解釋道：「別讓它抓到你或什麼的。如果之後你還能對另一隻施展同一招就更好了。」

「好。」李夫說：「我上了。」他以右腳轉身，跳向離他較近的魔像，發出吸血鬼讓受害者明白自己不過就是一包可吸果凍條的嘶吼聲。他穩穩踏上魔像的膝蓋，再跳上腦袋，一手肘撞上它的鼻子，當場擊落一些碎石，然後利用舉到一半的手臂躍過對方腦袋。李夫單靠一手掛在魔像凹凸不平的火山岩頭顱上，直到它試圖以雙手擊落他。這個動作也讓第二隻魔像分心，導致它改變方向揮手攻擊李夫，試圖讓他離開兄弟背上。我的機會來了。我衝向前去，手掌貼在第一隻魔像大腿內側，片刻過後，它停止掙扎、眼中魔光消失。喀巴拉魔法遭受羈絆在我靈氣中的防禦力場壓制，魔像在李夫跳開的同時向後倒地。第二隻魔像的注意力依然集中在李夫身上，我輕而易舉地閃到它身後重複剛剛的把戲，在魔像的大腿上輕輕一碰，讓它不再移動，摔倒在它兄弟身上。

「黑卡蒂的冰奶頭，你是怎麼辦到的？」李夫大聲問道：「我以為我們得要一路閃躲下去。」

「更重要的問題在於，魔咒女巫怎麼有辦法製造魔像？」我問：「她們不是喀巴拉教徒。事實上，她們二次大戰期間都在獵殺他們——喔，這就是答案。她們從受害者屍體上竊取法術。」

「晚點再向我解釋。」李夫說：「沒時間了。」

「沒錯。你想你可以把魔像的腦袋丟到天花板上去打個洞，好讓我們前往二樓嗎？我不想走回去……」我指向大樓西側，「然後爬上肯定有陷阱的樓梯。」

「我也不想。我先看看有多重。」如果能夠取用大地的能量，我的力氣和李夫不相上下——我們曾在公園裡扳手腕測試過——但現在因為魔力有限，必須由他扮演大力士。他抬起第二隻魔像的頭，看來起碼重達半噸，然後實驗性地以一手掂掂重量；吃力程度就像是雜耍演員在丟葡萄柚一樣。

「或許我該斜著丟上去，然後你再補上一顆手榴彈？」他問。

「很棒的計畫。」我同意，拿出一顆手榴彈。「但是之後你得把我丟進洞裡。德魯伊跳不高。」

李夫二話不說拋出圓石，在猛烈的撞擊和鋼筋扭曲的聲響中撞穿天花板，差點直接撞穿三樓。我很高興沒撞穿：我可不想讓魔咒女巫從高處對我們開槍。

我拔下插銷，將手榴彈丟入大洞，滾往西邊的電梯和樓梯，也就是我推定二樓安全措施集中火力的地方。在這種開放空間裡，手榴彈應該能夠造成很大的損害。

不幸的是，爆炸只炸死了一隻在二樓等待我們的傢伙。李夫將我拋上天花板上的洞裡，我難看地落地，隨即看見七頭血淋淋的憤怒公羊惡魔自樓梯間入口處直衝而來。山羊頭、扭曲角、分趾蹄，身體和手臂都與《三百壯士：斯巴達的逆襲》裡的斯巴達戰士一樣粗，而且不管點再多眼藥水也不可能治好它們的紅眼。它們手持長矛，不過我注意到它們腰際也有掛長刀。毫無紀律；它們應該要包夾我的。我沒辦法使用寒火，因爲雙方都沒有踏在土地上，必須採用傳統方式解決它們。

衝向它們的時候，我迅速算了算對方的數量，八個——七個，加上在樓梯間融化成黏液的那個——而根據之前研判，一共有八個惡魔讓第三家族之女受孕。

「來吧，你們這些好色的混蛋！」我一邊吶喊，一邊甩開惡魔的矛尖，然後一劍劃開它的喉嚨，那圓睜的雙眼似乎認爲這很不公平；它以爲自己是衝向一個手無寸鐵的人。我閃向左方，強迫它們停止衝刺，改變方向。緊接而來的兩頭惡魔左手掌心冒出地獄火球，在轉向的時候對我拋來。

我直接衝過，絲毫不把護身符能夠應付的地獄火放在心上，一劍砍下兩頭惡魔的腦袋。其他惡魔現在明白我身懷武器，於是放慢速度、謹慎前進，試圖在我退離矛尖時將我團團圍起。李夫跳出它們身後的大洞，砍死兩頭惡魔。剩下的兩頭分心應付我們兩個。其中一個在朝我撲上的同時擲出長矛。我矮身避過長矛，惡魔隨即拔出長刀撲到我身上。我們在我被撲倒時，不約而同抓住對方拿武器的手。我們在地上翻滾掙扎，努力爭奪優勢。

它的口氣熱騰騰地撲面而來——事實上，如同烈焰般灼燒——而那些鼓起的肌肉絕非幻象。我必須取用熊符咒中的魔力與它抗衡。

「你殺了我父親，」它聲音低沉，隆隆作響。「受死吧！」

「英尼哥．蒙托亞【註】？是你嗎？」一時之間我搞不清楚它在講誰，接著我想到一定是指在東尼小屋之役裡逃走的公羊。「喔，我知道你在說誰了。」我一邊扭打一邊說道：「嘿，我沒殺他。殺他的是富麗迪許，我發誓。你可以去提爾．納．諾格找她。想要的話，我也可以代爲捎信。不要嗎？」

莫魯塔在它回話前砍斷了它的脊椎，它了無生氣地癱在我身上。

「喔，謝謝。」我在吸血鬼踢開惡魔屍體時對李夫道謝；惡魔已經開始變軟，融化爲一灘爛泥。另一頭公羊惡魔也被李夫送回地獄了。

「好了，起來。」我的律師不耐煩地說道：「時間不多。」

「或許已經不趕時間了。」我說：「我認爲那些儀式需要這些惡魔。看看那裡的牆壁。」我指向樓梯間周遭微微發光的符文。「還有地上這些符號。這些公羊惡魔被束縛於此，而從堆積的排泄物來看，它們已經在這裡一段時間了。」

「樓上可能還有。」李夫指出這一點。

「你說得對，小心爲上。」

「你還剩下幾顆手榴彈？」

「三顆。」

「很好，我們照之前的做法再來一次。」李夫說著將莫魯塔插入劍鞘，走到魔像頭落地之處，那顆頭看起來很不穩當地陷入地板中，「不過這回不用拿捏力道。」

他本來打算從大樓中央丟出魔像頭，不過我提醒他或許應該回到東側打洞。「我會把手榴彈通通丟向電梯和樓梯，清空三樓中央；上去之後，先解決後方的敵人，以免遭人夾攻。夠聰明的話，她們就會派人看守屋角。」

「我沒有異議。」吸血鬼語氣生硬地說，如同網球般輕輕拋擲半噸重的圓石，和我一同朝大樓東側走去。

「你現在開始擺酷了，李夫？當眞？」

「我是狠角色，老兄，上吧。」他回道。

「不。我是說，不要誤會，你做得很好，不過你還是得多用一些縮短形。而且你的語氣太正式了，好像在稱讚公爵晚宴上的布丁一樣，沒有人會相信你是土生土長的美國人。不過我們可以晚點再來練習。此刻樓上有一群罪有應得的女巫。」

「他媽的H！」吸血鬼叫道，搖晃沒拿東西的左手。他就像訓練有素的歌劇歌手一樣，把「的」

註：英尼哥・蒙托亞（Inigo Montoya），電影《公主新娘》要角，「受死吧！（Prepare to die!）」是他的著名台詞。

發得非常清楚，並且用橫隔膜發音。

「是他媽的A【註一】，不是H；不過說得沒錯，李夫，動手吧，讓我們往下丟。」

李夫停止動作，皺起眉頭。「你不是該說往上丟嗎？」

「不。你看，如果說往上丟，就是嘔吐【註二】，但是說往下丟，就是開打，就像是把手套往下丟那樣【註三】。」

「喔喔喔。」他說：「我以為你是用字面的意思來講。」

「非常不好意思。讓我們照字面的意義往上丟，不過象徵性地往下丟。」

李夫往上丟，力道猛烈到圓石不但擊穿二樓天花板，連帶把三樓屋頂都打穿了。我不知道圓石掉到哪去了。我將三枚手榴彈分別丟向左、中、右三方，然後等待它們爆炸。爆炸之後——這一次有聽到慘叫聲和玻璃粉碎聲——李夫把我丟上去，面對東北角。

一個女巫站在角落，和我猜的一樣——而且是殺害培里的黑髮女巫，在寡婦家被我打斷鼻子的那個。她沒有對我施展任何法術，以槍口對準我，毫不遲疑地開火，露出滿嘴野獸般的利齒，盡力想要除掉我。我立刻縮腿蹲下，舉起雙手護頭，讓防彈背心去擋子彈，但是一顆子彈掠過我腦袋左側所帶來的刺痛讓我知道自己被打得很慘。熱血沿著脖子流下，背上不斷傳來子彈的衝擊，一顆子彈射穿了我的大腿外側，接著她重新裝填彈藥。我阻隔大腿傷口的痛覺，利用儲存的魔力癒合傷口，忍受著背上的陣痛與腦側的刺痛，站起身來。我伸手檢查傷勢，震驚地發現她射掉了我的左耳，而在腎上腺素的影響下，我無法確認傷勢有多嚴重。

「諸神詛咒妳，看妳做了什麼！」我在她手忙腳亂地裝填第二支彈匣時吼道，接著衝上前去，拔出富拉蓋拉。「如果想要長回耳朵，我得要忍受全世界最可怕的性交！啊啊啊啊！」

她發狂似地努力裝填彈匣，但是渾身染滿惡魔黑血、手持長劍衝過來的瘋狂愛爾蘭人對她的運動神經造成負面影響。我和她一樣毫不遲疑地揮出富拉蓋拉，一劍穿透她的腹部自背後破體而出，直到劍尖抵上玻璃牆。手槍和彈匣脫手落地，她的口中發出微弱的哭音。我扭轉劍刃，聽她口中傳來令我更滿意的咕嚕咕嚕慘叫聲。我不是會在殺掉該死的敵人時說「這是爲了誰誰誰」的那種人，但是此刻我眞的很想說點什麼。但是何必多說呢？她知道她做過什麼。她在我面前衰老，生命離體而去，虛假的外表枯萎。我拔出富拉蓋拉砍掉女巫的腦袋，確保她不會再爬起來。

這時李夫已經自我右邊飄出洞口，與東南角的人大打出手。我希望她們還沒搞清楚李夫的身分，還會用那道壞死魔法對付他。或許在他砍死她們之前，女巫們會有時間了解她們不可能讓已死的人心臟停止跳動。

這時還沒有人從手榴彈爆炸的方向攻擊我們，但就在我轉身查看之際，發現四周有很多、很多煙塵與碎片飄在空中，完全看不出來濃煙的另一邊有什麼在等著我們。來自下方馬路的陣陣紫光吸引了我的注意。寶姑米娃忙著和個猶太打扮的大鬍子男人鬥法；她是紫光的來源，紫色和淡紫色的

註一：他媽的A（Fucking A）是「同意」的意思，A是指Affirmative，確認。
註二：雙關語，「往上丟」和「嘔吐」都是throw up。
註三：往下丟（throw down）有拒絕、開戰的意思，而手套往下丟（throw down the gauntlet）則是挑戰、請求決鬥。

圓環在她右手周圍旋轉、飄到頭上，釋放出一道圓錐狀的亮光守護她。那道光照亮對方的臉——尤瑟夫·比亞利克拉比，絕對沒錯，他終於盯上了一名女巫。問題在於——他找錯人了，非黑即白的絕對觀念導致他敵我不分。

儘管很想去幫寶姑米娃，此刻我卻什麼忙也幫不上，除非清理掉這層樓的敵人，不然我不可能抵達能幫她的位置。我必須開始計算人數：黑髮女巫死了，還有二十個要殺。我不情不願地離開窗口，看看能不能在進攻前幫李夫解決後方的敵人。我才走出幾步，就看到他一劍把個女人砍成兩段。當她上半身滑下腰際，兩半身體跌落地面時，他立刻轉身向我這邊，然後在看到我的時候面露微笑。「好耳朵。」他說：「要我舔舔你的傷口嗎？」

「閉嘴。你殺了幾個？」

「兩個。」他說，指向躺在他腳邊另一團皺巴巴的灰色屍體。

「好，殺了三個。走吧。我們必須邊殺邊數，確定有把她們殺光。」

我啓動妖精眼鏡，看向西邊的煙霧。樓梯間附近有人影晃動，在濃煙中模糊不清。自南邊和北邊破碎的玻璃帷幕外吹來的晚風吹散了一點濃煙，不過還要幾分鐘才能完全看清楚。

「黑暗的形體。」莫利根提過。我會和黑暗的形體交戰。好了，其中一條黑暗形體不是人類；它散發出清晰的惡魔靈氣。我發現他們的位置多半有躲過兩枚ＲＰＧ爆炸的威力，而如果有聽到手榴彈滾動的聲響，對方很可能有機會及時找掩護。我壓低身形，深吸口氣，將富拉蓋拉舉在身前步入濃煙之中，心知李夫會跟上。

地板上有血淋淋的殘破屍體，乾枯的手臂和長瘤的膝蓋以不自然的角度扭曲在一起；她們死後所有幻象就會消失。我得晚點再算這裡的人數。觸目所及，前方還有十條身影，站成一個大圓圈，有些人坐在地板上低聲唸咒，差不多所有人都散發出地獄氣息。看出這一點後，我立刻狂奔：坐著的人在進行施法儀式，其他人則在護法，因爲法術就要完成了。我不知道她們的目標是誰，但我不希望我方有任何人因爲我過度謹慎而死亡。

我想起她們在二次大戰時沒辦法看穿僞裝，迅速在身上施展僞裝法術。接下來我的思考能力基本上算是完全消失了，身體化爲內分泌系統的延伸。

其中一個手裡拿著某種自動武器、女性輪廓的站立身影聽見我穿越碎石而來，朝我的方向掃射十幾槍；我在看見槍火的同時被子彈擊倒在地，大口喘氣，心想有個軍火販子當鄰居有多麼幸運。她將槍口轉向李夫，但是子彈對他的影響就和蜂刺差不多，而且子彈大多被他的胸甲彈開。我把守衛交給他去解決；必須立刻去死的是坐著進行儀式的那些女巫。

我半跪而起，雙手握持富拉蓋拉的劍柄、高舉過頭，然後拋向最接近我的頭顱。富拉蓋拉疾飛而出，在守衛有機會阻擋前狠狠插入女巫的後腦、爆出她的口中。李夫幾乎在同一時間砍掉機槍手的頭，並將另一名女巫的手臂齊肘斬斷。就在此時，一小部分地獄勢力降臨人間。

一般而言，打斷惡魔儀式會讓參與儀式的人下場淒慘，魔咒女巫也不例外。剩下的兩名施法女巫——其中一名躺在地上，雙腿張開——沒有完成瞄準瑪李娜或其他曙光三女神女巫團團員的魔咒，當場死在她們試圖召喚的地獄烈焰下。烈焰之中升起一頭大型公羊惡魔，比二樓的那些還要巨大。它發出暢快的笑聲，因爲我們打斷了它與女巫的交合，而女巫之死解除了羈絆，讓它能夠自由自在地行走人間。所有人，包括李夫在內，都停下手邊的事情，轉頭去看它會怎麼做。公羊惡魔冷冷打量我們片刻——我的僞裝法術唬不了它——認定沒心情和我們動手；其他地方還有很多有趣的事情可做，有很多沒有能力與它作對的人可搞。它轉向北方低頭狂奔，在玻璃帷幕上撞開另外一個洞，跳入下方街道，伸長分趾蹄藉以吸收躬身落地時的力道。

波蘭女巫團就是在等對手這樣逃出去。我爬到牆邊往下看，瑪李娜鎮守西北角，儘管看到東北角的寶姑米娃遭受攻擊，她還是沒有離開負責區域，以防像公羊惡魔這種傢伙逃脫。

她展開猛烈攻擊，打算速戰速決，然後趕去幫助寶姑米娃。她大叫一聲聽不太懂的波蘭咒語，高舉空蕩蕩的右手，憑空拔出一條紅色霓虹鞭。她熟練地甩了一下，隨即在公羊惡魔試圖消失於黑夜時纏住它的雙腳。公羊惡魔大吼一聲，摔倒在派可斯路的柏油地上時滿口烈焰，但是瑪李娜還沒完。她又唸了另一句波蘭咒語，狠狠將鞭柄甩到地上，順著鞭子發出一道強大的正弦波。當它抵達公羊惡魔的腳邊時，彷彿它不比蜂鳥重到哪裡去一樣，正弦波將尖叫的惡魔震入空中。瑪李娜手腕翻轉，放脫鞭柄，魔鞭盤旋而上，緊跟公羊惡魔，如同蟒蛇般緊緊纏繞它。公羊惡魔絕望吶喊，隨即在馬路上空炸成一團橘綠交雜的烈焰。

公羊惡魔是在三層樓高的空中，也就是我們視線水平範圍內爆炸的，我聽見身後傳來被瑪李娜力量震懾的女巫驚呼聲。我哈哈大笑，回頭看看僅存的德國女巫，以她們的語言說道：「我不敢相信妳們竟然在只會一種把戲的情況下和她作對。她可以憑空抽出會爆炸的地獄魔鞭耶。」我一直懷疑瑪李娜的女巫團在華麗外表下藏有強大的力量，但在此之前，她們都沒有機會展現實力。女巫團裡的壞蘋果在東尼小屋遭遇狼人，而除了銀製武器，她們可沒有能力憑空取出任何可與坦佩部族抗衡的東西。

魔咒女巫似乎無法肯定我的聲音發自何處，於是我又看了一眼寶姑米娃和尤瑟夫拉比的戰況，然後再去進行我們此行的目的。拉比的鬍子看起比之前大很多，也比之前好動許多，不過寶姑米娃的紫色防護力場暫時還能保她安全。

我聽減肥的人說過，最後五公斤最難減。顯然世界上還有另一個令智者與長者困惑的生命之謎，就是最後五名女巫也最難殺。

趁我還在擔心其他人的情況時，一名女巫偷偷來到我身邊，以潘特拉《公開展示力量》專輯封面的姿勢【註】出其不意地擊中我的下頷。顯然我的偽裝法術已經失效了。我摔倒在地，腦袋撞上玻璃，斷掉幾顆牙齒，滿嘴血腥味。在有機會好好體會頭上的痛楚、研判傷勢有多嚴重前，我肚子上又挨了兩腳。撞擊的聲音響亮到讓我想起邵氏兄弟電影裡的音效，所以防彈背心或許幫我免除了肋骨斷裂之苦。視線在我奮力抬頭打量打我的女巫時變得模糊。她的臉看來就像人們會在車後放的那種小黃標誌；而她的標誌上寫著：「車上有惡魔。」發光的紅眼和火熱的白煙明白表示她在殺我的時候絕對不會手軟。她在我封鎖頭上的痛覺時又踢了一腳，我加速起身——這是我在和李夫練劍時爲了

註：在這張《Vulgar Display Of Power》專輯封面上，是個被右邊伸出的拳頭擊中嘴旁、一臉痛苦的男人。

跟上他的速度而練成的神經肌肉功能。這樣做幾乎榨乾了熊符咒裡的魔力，不過我希望能夠藉此脫離險境。

在她對準我的腦袋出腳時，我雙臂抵住地面，一腳橫掃得她摔倒在地。我在她大叫倒地時一躍而起，對抗一陣頭暈目眩。她連忙起身，我則朝西退走，利用爭取到的時間重新評估形勢。

五名魔咒女巫還要幾個月才會產下惡魔，但顯然她們此刻都能享有身懷公羊惡魔種的種種優勢——或許這些能力都因它們兄弟的死亡而甦醒。她們提升力量和速度，感官敏銳到可以看穿我的偽裝法術，並且取得投擲地獄火的能力。另外四名女巫忙著拿橘色怒火丟李夫，而他本能性地左閃右躲、朝東邊退走，在這麼多團地獄火前完全沒有想起或是信任我的護身符能夠讓他防火。

富拉蓋拉依然插在女巫屍體的腦袋裡，如果有時間，我就可以在劍柄的皮革和我的掌心之間產生羈絆，如同天行者隔空取劍【註】般讓它飛入手中。然而，攻擊我的人完全不打算給我這種機會。她在怒不可抑的吼叫聲中朝我撲來，手指在我眼前變成黑色利爪抓向我的腹部，我很慶幸自己有後退，而不是用防彈背心去擋，因爲爪子劃過防彈背心表層，表層像縐紋紙般當場被撕碎。我一點也不想知道這雙爪子能對內臟——特別是我的內臟——造成什麼影響。

我沒有辦法徒手應付這種武器。她不像其他女巫一樣身穿皮衣；她的衣服是人造纖維、是死的，不屬於自然產物，我沒辦法利用任何羈絆法術把她推來拉去。我最好的選擇就是離她遠點，想辦法取回魔劍。

但是她繞到大樓中央，阻擋我的去路。我背對大樓西側，左邊的玻璃帷幕上就是公羊惡魔撞出的大洞，掉下去肯定會身受重傷。女巫面帶邪惡笑容撲來，朝我的頭部揮爪，迫使我避向窗緣。我矮身閃過她第二爪，向右疾衝，朝著西牆奔去。她連忙踢出一腳，正中我血淋淋的左耳，爆炸性的劇痛令我轉向屋角。我在腦中作響的嗡嗡聲中隱約聽見她的笑聲；顯然她本來就打算把我逼到這裡——無路可逃的絕境。

我慘遭大火吞噬，陣陣烈焰如同剛洗好的地獄床單般掛在熱風中晾乾；我也開始大笑，在火中痛苦地掙扎起身。溫度很高，沒錯，但護身符守護著我。我集中精神——這在頭昏眼花的此刻並不容易——透過烈焰打量我的目標。她離我只有五呎，雙掌噴火，臉上浮現惡魔般的神情。我緩緩走近，小心翼翼地踏出左腳——大腿上的槍傷傳來劇痛——接著以標準的空手道正踢踢中女巫腹部、惡魔於她體內滋長的位置。她向後跌開，大吼大叫，雙掌不再噴火。她沒有倒地，而是原地站立幾秒，不明白我為什麼沒被燒焦或融化。我向右急奔，衝向我的魔劍，當她終於發現我的企圖時，我已經遠遠拋開她。然而，就在她準備急起直追時，一條熟悉的地獄紅鞭竄入玻璃牆上的大洞，捲住她的腰際。魔鞭在慘叫聲中將她甩出大樓，我沒有費心走過去看；我知道瑪李娜會解決她，而眼前還要擔心四名魔咒女巫。

她們讓李夫使出渾身解數——或許還逼出了夠多潛力。他東奔西走，繞著他用魔像頭打穿的地洞

註：此處的天行者（Skywalker）指的是《星際大戰》系列主角（安納金與路克．天行者），他們所屬的絕地武士能操控原力（the Force）隔空取物。

四下閃避地獄火，而此刻，當我自女巫頭顱中「唰」地一聲拔起富拉蓋拉時，魔咒女巫同時自四個角度撲上他。地獄火從四個方位燒向李夫，這次他避無可避，在被火焰淹沒時發出的非人慘叫聲令我毛骨悚然。片刻過後，他步出火海，儘管身體大部分都毫髮無傷，亞麻上衣的蓬蓬袖卻因為超出護身符守護範圍而起火燃燒。現在衣袖為他帶來麻煩，火焰順著手臂向上蔓延，開始燃燒他蒼白、不死、高度易燃的皮膚。他兩手上都沒有握持莫魯塔，一定是在哪裡弄掉了。他朝北狂奔，直接衝向手榴彈在玻璃牆上炸出來的大洞，而我看出他的意圖。

「不。」我喃喃說道，心知他聽不見我的聲音。「那底下是硬土地。」他跳出三樓，渾身冒火，於慘叫聲中疾墜而下，試圖在馬路上找尋可以悶熄火勢的泥土。我希望他在大樓與街道間的造景花圃上能找到一些；這場戰鬥不該把他逼到這種狗急跳牆的地步。他必須挖開乾巴巴的硬土才能悶熄火勢，而我認為他機會不大。

我的機會也不大。我只是個德魯伊，下頷可能已經粉碎、少了一隻耳朵、大腿中槍，只剩下一丁點魔力應付四個渾身充滿惡魔能量的魔咒女巫。她們同時轉身朝我嘶吼，心知我透過某種手法解決了她們一個姊妹，她們的外表看起來比我強壯又敏捷多了。

好吧，我挖苦地想著，舉起富拉蓋拉，準備應付她們群起而攻，*至少我手裡握有威力驚人的大劍*。

她們高喊戰呼，自約莫三十碼外朝我直衝而來。克勞蒂雅選在這個時間點撞開樓梯間的門，左手拿著銀匕首，看起來像是上樓途中剛做了一場轟轟烈烈的愛。她右手高舉過頭——這似乎是她們女巫團大部分戰鬥法術的起手式——唸道：「柔雅維琪雅雅克倫奈歐斯拉。」一道圓錐狀的紫光將她包覆其中，這與寶姑米娃的紫光很像，不過似乎更實在一點。魔咒女巫停止狂奔，將注意力轉移到克勞蒂雅身上，認出她是她們的老敵人之一。兩名女巫拋出如同縮時攝影的蘭花般自手中綻放的地獄火，克勞蒂雅一派從容地看著火焰掠過紫光，無法突破屏障。另外兩名女巫上前近身肉搏，這種舉動吸引了她特別關注。

她的慵懶態度一掃而空，動作有如行雲流水，重心放在右腳，彎腰迴旋，匕首劃過領頭女巫的雙眼；左腳踏在右腳之前，以類似春麗【註】的招式轉身躍起，左右腳各在第二名女巫腦袋上踢了一下。兩名魔咒女巫都在兩秒內倒地，不過我不認爲她們死了。她們的惡魔子嗣很快就會治好她們。

儘管如此，我看得目瞪口呆；甚至倒抽一口涼氣。瑪李娜告訴我她們女巫團不擅長打鬥，但是克勞蒂雅的身手顯然不是這麼回事。不過接著我想她一定是例外；如果女巫團的黑暗面在東尼小屋之役也有這麼好的身手，當晚犧牲的絕對不只兩個狼人。

我拋開震驚的情緒，在兩名倒地的魔咒女巫爬起身、噴火的女巫終於發現紫光內不受地獄火影響時上前幫忙。

砍頭是解決自療能力強得討厭的敵人的不二法門，這就是長劍永遠不退流行的原因。富拉蓋拉一劍劃透一名噴火女巫的脖子，緊接著我又在屍體倒地前朝她腹中孩子補了一劍。這提醒了剩下三名

註：春麗是卡普空經典電玩系列「快打旋風」的角色之一，特色爲包包頭與旗袍風格的服裝，以及華麗的腳技。

女巫我的存在。她們的注意力回到我身上，張開大嘴噴出火熱的氣息，同時朝我衝來，完全忘掉克勞蒂雅。畢竟，她至今尚未殺害任何一名女巫，而我已經殺了一大票。

最後三名女巫體內已經沒剩多少人性。她們都是很老、很老的女巫，長久以來不停將靈魂出賣給地獄，曾經滿滿的人性如今只剩下一片荒蕪。她們的肉身已讓其他東西佔據，導致雙眼在腦袋裡燃燒，指甲上長出類似利爪的東西。

我後退一步，隨即展開衝鋒，魔劍在身前揮舞防禦。一張受詛咒的面孔離開我的視線，接著又消失了一張，顯然是克勞蒂雅的游擊戰法取得成效，但我還是要對付一名女巫——而對方的動作比我迅速。

或許是我動作變慢了。因爲我還沒有眞的開始治療，傷口越來越痛；我一直持續作戰，而這很可能造成傷勢惡化。女巫爲了用右手攻擊我而讓富拉蓋拉砍斷左手；她的利爪抓中我左肩上的防彈背心，不但刺穿了背心，還插入我的胸肌。我向後倒下，她則隨著我一起倒地，試圖用指甲深入我的胸口，自胸腔下緣轉而向上，對臟器造成嚴重傷害。然而，這麼做導致她的左側缺乏防備；我趁她跨坐在我身上時一劍刺入她的腹部、奮力扭轉，確保有砍到裡面的惡魔。她劇烈抽搐、口吐鮮血，最後雙眼終於冷卻，不再動彈，癱倒在我身上。

我的左手一點也不想動。我試圖移動左臂，隨即感到一陣劇痛。我動用最後一絲儲存的魔力，隔絕傷口的痛楚；我沒辦法在痛苦的迷霧中思考。我自女巫血肉模糊的屍體拔出富拉蓋拉，接著放下魔劍，以右手推開她，坐起身來，看看還有沒有魔咒女巫活著。

沒有了。克勞蒂雅把剩下的兩個女巫開膛剖肚，先除掉惡魔之子，然後割斷她們的喉嚨。如今戰鬥結束了，她撤除紫光力場，懶洋洋的魅力回歸。我們是這層屍橫遍野樓層裡唯一的活人，但她光是站在那裡就讓這個場景看來沒什麼特別。即使渾身是血，她還是一副宛如內衣模特兒般慵懶淫蕩的表情。

「多謝相助。」我說：「妳是在哪裡學打架的？」

她聳肩。「越南。」

「妳是開玩笑的吧？」

她微微一笑，眼神淘氣。

「對，我是在開玩笑。」

我在腎上腺素消退、疲憊感來襲時渾身顫抖，但接著我們聽見一聲驚呼，東北方窗外的淡紫光芒突然消失。我們衝向樓梯，希望不會太遲。

第二十五章

外面的情況像是裝滿陰暗與殘酷的大碗。我先趕到北側，因爲克勞蒂雅去找波塔、羅克莎娜和卡西米拉。我沒看到李夫。寶姑米娃死在水泥地上，神情恐懼、老態畢露；瑪李娜看來憤怒到了極點。我之前對拉比鬍鬚的懷疑並非空穴來風，因爲此刻他的鬍鬚展現出所有與克蘇魯【註】是遠方親戚的特徵，四條毛茸茸的觸手在他的下頷狂亂抽動，左右各兩條。左邊的那兩條緊緊纏著寶姑米娃的喉嚨，此刻正忙著自被它們絞死的女人屍體上鬆脫；另外兩條觸手試圖攻擊瑪李娜，但她在我接近的同時設置了威力強大的防禦力場。

她唸誦四句波蘭咒語，而既然我終於接近到能夠聽見她說話的範圍，我仔細記下咒語作爲日後參考。唸完最後一句時，她的掌心傳出震耳欲聾的巨響，伴隨著紫、藍、紅、白等魔光，如同體操選手進行地板運動時色彩鮮艷的綵帶般在她身旁圍繞：

「Jej miłość mnie ochrania,
Jej odwaga czyni mnie nieustraszona,
Jej potęga dodaje mi sił,

註：克蘇魯（Cthulhu），《克蘇魯神話》中象徵水的存在，擁有類似章魚的頭部，長有觸手，四肢則有鉤爪。

Dzięki jej mitosis żyję!」

後來瑪李娜有翻譯給我聽，說這每一句咒語都代表一道法術，透過柔雅三女神的祝福提供她「特定的力量與保護」。這些咒語的意思是：「女神的愛守護我，女神的勇氣讓我無所畏懼，女神的力量讓我堅強，女神的慈悲寬恕我。」

瑪李娜唸完咒語後，她身邊出現一道什麼都打不透的隱形護盾，而她看起來才剛暖身完畢而已。這道護盾比寶姑米娃和克勞蒂雅的圓錐力場強大多了。

尤瑟夫拉比的瘋狂烏賊鬍鬚終於看夠了；觸手膽怯畏縮，不再繼續攻擊。它們開始撤退，向上鬈曲，於拉比考慮該如何應付這個比同伴高強許多的女巫時迅速退回他臉上；接著他震驚地後退一步，看著我渾身染滿女巫、惡魔，以及自己的血肉，手持富拉蓋拉接近而來。我沒有遲疑、沒打招呼，只是舉起長劍抵住他的喉嚨，說道：「富拉格羅伊士。」他在魔法藍光中動彈不得，口沫橫飛地對我說俄文。「你只有在回答我問題時才能說話。」我說，他當即閉嘴。

「謝謝你，阿提克斯，這樣事情就簡單多了。」瑪李娜說。

「不，住手，」我在她準備動手殺人時說道：「我有話要先問他。」

「他必須爲寶姑米娃之死付出代價！」瑪李娜在她的護盾之後怒道。

「是，他必須付出代價。但首先我要他首度對我坦承。你們組織叫什麼，先生？」

當然他抗拒了，但最後還是說道：「上帝之鎚。」我突然間了解了，他匕首握柄上風格獨具的P字原來是把鎚頭。

「葛雷葛利神父今晚上哪去了？」

「在回莫斯科的飛機上。」

「你們組織有多少人？」

「我不知道確實數字。」

「猜猜看。你今晚失蹤後，會有多少人出面幫你報仇？」

「至少二十個像我這樣的喀巴拉戰士——這是有人失蹤的標準程序。但如果認爲威脅重大，也可能會派更多人來。」

我轉向瑪李娜苦笑道：「幸好我們有先聊聊，是吧？」

「他還是必須付出代價。」她在克勞蒂雅、卡西米拉、波塔與羅克莎娜趕到時堅持道。

「妳打算面對二十或更多個這種傢伙？」我問。

「他在說謊。」

我搖頭。「妳自己也體會過這道法術的威力，瑪李娜。他不能說謊。或許我們有其他辦法能夠在避免進一步損失的情況下，讓他付出代價。」

瑪李娜顯然不喜歡這個建議，想要立刻在這裡除掉對方。「你有什麼想法？」

「趁他動彈不得的時候拔他幾撮頭髮，他將會知道自己的生命操在妳們手中。妳們可以送他一些爆炸性的腹瀉或是類似的懲罰，很痛苦、很羞辱，但又不會死亡，然後再設置一道死亡加持，形成妳死他就會死的局面。然後我們再來用淺顯易懂的詞彙向他解釋，他是怎麼殺害一個在幫我們除掉樓上那些邪惡女巫的善良女巫，還有從今以後他與他的上帝之鎚最好不要來招惹我們，因爲東谷有我們在就夠了。」

瑪李娜考慮我的提議。她明白拉比不是她的對手，但比寶姑米娃高強。剩下五個女巫團成員要應付二十個像他這種對手可不簡單，她看得出這一點。儘管極不情願，她還是同意這種做法，解除了在她身邊上演的光影秀。她的姊妹沒有發表任何意見，不過我看得出來她們也不喜歡這個決定。

「好了，拉比，看到了嗎？」我說：「凶狠的女巫不會讓你這種滿嘴鬼話的傢伙活命。只有像我這種慈悲爲懷的人才能了解你只是想做好事，只不過蠢到不了解什麼才是好事。所以先等瑪李娜拔下你一些頭髮後，我們就讓你見識、見識。」

瑪李娜甩下他的帽子，自頭皮上拔下一大把頭髮，塞到她的皮夾克口袋裡。我們都很享受他所承受的痛苦。接著我解除富拉蓋拉的魔力，以類似在書店裡的手法將他的衣袖緊緊羈絆在身後，然後帶他進入大樓，解釋我們是怎麼剷除第三家族之女，一個數世紀以來都在獵殺像他這種喀巴拉教徒的女巫團。當他忙著對付寶姑米娃時，瑪李娜已經親手除掉一頭大公羊惡魔，以及一頭尙未出世的惡魔；克勞蒂雅殺了兩頭；剩下的則是李夫和我解決的（我確認二十二個女巫都死光了），而吸血鬼因爲太鄙視惡魔的關係，拒絕吸任何女巫的血。

針對拉比氣急敗壞的指控，我回應道：沒錯，我喜歡和吸血鬼、狼人，以及女巫混，因爲我認識的這些人全都十分注重衛生，而且交通工具方面的品味絕佳；但我們絕對不允許任何地獄勢力踏足我們的地盤，而事實上，我們對付地獄勢力的能力遠比上帝之鎚有效率多了。所以拜託，好拉比，滾出我們的地盤，不要再回來了。

儘管唸唸有詞、滿臉怨懟，他還是同意離開。我認爲有一半機率他會帶朋友回來。我們沒有和他道別。

我找回我被打掉的牙齒，肯定只要在土地上好好睡上一覺就能讓它們盡復舊觀。我在地板大洞附近撿回莫魯塔和它的劍鞘；不過到處都找不到李夫的蹤影。

瑪李娜和我一起站在他剛剛跳樓的地方。我們看著下方的岩石地表，看不出任何墜地跡象。

「寶姑米娃的事情，我很遺憾。」我低聲對她說道：「還有瓦絲瓦娃。」我沒提拉度米娃、艾蜜莉，或是其他死在迷信山脈裡的女巫。

「謝謝。」她說，聲音幾乎細不可聞。

「妳有看到李夫出了什麼事嗎？」

「我看到他墜樓。」瑪李娜說，微微哽咽。她擦拭眼角，點了點頭。「他就落在我和寶姑米娃中間。雖然我不懂怎麼有辦法對一個著火的吸血鬼視而不見，但我想拉比根本沒注意到他。最後看到他時，他沿著派可斯路向東離去。我待在原位，以防還有其他魔咒女巫掉下來。」

我朝東方看去。馬路北側的建築燈火通明，不過一段距離之外就只看得到一片漆黑。

「妳說東方？是那邊那片未開發的土地嗎？」我指向那片土地問道。

「我不知道。」瑪李娜說：「我們應該過去看看。」

安東尼的冷凍卡車在我們的跑車車隊開上派可斯路的時候駛入停車場，小心翼翼地繞過被李夫擲穿屋頂墜落地面的魔像腦袋。寶姑米娃的屍體被輕輕裹起放在羅克莎娜的賓士跑車上。我們揮手祝福安東尼和其他食屍鬼飽餐一頓。他的手下會在日出前清空現場，留下一棟受損的建築物和一大堆石塊讓警察調查。

我跟瑪李娜和克勞蒂雅同坐一輛奧迪跑車。克勞蒂雅坐在我的腿上，身體轉過來面對我，伸出穿皮衣的手臂搭著我的肩。至於她另外一手則以秀氣的指尖輕撫我受傷的下巴。她發出同情的安慰聲，我的目光沒有辦法離開她的嘴唇。

「克勞蒂雅，不要那樣。」瑪李娜說：「現在不是挑逗歐蘇利文先生的時候。」

我立刻清醒過來，在克勞蒂雅心照不宣的微笑前微微顫抖。就像瑪李娜在頭髮上施法一樣，她也以同樣的手法加持她的嘴唇。

我很慶幸這段路程不遠；克勞蒂雅已經在我們的互不侵犯協議裡找出一個漏洞。這是波蘭女巫的媚惑法術第二次對我生效。上次我的護身符最後破解了瑪李娜的媚惑法術，而我肯定它遲早也能破解克勞蒂雅的，不過如果她們想的話，這兩道法術媚惑我的時間都足以讓她們傷害我。

「沒關係。」克勞蒂雅愉快地說：「我想我們兩個心照不宣。」她以剛剛撫摸我下巴的手掌輕拍我的胸口。「是不是，歐蘇利文先生？」

我點頭，轉頭面對車外的黑暗。她是要讓我知道她和瑪李娜一樣危險。

沿派可斯路行駛四分之一哩後，我們發現李夫渾身焦黑、臉朝下地躺在碎石地上，旁邊的土地上有道奮力挖開的大溝。顯然他努力悶熄了渾身地獄火，爬行一小段距離，最後精疲力竭。

「他沒死。」我對聚集在他身旁的女巫說道。

「不，他死了。」波塔提出不同的見解。

「好吧，沒錯，妳說得有道理，我的意思是他會沒事。還是死了，不過會沒事。」

「你呢？」瑪李娜問：「你的臉看起來像被人拿拍肉器拍過一樣。」

「我也不會有事的。」我保證。由於接觸到土地，此刻我已經感到好過一點了。「幫我把李夫抬回他車上去。」

搬運李夫的時候，他身上有些焦肉被風吹落。一根手指如同手捲雪茄的菸灰一樣整塊掉落。

「哎呀！」卡西米拉看到這個畫面時大叫一聲。

「沒關係，」我說：「會長回來的。我想。」

我們從李夫燒爛的牛仔褲口袋裡拿出車鑰匙，接著基於他和我的安全考量，我們認爲回坦佩市的途中還是把他放在後車廂比較好。克勞蒂雅自願回去開他的車。「不過千萬不要讓他知道我這麼做。」我在我們把他塞入他的捷豹後車廂時說道：「我想他不會太高興的。」波塔偷笑。

我向女巫道別，祝福她們盡快恢復元氣、重振實力。那是外交語言，我們心裡都清楚，但是在當時的情況下，那是最恰當的語言。

史努利・喬度森醫生已經在我家裡，和我的學徒一起欣賞《魔戒首部曲》，所以要找人處理李夫的傷勢並不困難。史努利說他只要去洗劫血液銀行就好了，而且還好心地在我躺去後院療傷前幫我把牙齒塞回定位。他說這一次甚至不會向我收費。

我心懷感激地躺在後院熟悉的草地上，身邊靠著憂心忡忡的歐伯隆，期待能夠安安穩穩地度過一段時間。我已經厭倦了這些接二連三發生的鳥事，而且失去耳朵的速度也快到令我不安，如果這些狗屁倒灶的事情同意暫時不來煩我，我就可以治療傷勢、哀悼逝去的朋友，好好想想接下來該怎麼做。

有一片原野需要我照料，而我已經很久沒去看它了。

尾聲

我很少會化身公鹿形態。儘管那是我所能化身最大型的動物，牠在食物鏈的地位還是太低了，而且也很少會有其他形態沒有比化身公鹿更適當的情況。但是當眼前的工作是要搬運五十磅重的表土袋走過數哩崎嶇的山道時，公鹿就是最好的選擇。

關妮兒和歐伯隆也都拿了點東西和我一起前往東尼小屋附近的荒地。他們拿的是工具、我們的午餐、一套我的衣服，還有一株五加侖【註】的藍色龍舌蘭草。我在肩膀上掛了馬具和雪橇，拖著四百五十磅的肥沃表土，土壤中富含各式各樣細菌和養分。

抵達荒地邊緣時，我的心臟都快要停了；我們距離東尼小屋還有四哩，有太多土地須要治療。如果小屋位於一塊正圓土地的中央，我們就要治療五十平方哩的土地。這裡的樹都只比站立的枯木要好一點而已，仙人掌看來都像乾巴巴的隆起物體。灌木全都變成木柴，毫無生氣，骨子裡已經開始石化：這裡沒有螞蟻、甲蟲、細菌、眞菌等東西來腐蝕植物，也沒養分能在春天滋長新生命。但我們總得找個地方起頭。

註：美國除了可作液體的容量單位「加侖」（gallon）之外，也有作爲非液體的穀物或是特大製品的容量單位乾加侖（dry gallon），口語上會省略「乾」，只說「加侖」；一乾加侖大約等於四點四公升。

我解除公鹿形態的羈絆，穿上帶來的衣服。我們用關妮兒帶來的鏟子挖起路邊幾株死掉的植物，將它們堆成肥料。接著在活生生的土地與了無生氣的荒地間挖掘很深的溝渠，於其中填入我們帶來的沃土。我們將挖出來的死土灑在活土之上，讓樹葉、蟲子和雜草之類的東西落在或爬過死土，慢慢讓它恢復生機。

我們將龍舌蘭種在溝渠上，在上面倒了兩瓶水，幫助它度過過渡時期，慢慢生根。

「就這樣？」歐伯隆聞聞龍舌蘭問道：「獨自待在這個周遭一切都已死亡的地方，看起來有點寂寞。你做了這麼多事情，幾乎一點都沒有改變。」

「這只是開始而已，歐伯隆。」我大聲說給關妮兒聽，「很重要的第一步。」

「我該對它撒尿，來點家的感覺嗎？」

「下次吧。現在可能會嚇到它。」

「你不能施展一些超酷的德魯伊把戲，用魔法治好這片土地嗎？」

「我遲早能夠吸引大地的注意，幫助它復原，但是現在我們使不上力。生命是它的媒介，而這塊土地上沒有生命，就連細菌都沒有。我們必須持續帶來基本原料。」

「好吧，我認爲你該弄點重裝備，外加幾百輛砂石車。」

我大笑。「我要怎麼把重裝備搬運到這裡來？這裡根本沒有馬路。你知道那條山道的路況有多糟。太崎嶇了。這片土地大部分都是荒野——完全沒有打理過的灌木叢。」

歐伯隆看向通往依然位於四哩外東尼小屋的山道，接著打量孤獨地種在他腳旁的龍舌蘭。「這要弄很久，是不是？」

「對，大工程，但是完工之前我都不會感到好過。當我站在這裡呼喚大地時，我得不到任何回應。」

「喔。」歐伯隆抬頭看我。「我知道那一定讓你很不好受。但是你可以轉而呼喚我，阿提克斯。我永遠都會回應你。順便一提，你的拉鍊一直沒拉，而關妮兒什麼都沒說。」

謝了，老兄。我一邊無聲說道，一邊試著不著痕跡地拉上褲子拉鍊。

「看到了吧，不管你前面後面，都有我在罩著。你該給我一些點心。」

《鋼鐵德魯伊2：魔咒》完

致謝

我不知道其他作者是怎麼樣，但是對我而言，五個月寫完一本小說已經是最高曲速【註】，要不是有我的主要讀者在，我絕不可能辦到：亞倫・歐布萊恩、安德莉雅・泰勒與譚雅・葛拉漢・史古莉姿，他們於忙碌的生活中抽空閱讀我寫好的每一個章節，並且給予寶貴的意見。艾倫・羅瑟、麥克・魯吉羅與尼克・史丹坎伯也以書迷的身分提前看過這個故事，還豎起大拇指說讚。

卡塔辛納和雷斯柴克・羅辛斯基擔任寶貴的波蘭文與俄文翻譯，安德莉雅・休莫幫我翻譯德文。當然有錯的話都是我的錯，他們的翻譯都是很精確的。

羅德島林肯鎮警局的黛娜・派克警探介紹了處理培里那種案件的正常程序。如果故事裡的傑佛特警探有做任何他不該做的事情，那是因爲我沒聽清楚派克警探怎麼說。

伊凡・高富烈德是我在ＪＧＬＭ的超強經紀人，我非常感謝他爲我所做的一切努力。

崔西雅・派斯特拿克，我在Del Rey出版社的編輯，毫無疑問是北美洲辦事最有效率的人——不過我還沒說完！她同時也很聰明，是得力的幫手，我非常信任她的判斷。她的助理編輯麥克・布拉

註：曲速（Warp）是一種假想的超光速，常在科幻小說或影集中出現。例如：「星際迷航記」系列（Star Trek）中，星艦即採用的曲速引擎。

夫，應該獲贈一頂適當的星形盔【註】，因爲他忍受了我無法無天的惡作劇，而且我也非常感謝他的幫助。

我的妻女在我寫作期間非常支持，她們的關愛、鼓勵，以及對阿提克斯與歐伯隆接下來會做什麼事情的好奇心令我感激到無法言喻。

本故事最終決戰的三樓建築名叫傑曼恩（Germann）大樓，其實位於吉爾伯特區的某條街上，而非派可斯路。我更改街道名稱是因爲本地人基於某個不知名的原因把它唸成類似「切題（Germane）」這個字的音，這和此字的拼法沒有任何語音學上的關係，而且我也不希望讓人以爲德國女巫選擇這棟大樓作爲行動基地是因爲它的名字聽來很像她們國家，就算暗示也不想。本書出版時，這棟大樓很可能已經有公司進駐，不過在本書寫作期間，它確實就如書中描述般沒有完工，也沒人進駐。

你可以在推特（@kevinhearne）及GoodReads.com留意我的消息，我還有個很酷的網站，網址是kevinhearne.com，裡面也有部落格的連結。希望能在那裡和你打招呼。

註：星形盔（Spangenhelm），中古時代早期流行的戰鬥用頭盔。名字起源自德國，星形指的是頭盔結構的形狀。

發音指南

就像《狩獵》裡的愛爾蘭字一樣，我不希望任何讀者在看到《魔咒》中的波蘭文、俄文、德文，以及愛爾蘭文時心想：「我眞的有必要正確發音嗎？」其實沒有必要。我希望你看得開心，如果你喜歡用自己的方式唸，我絕對站在你那邊；不過如果你喜歡弄清楚這些字在書中角色口中唸出來是什麼樣子，那我也提供了以下指南幫助你達到目的。

波蘭女巫團的名字

波蘭文字有些字母的發音方式和英文不太一樣。我不打算全部加以解釋，所以就請聽我講解非常不正式的發音方式，然後相信我——除非你不想相信我。

Berta——Berta／波塔（這個唸起來和看起來一樣；我保證很快就會變有趣）

Bogumila——BO goo ME wah／寶姑米娃（不過她的美國小名米拉，唸起來就是米拉，因爲不這樣，她就會經常被美國人問爲什麼要唸米娃）

Kazimiera——KAH zhee ME rah／卡西米拉

Klaudia——Klaudia／克勞蒂雅（和看起來一樣）

Malina Sokolowski——Ma LEE nah SO ko WOV ski／瑪李娜・索可瓦斯基（沒錯，

她的姓裡沒有L的音）

Radomila——RAH doe ME wah／拉度米娃

Roksana——Roke SAH nah／羅克莎娜

Waclawa——Va SWAH va／瓦絲瓦娃

愛爾蘭詞語

Bean sidhe——BAN shee／奔絮（哭喊女妖）

Dóigh——doy／度伊（燃燒的意思）

Dún——doon／度恩（關閉、彌封的意思）

Freagróidh tú——frag ROY too／富拉格羅伊土（意指你將回答）

Múchaim——MOO hem／摩汗（熄滅的意思）

愛爾蘭道具

Fragarach——FRAG ah rah／富拉蓋拉（名劍：解惑者）

Moralltach——MOR al tah／莫魯塔（名劍：狂怒之劍）

如果你有興趣點進去逛的話，剩下的波蘭文、俄文、德文都能在我的網站上（kevinhearne.com）找到聲音檔。

愛爾蘭神

Goibhniu——GUV new／孤紐（圖阿哈・戴・丹恩成員；鑄鐵與釀酒大師）

鋼鐵德魯伊

中英文名詞對照表

A

Aenghus Óg　安格斯・歐格（凱爾特愛神）

Adams, Douglass　道格拉斯・亞當斯（作家）

Ankh　埃及生命十字架

Answerer　解惑者（魔法劍富拉蓋拉）

Antichrist　基督大敵

Antoine　安東尼（食屍鬼）

Apache　阿帕契（美國原住民部落／道路名）

Apache Junction　阿帕契姜克森（地名）

Archdruid　大德魯伊

Armstrong, Karen　凱倫・阿姆斯壯（作家）

Arnie　阿尼（常客）

Asgard　阿斯加德（北歐神話神域）

Atlantic Pyrenees　大西洋庇里牛斯（法國南部一省）

Attila the Hun　匈奴王阿提拉（歷史人物）

B

Baba Yaga　巴巴雅嘎（斯拉夫傳說）

Bacchanalia　酒神慶典（希臘羅馬神話）

Bacchants　酒神女祭司（希臘羅馬神話）

Bacchus　巴庫斯（羅馬酒神）

Balor the Evil Eye　貝勒的邪眼（凱爾特神話）

Basalt Golem　玄武岩魔像

Basasael　巴薩賽爾（墮落天使／惡魔）

Bast　巴絲特（埃及神話）

Bast Cultist　巴絲特教徒（埃及信仰）

bean sidhe　哭喊女妖（愛爾蘭傳說）

Bethmann-Hollweg, Chancellor

Berta　波塔（女巫）

Bialik, Yosef Zalman　尤瑟夫・塞爾曼・比亞利克（拉比）

Blitzkrieg　閃電戰（第二次世界大戰）

bloodwort　血根草（蓍草）

Bogumila　寶姑米娃（女巫）

Bres　布雷斯（凱爾特農業之神）

Bridgeview　橋景（公寓）

Brighid　布莉德（凱爾特鍛造女神）

Bronze Age　青銅器時代

C

Cardenas, Garcia Lopez de　加西亞・羅培茲・迪・卡登納斯（探險家）

Castañeda　卡斯塔尼達（作家）

Celtic knotwork　凱爾特繩紋

Chandler　錢德勒（地名）

Chakura　查克拉點

Chamkanni, Selai　希萊·查姆卡尼（女巫拉克莎）
Chun-Li　春麗（電玩「快打旋風」人物）
Claude　克勞德（阿提克斯假名）
Clever Stalking　聰明潛行（凱歐帝招式）
cold forged　冷鍛
cold iron　寒鐵
Coinnigh　康尼（愛爾蘭語：持有、保有）
Coronado　科羅拉多（探險家）
Cortes　科爾特斯（西班牙軍官）
Coyote 土狼神凱歐帝（美國原住民神祇）
Cthulhu　克蘇魯（克蘇魯神話體系）

D

Dagda　達格達（凱爾特神祇）
Dane, Rebecca　蕾貝卡·丹恩（店員）
Demon　惡魔
Desert Ridge　沙漠屋脊高中
die Töchter des dritten Hauses　戴透奇特迪斯德利頓豪斯（第三家族之女）
Dine（=Navajo）　迪內部落（美國原住民納瓦霍部落的正式稱呼）
Dóigh　度伊（愛爾蘭語：燒）
Doppler-shift　都卜勒位移（物理學）
Druid　德魯伊
Druidic grove　德魯伊教派
Dún　度恩（愛爾蘭語：關閉或彌封）

E

East Valley　東谷（地名）
The Electric Kool-Aid Acid Test　庫爾急救酸測試
Elder Gods　古老眾神（克蘇魯神話體系）
Eliot, T. S. Ｔ·Ｓ·艾略特（詩人）
Emilia (Emily)　艾蜜莉雅（艾蜜莉）
Eric　艾利克（薩梯外的警察）

F

Fallen Angel　墮落天使
Fifi　菲菲（法國貴賓狗）
Flagstaff　旗杆市（地名）
Fletcher, Gregory　葛雷葛利·富利奇（神父）
Flidais　富麗迪許（凱爾特狩獵女神）
Fragarach　富拉蓋拉（解惑者）
Frank　法蘭克（薩梯外的警察）
French Poodle　法國貴賓犬
Freagróidh tú　富拉格羅伊土（愛爾蘭語：你將回答）
Freyja　弗蕾雅（北歐女神）
Furthur　更遠（快樂惡作劇者）

G

Gaia　蓋亞（大地）
Gascony　加斯科涅（法國南部地方）
Geffert, Kyle　凱爾·傑佛特（警探）
Gewebetod　劫維貝塔德（咒語）
Gilbert　吉爾伯特（地名）
ghoul　食屍鬼
Go-Gurt　可吸果凍條
Goibhniu　孤紐（愛爾蘭神祇）
Golem　魔像（喀巴拉魔法）
Goth　歌德族
Granuaile　關妮兒（德魯伊學徒）
Great Fury　狂怒之劍（莫魯塔）
Great Horned Owl　大鵰鴞
Greta　葛雷塔（狼人）
the Green Man　綠人（傳說，阿提克斯代號）
Gretchin Fetchin　珍珠費卿（快樂惡作劇者）

H

Hasidic　哈西迪（猶太教分支）
The Hammers of God　上帝之鎚（組織）
Hauk, Hallbjorn "Hal"　霍伯瓊・"霍爾"・浩克（狼人）
Hecate　黑卡蒂（希臘女神）
Helgarson, Leif　李夫・海加森（吸血鬼）
hellfire　地獄火
Hexen　魔咒女巫
Himmler　希姆萊（納粹）
Hopi Tribe　霍皮部落（美國原住民）
Howard　霍華（神父）

I

Immortali-Tea　不朽茶（德魯伊特調茶）
Idunn　伊度恩（北歐青春女神）
Irish wolfhound　愛爾蘭獵狼犬
Iron Age　鐵器時代

J

Jadwiga　潔薇嘉（女巫）
Jagermeister　利口酒
Jedi　絕地武士（《星際大戰》系列）
Jodursson, Snorri　史努利・喬度森（狼人）
Jones, Indiana　印第安那・瓊斯（《法櫃奇兵》主角）
Joshua　喬許華（常客）
Jupiter　朱比特（羅馬主神）
Judd Street　朱德街

K

Kabbalah, Kabbalistic　喀巴拉（的）
karma　因果觀念；因果報應
Kazimiera　卡西米拉（女巫）
Kesey, Ken　肯・凱西（作家）
Klaudia　克勞蒂雅（女巫）
Kulasekaran, Laksha　拉克莎・庫拉斯卡倫（女巫）

L

Laim　連恩（魯拉布拉酒吧）
Lebensraum　生存空間（納粹理念）
Light rail　輕軌車
Lord of the Rings　魔戒（托爾金的小說或改編電影）
Los Olivos　洛斯奧利佛斯餐廳
Lovecraft, H. P.　洛夫克拉夫特（作家）
Lucifer　路西法（墮落天使／惡魔）
Ludmila　路米拉（女巫）
Lugh（Lugh Lámhfhada）　盧（盧・勞瓦度：凱爾特太陽神）

M

MacDonagh, the widow　麥當納寡婦
McMurphy　麥克墨菲（《飛越杜鵑窩》人物）
Maenad　麥納德（酒神女祭司別名）
Mag Mell　馬・梅爾（凱爾特神話妖精國度）
Magnusson, Gunnar　剛納・麥格努生（阿爾法狼人）
Magnusson and Hauk　麥格努生與浩克律師事務所
Manannan Mac Lir　馬拿朗・麥克・李爾（凱爾特死神暨海神）
Mary（Virgin Mary)　瑪利亞（聖母瑪利亞）
Martin Lane　馬丁巷（地名）
Merry Pranksters　快樂惡作劇者（團體）
Mesa　梅沙（地名）
Midgard　米德加德（北歐神話）
Miroslawa　米蘿絲拉娃（女巫）

Mitchell Drive　米歇爾路
Mobili-Tea　莫比利茶（德魯伊特調茶）
Möbius strip　莫比斯環
Moralltach　莫魯塔（狂怒之劍）
Mountain Girl　高山女（快樂惡作劇者）
The Morrigan 莫利根（凱爾特戰爭與死亡女神）
Múchaim　摩汗（愛爾蘭語：熄滅）

N

Netzakh　奈沙克（賽飛羅）
Ninja　忍者
nonaggression treaty　互不侵犯協議

O

Obeah　奧比巫術
Oberon　歐伯隆
Odin　奧丁（北歐主神）
Ogham　歐甘文（古愛爾蘭文）
Ogma　歐格瑪（凱爾特戰神）
Oregona's Pizza Bisto　奧瑞剛納披薩小館
Orpheus　奧菲斯
Oscar　歐斯奇爾（愛爾蘭語：開啓）
O' Sullivan, Atticus　阿提克斯・歐蘇利文
Ó Suileabháin, Siodhachan　敘亞漢・歐蘇魯文
Ovid's Metaphorphoses　奧維德的《變形記》（羅馬詩人與其作品）

P

Palo Verde Tree　派洛沃德樹
Pantera　潘特拉樂團
pantheon　萬神殿
Papago Park　趴趴高公園
Pau　波城（法國南部）
Peace Dawg　和平狗（歐伯隆嬉皮名）
Penelope　潘妮洛普（常客）
Pecos　派可斯路
Pima　皮馬（美國原住民部落）
Phoenix　鳳凰城（地名）

R

Radomila　拉度米娃（女巫）
Ragnarök　諸神的黃昏（北歐神話的世界末日）
Rhode Island　羅德島（地名）
Rio Salado　里約沙拉度路
River Drive　河岸道（地名）
Roosevelt Street　羅斯福路
Roksana　羅克莎娜（女巫）
Rula Bula　魯拉布拉（酒吧）
Rural Road　鄉村路

S

Samhain　薩溫節（凱爾特神話中代表一年開始的節日）
Santan Freeway　桑坦公路
Satyrn　薩梯（夜店名）
Semerdjian　山莫建（對門鄰居）
Sephirot　賽飛羅（喀巴拉生命之樹上的質點）
Scottsdale　史考特谷（地名）
Sean　史恩（麥當納先生）
shaman, shamanistic　巫醫（或譯：薩滿）
the Sisters of the Three Auroras　曙光三女神女巫團
sky iron　天鐵
Skyline High School　天際高中
Skywalker　天行者（《星際大戰》主角姓氏）
Sophie　蘇菲（常客）
Sokolowski, Malina　瑪李娜・索可瓦斯基（女巫）
Somport Pass　桑波特山道（地名）

Sonoran Desert　索諾倫沙漠
Sotomayor, Pedro de　佩德羅・迪・索多瑪亞（抄寫員）
Stella　史戴拉啤酒
Superstition Mountains　迷信山脈

T

Tempe　坦佩
Third Eye Books and Herbs　第三隻眼書籍藥草店
Thomas, Perry　培里・湯瑪士（店員）
Thor 索爾（北歐雷神）
Thyrsi　賽爾希杖（酒神女祭司的魔杖）
Time Lapse　縮時攝影
Tír na nÓg　提爾・納・諾格（凱爾特神話妖精國度）
Tohono O'odham　土紅諾・歐德汗（美國原住民部落）
Tony Cabin　東尼小屋
totem poles　圖騰柱
Town Lake　鎮湖（地名）
Tuatha Dé Danann　圖阿哈・戴・丹恩（凱爾特神話神族）
Tullamore Dew　圖拉摩爾露水（愛爾蘭威士忌）
Tusayans　圖沙陽人（美國原住民）
Tweeker　推客

U

University Drive　大學路

V

Valley girl　富家女
vampire　吸血鬼
vato loco　拉丁混混（街頭黑話）
Voudoun　巫毒

W

Waclawa　瓦絲瓦娃（女巫）
Walgreens　沃爾格林（藥妝店）
Wavy Gravy　波浪肉醬（快樂惡作劇者）
Wecca, Weccan　威卡教（徒）
Weisswurst　白香腸（食物）
West Valley　西谷（地名）
werewolf　狼人
Wharton, Edith　伊迪絲・華頓（作家）
witch　女巫

Y

Yarrow　蓍草（血根草）

Z

Zdzislawa　史蒂絲拉娃（女巫）
Zombie　殭屍
Zoryas　柔雅三女神（俄羅斯神祇）
Zorya Polunochnaya　柔雅・波魯諾奇納亞（柔雅三女神之一）
Zorya Utrennyaya　柔雅・烏傳尼雅雅（柔雅三女神之一）

國家圖書館出版品預行編目資料

鋼鐵德魯伊２：魔咒／凱文·赫恩（Kevin Hearne）；
戚建邦譯——初版．——台北市：蓋亞文化，2014.07
冊；公分.——（Fever；FR036）
譯自：Hexed (The Iron Druid Chronicles Book2)
ISBN 978-986-319-095-0（平裝）

874.57 103010236

Fever 036

鋼鐵德魯伊 VOL.2〔魔咒〕 HEXED

作者／凱文·赫恩（Kevin Hearne）
譯者／戚建邦
封面插畫／Gene Mollica
封面設計／克里斯
出版／蓋亞文化有限公司
地址◎台北市103承德路二段75巷35號
電話◎（02）25585438 傳眞◎（02）25585439
網址◎http://gaeabooks.pixnet.net/blog
電子信箱◎gaea@gaeabooks.com.tw
投稿信箱◎editor@gaeabooks.com.tw
郵撥帳號◎19769541 戶名：蓋亞文化有限公司
法律顧問／宇達經貿法律事務所
總經銷／聯合發行股份有限公司
地址◎新北市新店區寶橋路二三五巷六弄六號二樓
電話◎（02）29178022 傳眞◎（02）29156275
港澳地區／一代匯集
電話◎（852）27838102 傳眞◎（852）23960050
地址◎九龍旺角塘尾道64號龍駒企業大廈10樓B&D室
初版四刷／2023年04月
特價／新台幣 280 元
Printed in Taiwan

ISBN／978-986-319-095-0

Gaea

GAEA